KB180152

유년문학과 아동의 발견

이미정(李美正)

건국대학교 동화·한국어문화학과 교수. 「현덕 유년동화 연작성 연구」와 「일제강점기 동
요작가 윤극영 초기 활동 연구—색동회와 다리아회를 중심으로」, 「방정환 번역의 '굴절'과
스코포스—「왕자와 제비」를 중심으로」와 같은 논문을 썼다. 저서로 『인물로 보는 근대 한
국』(공저)가 있다.
booklike@daum.net

아동청소년문학총서 17

유년문학과 아동의 발견

2022년 6월 25일 1판 1쇄 인쇄 / 2022년 6월 30일 1판 1쇄 발행

지은이 이미정 / 펴낸이 임은주
펴낸곳 도서출판 청동거울 / 출판등록 1998년 5월 14일 제406-2002-000128호
주소 (10881) 경기도 파주시 문발로115 (파주출판도시) 세종출판벤처타운 201호
전화 031) 955-1816(관리부) 031) 955-1817(편집부) / 팩스 031) 955-1819
전자우편 cheong1998@hanmail.net / 네이버블로그 청동거울출판사

출력·인쇄 세진피앤피 / 제책 우성제본

ISBN 978-89-5749-224-6 (94800)
ISBN 978-89-5749-141-6 (세트)

이 저서는 2020년도 건국대학교 교내연구비 지원을 받아 연구 집필되었습니다..

아동청소년문학총서 17

유년문학과 아동의 발견

이미정 지음

1930년대는 단연 '유년'의 시대다. 유년은 새로운 근대 문물을 상징하는 신식 아동이었다. 그러나 근대라는 합리성으로 인해 잃어버린 '낙원'을 대표하기도 했다. 이는 유년이 생애 첫 시기에 위치한 데서 비롯된다. 즉 유년은 동심의 또 다른 이름이기도 한 것이다.

또한 아동의 특징을 가장 명징하게 보여 주는 아동의 아동인 동시에 연장자에게 집중되어 있던 '권력'을 새롭게 부여받은 '스윗 홈'의 완성자였다. 당시 학제에 따라 만들어진 유치원을 통해 유년은 더욱 구체적인 형상을 띠게 되었고, 신체적·인지적 발달 단계 특성에 대해서도 주목하게 되었다.

아동문학에서는 먼저 독자로서 유년을 발견했다. 아직 글 읽는 데 익숙하지 않은 유년을 위한 문학의 필요성을 느낀 것이다. 그러나 유년은 독자로만 머물지 않는다. 근대에 발견된 '유년'은 고스란히 유년문학의 미적 특질이 된다. 유년문학은 유년을 위한, 유년의 문학인 셈이다. 결국 유년문학을 논의하기 위해서는 유년이 먼저 이야기될 수밖에 없다. 이 책은 바로 이런 고민에서 출발한 여러 글들을 엮어낸 것이다.

1장과 2장은 일간지에 실린 유년 꼭지를 대상으로 삼은 연구다. 당시 일간지에는 공통적으로 유년을 대상으로 하는 '한 칸 꼭지'가 수록되었다. 이 꼭지가 여성 지면에 실렸다는 점도 같다. 한 칸 유년 꼭지의 출발점은 《조선일보》의 〈우리차지〉로 보인다. 1934년부터 1940년 8월 폐간까지 꾸준히 수록된 점을 보았을 때 성공적으로 연재되었던 꼭지이며, 다른 일간지의 한 칸 유년 꼭지의 신설에 영향을 주었음을 추측할 수 있다.

먼저 〈우리차지〉가 실렸던 여성 지면이 생활개신운동의 일환이었다는 점을 살펴보았다. 그리고 〈우리차지〉 이전에 같은 제목으로 연재되었던 유년서사물에 나타난 유년의 이미지를 범주화하여 제시하였다. 다음으로 〈우리차지〉에 나타난 인물 모티프를 분석하였다. 이는 곧 유년에 대한 이미지를 구체적으로 살펴본 작업이기도 하다.

2장에서는 《동아일보》의 한 칸 유년꼭지 〈애기네 판〉을 중심으로 논의하였다. 이때 가족과의 관계를 중심으로 유년의 '위치'를 알아보았다. 일간지의 유년꼭지들은 한 칸에 짧은 글과 그림을 수록했다는 점에서는 동일했으나, 그 내용에 있어서는 각각의 특징을 보인다. 〈애기네 판〉은 가족을 중심으로 한 '근대성'이 두드러진다.

3장과 4장에서는 잡지에 실린 유년꼭지를 살펴보았다. 3장에서는 유년과의 친연성이 큰 윤석중이 주도적으로 참여한 『유년』과 『소년중앙』의 부록격으로 나왔던 「유년중앙」을, 4장에서는 근대 최장수 아동잡지라고 불리는 『아이생활』의 유년꼭지 「아가페지」를 분석하였다. 앞서 일간지 유년꼭지가 단편적 유년의 이미지를 보여 주고 있다면 잡지에서는 더욱 입체적인 상(想)을 제시하고 있다.

5장은 이태준과 박태원, 현덕의 유년동화를 시선의 핵(核)을 중심으로 논의한 내용을 담았다. 이 시선의 핵은 유년을 바라보는 관점이다. 6장에서는 유년동화의 전형을 보여주는 이태준과 현덕의 작품들을 깊이 있게 살펴보고자 하였다. 무엇보다 이 전형성이 창작 동기와 맞닿아 있다는 점이 눈여겨 볼 만한다.

마지막으로 7장에서는 동심의 기원과 아동문학가들이 동심을 어떻게 인식했는지, 그 흐름을 알아보았다. 동심에 대한 부정적 견해도 있으나, 결국 동심으로 설명될 수밖에 없는 아동문학의 특성과 우리가 갖고 있는 동심에 대한 편견을 짚어보고자 하였다. 또한 동심과 가장 가까이 있는 유년문학을 염두에 둔 것이기도 하다.

유년문학에 대한 연구는 이제 본격적인 출발을 했다고 보인다. 그래서 연구 하나하나가 소중하다고 생각한다. 그 연구들이 모여 의미 있는 결과를 만들어내기 때문이다. 이 책 역시 미진한 부분이 많지만 작게나마 유년문학 연구에 도움이 되기를 바라는 마음이다. 앞으로 이 부족한 점을 채워가며 유년문학을 공부하고자 한다. 아동문학의 매력과 힘을 가르쳐 주신 이수경 교수님과 여러 교수님들, 함께 공부하며 힘이 되어주셨던 작은물결 선생님들, 출간에 애써주신 청동거울 출판사에 감사의 말씀을 전한다. 연구와 글을 함께하는 명옥 선배와 재복 선생님이 있어 늘 든든하다. 한결같은 지지를 보내주는 가족들도 감사하다. 이 고마움을 잊지 않고 충실한 연구로 보답해 드리고 싶다.

2022년 여름
이미정

|차 례|

유년문학과 아동의 발견

'유년'문학 연구의 어려움

유년문학 연구의 어려움은 무엇보다 '연령'에서 기인한다. 아동문학에서 연령은 사실상 학제를 바탕으로 삼는 경우가 많다. 초등학생을 대상으로 한 아동문학, 중고등학생에 초점을 맞춘 청소년소설이 그 예다. 그렇다면 유년문학의 대상은 '유치원'이 기준되는 것이 자연스럽다. 문제는 바로 여기서부터다. 유년문학 대상에 대한 상(想)이 다양한 것이다. 이에 대한 고민은 예전부터 계속되어 왔다.

홍은성은 소년운동의 핵심문제로 연령문제를 제시하면서 소년을 대상으로 한 것과는 구분되는 유년잡지 등을 따로 발행하는 것이 좋겠다는 의견을 밝혔다.

우리가 소년문제를 논의할 때 얼버무린 것도-유년을-잘못이다. 그것은 반드시 구별해내지 않으면 아니 될 것임에 불고하고 얼버무린다.

나의게 생각으로는 5세부터 10세까지를 유년기로 하야 이들로 하야금 문학상보다도 입으로 동요이라든가 동화를 많이 들려줄 필요가 있다. 아니 꼭 그래야 할 것이다.[1]

이때 유년의 연령은 5~10세로 정하고 있다. 유치원에 다니는 유아의 연령을 만 4세부터 보통학교 입학 전까지로 제시한 것과 유사함을 알 수 있다.[2] 이광수는 말 배우는 아기네들에게 들려줄 이야기가 있어야 한다고 강조하였다. 이때 '아기네'들의 나이를 3, 4세로 규정하고 있다. '아기' 또는 '아기네'는 유년을 가리키는 대표적 어휘다.

『어린이』이란 말은 개벽사의 발명입니다.

『어린이』운동은 개벽사가 시작하엿습니다.

『어린이』읽는 잡지 중에 『어린이』가 가장 공이 만슴니다.

『어린이』에게 감사합니다.

그런데 『어린이』가 세살-네살 말 배호는 아기네에게 들녀줄 이야기도 좀 실어 주엇스면 합니다. 이것은 다른 나라에서도 별로 업는 일이지만은 반드시 생겨나야 할 것인줄 압니다. 읽기는 어른이 하고 그것을 말배호는 이에게 들녀즐만한 그러한 이야기(일종의 새예술)을 실어 주엇스면 합니다.[3]

이밖에도 신고송은 7, 8세, 송완순은 8~14세, 전식은 4~12세로 유년의 연령을 이야기하고 있다.

우리가 과거에 7, 8세의 유동(幼童)의 동요를 보았느냐, 가장 순연한 동요라고 할 수 있는 이 유동의 동요를 우리는 보지 못하였다.

어른의 동요는 일찍 제가 가졌든 동심의 추구 귀환 또는 파악에 있을 것이며 어린이(특히 유동)의 제작한 동요는 어린이의 가진 동심의 전체(추구이니 귀환이니 파악이니 하는 어려운 구속이 없이)를 그대로 토로한 것이겠다.[4]

---

1 홍은성, 《중외일보》, 1928.1.16.

2 이상금, 『해방전 한국의 유치원』, 양서원, 1995, 22쪽 참조.

3 이광수, 「7주년을 맞는 『어린이』 잡지에의 선물」, 『어린이』, 1930.3, 4~5쪽.

이리하여 나는 8세부터 14세까지의 아동을 "유년적 아동"이라 하고 14세부터 18세까지의 아동을 "소년적(청년기에 직면한) 아동"이라고 하는 것이다.

다시 말하면 "유년적 아동"은 유년성(1세부터 8세)에서 완전히 탈각치 못한 진정한 의미의 "아동적 아동"이요 "소년적 아동"은 유년성에서 완전히 탈각하여 바야흐로 청년기에 들어가려는 말하자면 "아동성"을 차차로 떠나며 있는 "비아동적 아동"인 것이다.[5]

그런데 어린이라 하면 유년도 어린이요 소년도 어린이라 할 것입니다. 유년을 4, 5세로부터 12세의 어린이라 하고 소년을 12, 3세로부터 17, 8세의 어린이라 하면 유년보다 소년은 장래를 생각하고 사회의 여러 가지를 알게 될 때입니다. 그러니까 유년과 소년은 같은 어린이라 할지라도 생각은 판이할 것입니다.[6]

지금까지 나온 연령대를 종합해 보면 3~14세로 그 범위가 사뭇 넓다는 것을 알 수 있다. 이는 유년을 단순히 유치원에 다니는 아이로만 규정짓기 어렵다는 사실을 보여 준다. 즉 유년은 개인마다 갖고 있는 '어리다'라는 이미지가 투영된 특정 시기로 설명할 수 있다. 그렇기 때문에 유년에는 다면적인 특징이 존재하게 된다. 발달단계상으로 구분되는 유치원에 다니는 유아, 또는 취학 전 연령에만 국한하는 것은 이런 다면적 특징을 포괄하기에는 적절하지 않은 것이다. 이 연구에서 유아가 아닌 유년과 유년 아동으로 표현하는 것 역시 유년이 특정 연령이 아닌 '어리다'에 대응하는 주관적 이미지가 바탕이 된 '시기'라는 것에 주목했기 때문이다. 이 다양성은 일면 유년문학의 정체성

---

4 신고송, 〈새해의 동요운동-동심순화와 작가유도〉,《조선일보》, 1930.1.2.
5 구봉학인, 〈'푸로레' 동요론 (一)〉,《조선일보》 1930.7.5.
6 전식, 〈동요동시론소고 (1)〉,《조선일보 특간》 1934.1.25.

을 모호하게 만드는 것으로 보이지만 다른 측면에서 본다면 유년문학의 특성이 그만큼 입체적이라는 의미도 될 것이다.

유년문학에 대한 연구는 아직 많지 않은 편이다. 「韓國幼年 童話 研究 : 韓國創作幼年童話를 中心으로」(정선혜, 1980)와 「유년동화의 본질 연구」(윤옥자, 1997)가 시간적 간격은 있으나 유년문학에 대한 본격적 논의를 펼친 연구로 보인다. 두 논문 모두 아동 발달 단계를 제시하고, 이를 바탕으로 유년동화의 특성을 설명하고 있다. 그러나 발달단계에만 국한시켜 살펴본다는 점이 아쉬운 부분이다.

작가 중심으로 유년동화를 살펴본 「이태준의 초기 아동문학 연구」(김화선, 2003), 「이태준의 아동 서사물 연구」(안미영, 2009), 「현덕의 유년 동화에 나타난 현실인식과 놀이정신」(황명숙, 2011), 「이태준과 현덕의 유년동화에 나타난 아동의 구현 양상 연구」(박주혜, 2014)와, 「현덕 유년동화의 놀이 모티프에 나타난 현실 인식—노마 연작을 중심으로」(방재석 · 김하영, 2015)가 있다. 이러한 연구들은 특정 작가의 유년동화를 분석하고 있는 만큼 그 방점은 작가의 작품 세계를 규명하는 데 있다.

유년문학을 전반적으로 살펴보고 있는 연구로는 정진헌과 박인경을 주목할 만하다. 정진헌은 「1930년대 유년(幼年)의 발견과 '애기그림책'」(2015)과 「아동문학의 장르 분화와 유년문학의 등장 : 1930년대 미발굴 유년문학 텍스트를 중심으로」(2017)에서 각각 유년 독자의 발견과 유년 문학에 대한 인식과 그 기획에 대해 논의하였다. 그동안 주목받지 못했던 유년문학 연구의 기반을 마련했다는 점과 동요와 동화 등 다양한 장르를 폭넓게 살펴보고 있다는 점에서 그 의의가 크다. 이후 「1930년대《동아일보》유년(幼年)동화 연구」(2016)를 통해서《동아일보》에 수록된 유년동화 현황과 그 주요 내용을 소개하였다.

박인경은 「1930년대 유년문학의 형성과 전개에 관한 연구」(2021)에서 유년교육과의 상관성을 바탕으로 1930년대 유년문학의 형성과 전개 양상을 고찰하였다. 특히 1930년대 유년동화와 유년동요의 현황을 제시하고, 그 특징을 제시했다는 점에서 의의가 크다. 다만 유년교육의 등장이 유년독자를 인식하게 하고 이는 곧 유년문학 창작의 필요성으로 이어져 유년문학 형성의 기반을 마련했다는 주장에는 다소 이견이 있다. 유치원과 유년주일학교와 같은 유년교육은 현실의 유년을 포착하는 데는 분명 중요한 역할을 했지만 전술한 바와 같이 유년은 다면적 이미지를 갖고 있기 때문에, 유년교육 외에도 여러 요인들이 유년의 이미지를 형성하는 데 영향을 받았다는 것을 고려해야 한다. 약간의 과장을 더한다면 근대의 특징들을 고스란히 받아들여, 이를 구체화한 근대의 분광기(分光器)가 바로 유년이기도 했다. 필자의 관심 분야가 유년문학, 특히 유년동화임에도 '유년' 특성의 고찰을 출발점으로 삼은 것은, 유년의 특성이 곧 유년문학의 정체성과 미적 특질을 규명하는 단서를 제공하기 때문이다.

이 책 역시 이러한 고민의 과정에서 쓰인 논문들을 묶은 결과물이다. 먼저 1장과 2장에서는 1930년대 일간지에 수록된 유년꼭지에 대해 살펴본다. 1장에서 살펴볼 《조선일보》의 〈우리차지〉는 조선일보사에서 주도했던 생활개신운동(生活改新運動)과 밀접한 연관을 갖는다. 《조선일보》에서는 조선 민중의 삶을 개선시키려는 목적으로 '가정'란이라는 여성 지면을 확충했는데, 여기에 〈우리차지〉라는 유년 꼭지도 함께 수록되었다. 〈우리차지〉는 '유년 아동'이 주로 주인공으로 등장하지만 실질적인 독자는 성인, 젊은 부인이었을 확률이 높다. 즉 〈우리차지〉는 성인이 바라보는 유년의 이미지가 명확하게 드러나 있다. 특히 1934년부터 1940년까지 꾸준하게 연재된 만큼 다양한 유년의 상이 투영되어있다는 점에서 연구 가치가 높은 자료이기도 하다.

다음 2장에서는 《동아일보》의 유년꼭지 〈애기네판〉에 대해 논의하였다. 이 꼭지 역시 〈우리차지〉와 유사하게 여성 지면에 실렸다. 그러나 〈우리차지〉와는 구분되는 특징이 보이는데 바로 가족의 강조다. 가족 구성원과 유년 아동과의 관계, 가족 구성원으로서의 유년의 역할이 조명된다. 대가족 체제에서 부부 중심의 신가정으로의 변화를 '신식 아동' 유년을 통해 보여 주는 것이다.

3장과 4장에서는 유년잡지와 아동잡지에 수록된 유년꼭지에 대해 다루었다. 3장은 16쪽 모두 컬러로 인쇄했던 유년잡지 『유년』과 『소년중앙』의 부록격이었던 「유년중앙」을 분석 대상으로 삼았다. 『유년』은 창간호가 종간호였고 「유년중앙」은 자료 확보의 어려움 때문에 본격적인 논의를 개진하기에는 어려움이 있다. 그러나 이 두 매체를 발간하는 데 주도적 역할을 했던 윤석중을 연결고리로 삼았다. 윤석중은 '유년지향성'으로 잘 알려진 인물이기도 하다.

4장에서는 우리나라 최장수 아동잡지 『아이생활』 유년꼭지의 형성과 해체의 과정을 분석하였다. 『아이생활』은 기독교 세력이 창간한 잡지로 유년주일학교를 운영하는 등 유년과의 친연성이 컸다. 1930년이라는 현재 확인되는 가장 이른 시기에 유년꼭지가 수록되었다는 사실은 유년에 대한 『아이생활』의 특별한 관심을 증명한다. 『아이생활』의 유년꼭지는 중심 필자에 따라 달라지는 특징을 보인다. 필자가 바라보는 유년에 대한 관점이 반영되기 때문이다. 이를 통해 유년을 이해하는 대표적인 두 가지 관점을 제시해 보았다.

5장에서는 실제 유년동화를 중심으로 구성하였다. 이태준과 박태원, 현덕의 유년동화를 분석하였는데, 이때 중요한 것은 세 작가가 유년을 바라보는 시선의 방향과 '핵(核)'이다. 특히 이 핵은 유년동화의 소재이자, 특질로 작용한다는 점에서 의미가 있다.

6장 역시 이태준과 현덕의 유년동화를 다루고 있다. 두 작가의 작품은 5장에서 이미 다룬 바 있지만, 작가와 유년동화와의 관계에 초점을 맞추었다는 점에서 차이가 있다. 이는 곧 왜 유년동화를 쓰는가라는 질문에 대한 답, 유년동화의 정체성과도 맞물리는 것이다. 이태준과 현덕은 유년동화의 전범(典範)이라 할 수 있을 만큼 뛰어난 작품을 썼다. 두 작가가 그리고 있는 유년 아동은 우리 내면과 연관되어 있다는 점은 현재에도 시사하는 바가 크다.

마지막 7장은 동심에 대해 살펴보았다. 아동문학은 '동심(童心)의 문학'으로 이야기된다. 그러나 오랫동안 동심은 아이들을 지나치게 이상적으로 여긴다거나, 또는 성인과 비교하여 수준이 낮은 존재로 인식한다는 측면에서 비판의 대상이 되어 왔다. 이 글에서는 이러한 고정관념에서 벗어나 동심의 기원과 그 본질, 그리고 보다 구체적인 논의를 위하여 방정환과 계급주의 아동문학의 동심에 대해 알아보고자 했다. 동심이 인간의 '첫 마음'에서 비롯되었다는 점을 고려했을 때 유년과의 연관성이 강하다. 따라서 이 장은 앞서 살펴보았던 근대성의 유년에 동심의 유년을 더해, 그 특성을 확장시키고자 했다.

아동문학은 아동과 문학의 만남이며, 아동을 그 성립조건으로 요구한다는 명제가 전제된다. 이 명제는 유년문학에도 그대로 적용된다. 이 책은 바로 이러한 전제에 대한 고민을 다루고 있다. 유년에 대한 우리의 이해가 뒷받침되었을 때 유년문학과의 진정한 만남이 이루어질 수 있기 때문이다.

제1장

《조선일보》의 생활개신운동과 <우리차지>

1. 생활개신운동

《조선일보》는 《소년조선일보》를 별지로 발행하는 등 아동에 대한 각별한 관심을 보이는 매체였다. 기존 조석간 8면에 2면을 확장하여 펴낸 《조선일보특간》에 별도로 아동란을 구성한 것 역시 이러한 관심을 잘 보여 준다.[1] 《조선일보특간》의 아동란 〈조선일보 아동페지 우리차지〉에서는 유년서사물을 지속적으로 수록한다. 유년서사물은 '유년'을 대상으로 한 서사물을 가리킨다. 이는 아동을 성립 조건으로 하는 아동문학에 있어 그 성립 조건을 더욱 세분화한 결과다.

《조선일보》는 '여성'란과 '아동'란에 대하여 큰 관심을 갖고 있었다. 이는 1933년 4월 29일 조ㆍ석간 부활을 단행하면서 이루어진 지면 변화에서도 확인할 수 있다. 조간에서는 4면이, 석간에서는 3면이 가정과 어린이 관련 지면이었는데 언론의 사회교육기능 자각에 대한 요

---

[1] 《조선일보특간》은 학예면, 가정면, 아동면, 라디오면으로 구성되어 있었다. 《조선일보》, 1933.8.28. 참조.

구에 부응한 것으로 보인다.[2] 1933년의 지면 변화에서 가장 두드러진 것으로 학예부가 편집했던 가정·어린이란이 넓어진 것을 꼽기도 한다.[3]

이러한 관심은《조선일보특간》을 통해 이어진다.《조선일보특간》은 1933년 8월 29일《조선일보》가 기존 조·석간 8면에다 증면한 타블로이드 판형의 2면을 가리킨다. 1936년까지 유지된 이《조선일보특간》에는 '여성' 지면과 '아동' 지면이 고정적으로 연재되었다.[4]

《조선일보》가 강조한 언론의 사회교육기능이 여성과 아동 지면으로 구현된 것이다. 1929년《조선일보》가 주도했던 '생활개신운동(生活改新運動)'은 언론의 사회교육기능을 보여 준다. 또한〈우리차지〉에 유년서사물이 중요한 비중을 차지하게 된 배경이기도 하다.

1929년《조선일보》4월 5일자에는 '조선민족이여! 새로 살자 생활개신운동의 봉화'라는 기사가 실린다. 색의단발, 건강증진, 상식보급, 소비절약, 허례폐지라는 5대 목표를 내세운 생활개신운동은 글자 그대로 신문명에 맞게 새로운 생활을 영위하자는 취지에서 펼쳐졌다. 이 가운데 사회교육기능과 관련된 것은 '상식보급'이다.

> 그 다음에는 상식보급에 대한 운동이다. 어느 시대이든 지식은 무기이지마는 특히 생존경쟁이 격렬한 현대에 있어서는 지식이 없으면 그 생존을 유지할 수 없는 것이다. 한민족이 잘 살아가자면 자연이나 또는 사회에 대한 정예한 과학자가 많이 생기어야하겠지만 그보다 더 절실한 것은 지식의 대중화이다. 그것은 세상에 일어나는 모든 큰 역사적 변동이 결단코 한두 학자의 손으로 되는 것이 아니라 상식이 발달된 대중의 힘으로 되는 것이다.[5]

---

2 조선일보 70년사 편찬위원회, 『조선일보 70년사 1』, 조선일보사, 1990, 278쪽.
3 위의 책, 279쪽.
4 위의 책, 279쪽.

생활개신운동 광고

　상식보급을 강조하는 이유는 사회의 발전이 지식의 대중화에 있다
고 보았기 때문이다. 특히 1929년 5월 11일자에서는 문자보급운동이
시급하다고 강조하고 "상식보급을 도모하는 의미로써 제일소년 교육
문제에 절실한 관계가 있는 동요동화대회"[6]를 개최했다. 동요동화는
감성을 일깨우는 매개체일 뿐 아니라 글을 읽히는 데 있어 유용한 수
단으로 본 것이다.

　생활개신운동은 조선일보사의 최대 행사인 전 경성 유치원 원유대
회를 개최하는 데도 영향을 준다. 생활개신운동의 하나로 이 원유대
회를 기획했다고 밝히고 있다.[7] '새로 살자'라는 구호를 상징적으로
보여 주는 것이 새로운 학제인 '유치원'이기 때문으로 추측된다. 실제

---

5 《조선일보》 1929.4.5.
6 《조선일보》 1929.7.20.
7 "이 원유대회는 조선일보의 生活改新運動에서 제안된 의견을 받아들인 것으로, 앞으로 민족
　의 장래를 맡을 어린이부터 바른 생활, 새로운 생활로 이끌어야 한다는 원대한 설계의 실천
　이었다." 조선일보90년사사편찬실, 『조선일보90년사 (上)』, 조선일보사, 2010, 237쪽.

생활개신운동 행렬

로 생활개신운동을 홍보할 때 '유치원 아기 행렬'이 있었던 것도 비슷한 맥락으로 이해할 수 있다.

　1929년 5월 21일 장충단 공원에서 처음 열린 유치원 원유대회는 16개 유치원들이 참가해 가장행렬과 유희 등을 펼치며 대성황을 이루었다.[8] 그리고 같은 해 7월 6일부터 26일까지 유치원 보모들이 쓴 유년서사물 ' 一人一話'가 연재된다. 이후 유치원과의 밀접한 관계는 '유치원 방문기', '유치원 특집 기사' 등을 통해 이어진다.

8 《조선일보》 1929.5.23.

2. 유년서사물 중심 〈우리차지〉의 유년 이미지

1) 〈우리차지〉의 지면 변화

《조선일보특간》〈우리차지〉는 1933년 8월 29일부터 1933년 9월 7일까지는 3면 전체를 차지했다. 같은 해 9월 8일부터는 4면으로 수록지면이 바뀌고 분량도 절반으로 줄어든다. 11월 16일부터 1934년 2월 8일까지 〈우리차지〉는 더욱 비중이 축소되어 유년서사물만을 싣고 있다. 이처럼 '아동페지 우리차지'는 약 5개월간의 연재기간 동안 3번의 변화가 있었지만 유년서사물은 비교적 안정적으로, 또 꾸준하게 게재된다. 이를 표로 정리하면 다음과 같다.

〔표 1〕〈우리차지〉 지면 변화

수록 기간	1933년 8월 29일~ 9월 7일	1933년 9월 8일~ 11월 15일	1933년 11월 16일~ 1934년 2월 8일
수록 지면	-조선일보 아동페지 우리차지(《조선일보특간》 3면)	-라디오 지면+ 조선일보 아동페지 우리차지(《조선일보특간》 4면)	-여성 지면+조선일보 아동페지 우리차지(《조선일보특간》 1면)
구성 꼭지	-과학기사 -산술 문제 -사진 화보(외국) -동요 -(독자 그림) -유치원동화 -여러분作品募集	-(과학) -(산술 문제) -(독자 그림) -동요 -유치원동화(동화, 애기동화)	-애기동화(동화, 유치원 동화)
분량	3면 전체	4면 일부	1면 일부
기타	-총9단 구성	-조선일보 아동페지 우리차지에서 과학, 산술문제 독자그림, 동요는 유동적으로 게재되었으나 유년서사물은 고정적으로 실림.	-조선일보 아동페지 우리차지를 유년서사물로만 구성 -총9단 중 2단 1/26, 1/31, 2/3~2/8일자는 '조선일보 아동페지

		-총 9단 중 2~6단을 사용. 단 6단일 경우 지면을 세로로 2등분한 형태이므로 실제로는 3단이 됨	우리차지' 명칭 미기재 -11월 12일 유년서사물이 1면에 연재되었으나, 13, 14일은 다시 4면에 16일부터 1면에 고정적으로 연재됨

처음에는 과학, 산술 등을 포함한 다양한 읽을거리들과 함께 '유치원 동화'가 지속적으로 수록되고 있다. 그리고 지면이 축소되면서 유년서사물만 유지된다. 특히 유년서사물의 필요성은 유치원 탐방 기사를 통해 확인할 수 있다. 「조선의 빛, 봄의 동산 유치원을 찾아서」에서 유치원 보모들은 조선유치원에 적응할만한 동요나 동화를 많이 창작하는 작가가 생겼으면 좋겠으며[9], 아직 외국의 동요나 동화를 많이 들려주지만 이 점을 고쳐 조선적 취미가 들어있는 동요나 동화를 말해주도록 해야 된다는 의견을 밝히기도 한다.[10] 직접 아이들을 가르치면서 외국번안작품만으로는 부족함을 느꼈던 것이다.

당시 경성보육학교 교장이었던 최진순[11]은 1933년 1월 3일부터 2월 1일까지 '幼稚園敎育(유치원교육)에 當面(당면)한 諸問題(제문제)'라는 글을 총10회에 걸쳐 《조선일보》에 게재하는데 1933년 1월 24일자에서는 담화와 창가에 관한 의견을 제시한다.

"여기서 더욱 주의일 것은 담화는 화가 아니요. 동화가 담화의 일부분이란 것을 잊어서는 아니되나 그럼으로 담화의 ○○[12]로서는 수신, 역사, 지리, 이

---

9 《조선일보》 1932.4.29.
10 《조선일보》 1932.5.3.
11 경성보육학교 교장이자 색동회 동인으로도 활동했다. 유아 보육 연구지 『보육시대』를 발간하고 '전국 유아작품 전람회'를 개최하는 데 주도적인 역할을 한 것으로 보인다. 이에 대한 자세한 내용은 정인섭의 『색동회어린이운동사』의 「보모 양성과 경성보육학교」에서 확인할 수 있다.

과 등에 관한 유아일상생활에 가장 친밀한 관계를 가지고 있는 것과 유아의 심의생활에 적합하고 호기심 상상력 등 함양에 필요한 동화 혹은 우화 등이 있다. 그런데 조선유치원에서는 담화다하면 곧 동화도 일고 『그림동화집』이나 『안더젠동화집』에 있는 것을 대부분 갖다말하야준다. 유아의 일상생활에 가장 친밀한 관계를 가지고 있는 연중행사가정생활, 사회생활, 신체위생의 식왕[13], 산천 전원 도회 과학현상 천문급기상 등에 관한 이야기는 별로 없으며 유아들이 가상 흥미를 느끼는 우화도 별로 없다. 그리하야 일반오로동화가 너무 길어서 한 가지 하는데 삼십분혹한 한 시간[14]이 걸리며 어린 아이들이 흥미는 고사하고 도로혀 지리하여 잘 듣지 아니하고 장난만 하려하나다. 이와 같이 담화에 관한 교육적 의의와 지도상 주의일 것을 도무지 돌아보지 아니하는 경향이 적지 않다."[15]

앞서 유치원 보모들이 우리 동화의 필요성을 강조했다면 최진순은 더욱 다양한 '담화'의 필요성을 주장한다. 먼저 동화는 담화의 일부분임을 밝힌다. 이는 조선에서는 담화를 곧 동화로 생각하고 그림동화집이나 안데르센동화집을 떠올리는 데 대한 우려로 보인다. 최진순이 생각하는 담화의 종류는 동화와 함께 "유아일상생활에 가장 친밀한 관계를 가지고 있는 것"과 "유아의 심의생활에 적합하고 호기심 상상력 등 함양에 필요한 동화 혹은 우화 등"으로 구분했다.

특히 연중행사와 가정생활, 사회생활, 신체위생, 의식주, 산천, 전원, 도회, 과학현상, 천문 및 기상 등에 관한 유아 일상생활과 친밀한 관

---

12 '종류'로 추정된다.
13 住으로 표기되어 있는데 이는 住의 오식으로 보임.
14 삼십분혹한 한 시간 : '삼십 분 혹 한 시간'의 오기로 추측된다.
15 대체로 원문을 그대로 옮겼으나 뜻이 통하지 않는 부분은 문맥을 고려하여 현대어로 다듬었다.

계를 가지고 있는 이야기와 유아들이 가장 흥미를 느끼는 우화가 별로 없음을 지적하고 있다. 그리고 유아의 집중도를 고려한 짧은 분량의 이야기가 필요함도 이야기하였다.[16]

이러한 견해와 전술했던 '담화'에 대한 유치원 보모들의 의견을 함께 고려한다면 다음과 같은 유년서사물의 방향을 제시할 수 있다. 첫째, 우리나라 창작 또는 정서를 담을 것, 둘째, 유아 일상생활과 친밀한 관계를 가지고 있는 이야기, 셋째, 유아의 심의생활에 적합하고 호기심 상상력 등 함양에 필요한 동화 혹은 우화이다. 넷째, 짧은 분량의 글이어야 한다.

이 네 가지 방향은 〈우리차지〉의 유년서사물에도 영향을 주었을 것으로 보인다. 이는 생활개신운동을 계기로 가까운 관계[17]를 갖게 된 유치원 현장의 실질적 요구였기 때문이다.[18] 유년 독자의 인지적·정의적 수준을 고려했다는 점에서도 의미가 있다.

그리고 실질적인 독물, 교육교재로 활용되기를 의도했던[19] 《조선일보》의 목적을 현실적으로 구현시켜줄 수 있는 방안이기도 했다. 다음에서는 《조선일보특간》〈우리차지〉에 수록된 유년서사물의 현황을 알

---

16 최진순은 담화에 대해 구체적으로 의견을 개진하고 있다. 특히 '짧은 분량'의 이야기를 요구하는 것은 현장 경험, 즉 유년 독자를 고려했기 때문이다. 큰 활자, 짧은 분량은 일반적으로 제시되는 유년서사물의 물리적 특징이기도 하다.

17 생활개신운동 이전에도 유치원연합회가 있었으나 《조선일보》가 관련되지는 않았고 그 규모도 비교적 소박했던 것으로 보인다. 또한 설립, 졸업 등과 같이 유치원에 대한 단신들만 실려 있는 것도 생활개신운동 이후 실린 본격적인 유치원 탐방 기사와 대조된다.

18 《조선일보》와 '유년'의 가까운 관계는 1937년 창간한 유년 잡지 『유년』에서도 확인할 수 있다. 물론 이 잡지가 창간된 데에는 유년과 친연성이 컸던 윤석중의 역할이 컸다. 그러나 《조선일보》가 유년에 갖고 있었던 지속적 관심이 없었다면 불가능했을 것이다. 잡지 『유년』에 대해서는 졸고 「1930년대 유년잡지 「유년중앙」과 『유년』 특성 연구」를 참고할 수 있다.

19 《조선일보》 1933년 8월 25일자에서는 "아동란을 특설하여 금일 거의 없다시피한 아동독물의 주림을 채우게 하며 전조선의 각 유치원과 밀접한 정신적 연락을 취하여 가정교육과 학교교육의 단을 보하며 그 유용한 교재를 제공하며 아동에게 정신적 양식을 주어 조선의 문화발달의 씨를 듬북이 뿌리고저 하는 바다."로 아동 지면 신설 목적을 밝히고 있다.

아보고, 전술한 네 방향이 어떻게 구현되었는지를 알아보고자 한다.

《조선일보특간》에 실린 유년서사물의 필자는 12명이다. 특히 소년운동가로 잘 알려진 정홍교와 아동문학가 윤석중, 이정호, 이주홍, 원유각, 박노일[20], 김우철[21], 김재영[22]과 같은 필자들을 통해 어느 정도의 문학적 수준을 담보하고 있었음을 알 수 있다. 약력이 잘 알려지지 않은 계수, 오선생 역시 이에 준하는 실력을 갖춘 필자들일 가능성이 높다. 또한 당시 가정과 어린이 지면을 편집하던 학예부의 일원이었을 수도 있다.

이 필자들은 일정한 시기를 맡아 집필을 하고 다음 필자에게 그 순서가 넘어갔던 것으로 추측된다. 상황에 따라서는 예전 필자가 나중에도 글을 싣기도 했으나 한 명의 필자의 글이 집중되는 시기의 구분은 가능하다.

또한 두드러지게 나타나는 또 다른 특징은 외국번안작품보다 국내작품[23]이 많다는 사실이다. 50편의 작품 중 정홍교의 「천국 간 사람」, 「여호의 재판―로서아 동화」, 「로서아 동화」와 이정호의 「울지 않는 종」 이렇게 4편을 제외하고는 모두 국내작품이었다. 이는 지속적으로 요구되었던 국내작품에 대한 요구에서 비롯된 것이다.

총 100회, 53여 편[24]의 작품이 연재되면서 하단에 위치한 경우가 40

---

20 최명표는 박노일을 박세영의 필명으로 소개하고 있다. 최명표, 『한국 근대 소년문예운동사』, 경진, 2012, 29쪽.
21 아동문학가이자 평론가이다. 특히 계급주의 관점에서 아동문학의 문제를 논의한 평론들을 다수 쓴 것으로 알려져 있다. 「동화와 아동문학―동화의 지위 및 역할」과 「아동문학의 문제―특히 창작동화에 대하여」 등의 글들을 발표하였으며 '백은성'이라는 필명으로 동요를 발표했다고 한다. 류덕제, 『한국 아동문학비평사를 위하여』, 보고사, 2021, 50쪽 참조.
22 《조선일보》와 《동아일보》』에서 소년소설과 동요 등의 작품을 확인할 수 있다.
23 여기에는 국내에서 창작한 생활동화, 우화, 옛이야기 모두를 포함하였다.
24 현재 확인할 수 있는 지면을 대상으로 살핀 것이므로 정확한 숫자는 추후 변동될 여지가 있으나 큰 흐름과 경향성을 파악하는 데 큰 무리는 없었다. 1회 이상의 연재물은 한 편의 작품으로 간주하였다.

여 편으로 가장 많고, 그 다음으로 상단, 우측 하단, 좌측 하단 순서다. 위치의 변동은 있었으나 고정적인 자리가 확보되어 있었으며 그만큼 중요도가 높았다는 의미가 된다.

글의 종류는 '애기동화'로 21편, '동화'로 14편, '유치원동화'로 14편 표기되어 있고 미기재가 4편이었다. 유치원동화와 애기동화의 경우 유년 독자를 의식하는 것이 명확했다. 정홍교는 생활이야기는 유치원동화로, 번안동화는 동화로 구분하여 표기했다.

하지만 옛이야기나 우화를 동화로 표기하거나 글의 종류가 없는 경우도 있어 이들을 유년서사물로 확정하기는 어려운 면이 있다. 다만 동화와 미기재로 표기된 작품들도 〈우리차지〉에 수록되어 있었으며, 유치원동화 또는 애기동화로 기재된 작품들과 동일한 지면과 위치에 수록되었다는 점을 고려하여 이들 역시 유년서사물로 판단하였다.

유치원 보모 기사와 최진순의 의견을 바탕으로 도출한 유년서사물 창작의 네 방향[25]에 맞추어 〈우리차지〉 수록 작품들을 살펴보면 첫째, 국내 창작물과 조선의 정서와 넷째, 짧은 글이라는 측면에서는 잘 반영되어 있다. 53편 중 6편의 번안작품을 제외한 47편이 우리나라 창작 또는 옛이야기였다. 대체로 9단 중 2단 정도의 분량으로 다른 기사와는 구분될 정도로 활자 크기가 컸다는 점에서 짧은 분량의 글로 간주할 수 있다.[26] 이 글에서는 유년 이미지에 대한 보다 효율적인 논의를 위하여 유아 일상생활과 친밀한 관계를 가지고 있는 이야기를 중심으로 살펴보고자 한다.

---

25 첫째, 우리나라 창작 또는 정서를 담을 것, 둘째, 유아 일상생활과 친밀한 관계를 가지고 있는 이야기, 셋째, 유아의 심의생활에 적합하고 호기심 상상력 등 함양에 필요한 동화 혹은 우화이다. 넷째, 짧은 분량의 글이어야 한다.

26 〈우리차지〉 유년서사물의 대부분은 활자 크기가 다른 기사에 비하여 현저히 크다. 다른 기사와 활자 크기가 동일한 경우는 「울지 않는 종」과 『물뜩이』의 독갑이 토벌 」 두 편뿐이다.

2) 유년서사물에 나타난 유년 아동의 이미지

(1) 바른생활의 유년 아동

《조선일보특간》유년서사물의 시작을 담당했던 작가는 정홍교이다. 1933년 8월 29일부터 10월 4일까지 11편의 글을 실었다. 이 가운데 7편은 유년 아동이, 다른 1편에서는 어른인 범잡이[27]가 나온다. 나머지 2편과 1편은 각각 우화와 번안동화이다.

정홍교 유치원동화

유년 아동이 등장하는 작품은 「싸흠꾼 수동이」, 「복만이 길순이」, 「수돌이 때때옷」, 「용감한 삽살개」, 「깨어진 은시계」, 「얼골이 왜 저래」, 「용길이 일용이」, 「두 마음」, 「사진 한 장」이다. 주요 작품을 살펴보면 다음과 같다. 「수돌이 때때옷」은 오줌을 싼 수돌이의 이야기다. 수돌이는 키를 쓰고 소금을 얻으러 가 친구들에게 오줌싸개라고 놀림

---

27 제목은 땅딸보 범잡이다. 조그만 땅딸보가 호랑이를 잡으러 갔다가 집으로 도망을 왔다는 내용이다. 특별한 서사보다는 '작다'라는 특징과 '조그만 조그만', '자꾸만 자꾸만', '무서운 무서운' 등과 같이 반복되는 말놀이가 강조되는 작품이다. 유년 아동의 신체적 특성인 '작다'라는 소재와 어휘의 반복을 통한 리듬감 역시 다른 유년서사물에서도 자주 등장한다.

도 받는다. 그리고 마지막에는 '오늘도 수돌이는 오줌을 쌀까요'라는 작가의 말이 나온다. '수돌이 때때옷'이라는 제목은 수돌이가 오줌을 싸서 "때때하고도 때때한 고운 옷"을 버렸다는 역설적인 의미다. 오줌을 싸지 않도록 훈계를 전달하는 작품이다.

「얼굴이 왜 저래」도 이와 비슷한 주제를 담고 있다. 수만이는 금년 일곱 살인 낮잠만 자는 아이다. 그래서 함께 놀 친구도 없다. 잠만 자는 수만이의 친구는 파리뿐인데, 새까만 파리 똥들을 수만이 얼굴에 싸서 흉한 모습이 된다. 친구들은 건강한데 수만이는 '갈비뼈가 앙상한 말라깽이'가 되어간다.

「수돌이 때때옷」과 「얼굴이 왜 저래」는 공통적으로 유년 아동의 바른생활을 강조한다. 오줌을 싼다거나, 밤에 잠을 자지 않고, 낮잠을 자는 잘못된 생활습관을 개선해야 한다는 의도가 강하게 들어 있다. 두 작품 모두 나쁜 생활습관이라는 원인이 어떤 결과를 만들어내고 있는지를 구체적으로 보여 준다. 고운 옷이 오줌을 싸서 얼룩덜룩해지고 낮잠을 잘 때 파리들이 얼굴에 새까만 똥을 싸서 보기 흉하게 되었다는 상황을 실감나게 묘사한다. 또한 수돌이가 오줌싸개라는 친구들의 놀림을 받고 울면서 집에 가고, 수만이는 건강한 친구들과 달리 여위어간다는 결말은 잘못된 생활 습관에 대한 '경고'와도 같다.

「두 마음」 역시 친구들의 행동을 고자질하는 학길이가 나중에 세상 사람들에게 버림 받고 나쁜 사람이 되었다는 이야기이다. 학길이처럼 되지 않기 위해서는 친구들을 고자질하는 습관을 고쳐야 한다는 주제를 담고 있다. 이와 같이 나쁜 습관을 다룬 작품에서는 부정적 결말을 통해 나쁜 습관에 대한 위험성을 알려 주고 있다.

「용감한 삽살개」, 「깨어진 은시계」, 「용길이 일용이」, 「사진 한 장」은 바른 생활습관보다는 아동들이 갖추기를 바라는 덕목을 다룬 작품이다. 「용감한 삽살개」에는 유년 아동인 수복이가 나오지만 주인공은 수복이네 삽살개다. 삽살개가 도둑을 잡아 도둑을 쫓았다고 수복이 엄마 아빠가 칭찬을 하며 훌륭한 밥을 해먹였다는 내용이다. '이와 같이 개도 자기 집주인을 위한답니다.'[28]라는 끝 문장은 삽살개가 주인공이지만 삽살개가 보여 준 용기의 중요성을 아이들에게 전달하려고 했음을 알려 준다.

정홍교는 그의 유년동화에서 바른생활과 덕목에 대한 내용을 주로 다루고 있으며 그 주제를 직접적으로 제시하고 있다는 특징을 보인다. 「깨어진 은시계」에서는 주인공 유년 아동[29]의 오빠는 깨어진 시계를 고쳐온 후, "사람도 나쁜 일 하였다가도 바로바로 잡기만 하면 훌륭훌륭한 사람이 되는 것이다"라는 말을 주인공에게 한다. 깨어진 시계는 나쁜 일을 한 사람으로, 고친 시계는 잘못을 고쳐서 훌륭하게 된 사람을 비유한다.

「용길이 일용이」는 용길이 집에 사는 가난한 일용이네 처지를 알려주며 시작한다. 일용이는 어려운 형편에도 약봉을 팔아 월사금을 마련하고 열심히 공부를 한다. 그러나 용길이는 가난한 일용이를 놀리는데 결국 일용이는 우등을 하고 용길이는 꼴찌를 한다.

일용이와 같은 자수성가형 인물은 「사진 한 장」에서도 볼 수 있다. 주인공 장수는 열한 살이지만 '대단히 부지런한 어린아이'다. 신문사에서 일하는 장수는 다른 친구들처럼 놀지 않고 어른들의 심부름을 하고 책도 읽는다. 그리고 신문에서 좋은 사진들은 모아두기도 한다. 나중에 장수는 신문사에서 급하게 필요로 하는 사진을 모아둔 사진들

---

28 원문의 문장을 현대어로 다듬은 것이다. 앞으로도 인용 문장은 크게 뜻이 달라지지 않는 범위에서 가독성을 고려하여 현대어로 바꿀 것이다. 단, 유년동화의 특징이라고 할 수 있는 어휘의 반복 등은 그대로 살려 인용하고자 한다.

29 주인공의 나이가 직접적으로 제시되지는 않았다. 그러나 시계 바늘을 사람의 다리로, 시계 바늘의 움직임을 걸음으로 비유한 데서 보이는 물활론적 사고는 유년 아동에 대응하는 어린 연령의 대표적 특징이다.

속에서 찾아 주고 칭찬을 받는다.

대체로 나쁜 행동에 대해서는 부정적 결말을 제시하지만 바른 덕목을 보여 주는 행동에 대해서는 밝은 미래를 그린다. 이러한 인과응보 유형의 작품들은 바른 성품의 아동으로 교육시키는 데 목적이 있다. "'어린이'라는 존재를 '보호'와 '교육'의 대상으로 변모시킨 근대"[30]의 영향이기도 하다. 여기서 보호는 통제의 또 다른 이름이기도 하다.

특히 교육적 목적이 직접적으로 드러나는 것은 '유년'이라는 연령대에서 기인한다. 비유적인 표현에 대한 이해가 어렵고, 어린 연령일수록 통제와 규율, 보호와 같은 교육이 필요하다고 여기기 때문이다. 청결하고 바른 습관을 가진 아이는 곧 '새로운 교육'의 결과기도 하다. 여기서 '생활개신운동'과의 연관성도 찾을 수 있다. 이처럼 짧은 분량 속에 드러나는 직접적 교육성은 정홍교의 유년서사물에서 두드러지게 나타난다.

윤석중의 「까마귀가 된 애기」[31]도 교훈성을 담고 있지만 다른 개성을 갖고 있다. 주인공 '아가'는 엄마 말을 듣지 않고 까마귀 흉내를 내

---

30 혼다 마스코, 『20세기는 어린이를 어떻게 보았는가』, 한림토이북, 2002, 17쪽.
31 윤석중은 1933년 10월 10일, 12일과 1933년 11월 3일~19일, 1934년 1월 27일부터 30일까지 유년서사물을 싣고 있으며 작품 수는 14편이다. 윤석중이 《조선일보특간》 유년서사물 집필에 참여한 것은 「순이와 달」이 실린 1933년 10월 10일이 가장 빠른 날짜로 확인된다. 그런데 이보다 앞선 10월 4일 '라디오' 꼭지에 동화 「순이와 달」로 소개된다. 제목 옆에 '午後六時'라는 글자를 보았을 때 라디오에 방송되는 동화를 지면으로도 수록한 것으로 추측된다. 이때 〈우리차지〉에는 정홍교의 마지막 집필 작품 「로서아동화」가 실려 있다. 라디오 동화로 나왔던 「순이와 달」이 그 두 번째 편부터는 유년서사물 위치로 이동한 것이다. 작품이 시작되기 전 이 동화 처음은 먼저 실렸지만 그 다음이 궁금할까 해서 윤선생님에게 청해 그 계속을 마저 싣는다는 설명이 나와 있다. 글의 종류는 그 전과는 다르게 '동화'로 되어 있다. 「순이와 달」을 윤석중은 10월 4일자에서 '조선에서 제일 오래되고 제일 유명한 이야기'라고 소개한다. 원작은 옛이야기 '해와 달이 된 오누이'이다. 해와 달이 된 오누이를 재화한 「순이와 달」이 첫 회는 라디오 동화로 실렸다가 2, 3회가 유년서사물로 실린 것이다. 이 작품은 전술한 바와 같이 '해와 달이 된 오누이'를 다시쓰기 한 것으로 옛이야기 범주에 속한다. 그렇기 때문에 윤석중이 처음 쓴 생활동화는 1933년 11월 3일 「까마귀가 된 애기」가 된다.

다가 정말 까마귀가 된다. 글에서 아가의 나이는 정확하게 나오지는 않지만 엄마가 아가라고 부르는 것을 보았을 때 유년 아동에 대응하는 연령으로 추측된다. 이 작품은 언뜻 엄마 말을 안 들어서 벌을 받는 이야기로 읽힌다.

그러나 이 작품에서 '들창'이라는 소재를 중심으로 본다면 다른 해석의 여지가 있다. 다음은 작품의 시작과 끝 부분이다.

들창 너머로 보이는 감나무가지에 까마귀가 앉아서 울었습니다. 애기가 그걸 보고 까악까악 흉내를 냈습니다.

애기 입이 점점 샐쭉해졌습니다. 코가 떨어지고 눈알이 대굴대굴 굴렀습니다. 애기는 애기는 까마귀가 되어 들창 밖으로 날아가버렸습니다.

들창은 안과 밖을 경계 지으면서도 바깥쪽을 향해 여는 창이다. 들창 너머로 보이는 까마귀 소리를 흉내 내는 것은 바깥 세상에 대한 동경으로 해석할 수 있다. 엄마는 갓난아기가 깰 것을 염려해 까마귀 소리를 내지 못하게 한다. 아이는 갓난아기가 잠에서 깨도, 까마귀가 되어도 상관이 없다. 엄마를 놀리면서 까악까악 운다. 그리고 까마귀가 되어 들창 밖으로 날아가는 다소 기괴하고 환상적 결말을 통해 엄마 말을 잘 들어야 한다는 교훈을 간접적으로 전달하고 있다.

(2) 천진난만함과 공상의 세계

유년 아동 특유의 천진난만함과 상상으로 만들어낸 세계는 유년서 사물에서도 자주 볼 수 있는 테마이다. 흥미로운 사실은 이러한 천진난만함과 공상의 세계를 가능하게 해 주는 것은 '엄마'라는 존재이다.

유년 아동에게 엄마는 양육자라는 위치에서 더 나아가 세상의 전부이며 모든 것을 가능하게 해주는 절대적인 존재다.

윤석중의 「엄마의 쐭쐭쐭」은 아이의 호기심을 담고 있다. 애기는 엄마가 손으로 다친 곳을 쐭쐭쐭 해주면 대번에 낫는 것이 신기하다. 그래서 넘어져 우는 옆집 애기한테 엄마처럼 쐭쐭쐭을 해주지만 낫지 않는다. 애들이 하면 안 낫고 엄마가 하면 낫는 것이 애기는 마냥 신기하다.

엄마가 쐭쐭쐭 소리를 내는 것만으로 아픈 것이 나을 리는 없다. 직접 언급은 없지만 엄마의 애정이, 엄마에 대한 아이의 신뢰가 '플라시보 효과'를 내는 것이다. 이 작품은 표면적으로는 아이의 호기심을 다루고 있지만 그 바탕에는 엄마와 유년 아동의 애정과 신뢰라는 정서가 있다.

「구름글씨」는 윤석중의 작품 중 가장 마지막에 실린 것이다. 총 3회차로 나누어 연재되었다. 애기는 신문지에 글씨 연습을 한다. 알아볼 수 없는 '거짓부렁이 글자'지만 열심히 쓰고 엄마를 찾는다. 엄마에게 읽어보라는 것이다. 하지만 엄마는 불을 붙이느라 바쁘다. 불이 자꾸 꺼지니까 엄마는 애기가 글씨 연습을 하던 신문지를 가져가 아궁이에 넣는다.

그런데 애기는 속상해하지 않는다. 오히려 아궁이로 들어간 자신의 글씨가 어떻게 될지 궁금해 한다. 굴뚝에서 나오는 연기를 보고 자기가 쓴 글씨가 연기가 돼 올라간다고 생각한다.

"엄마, 내 글씨가 구름이 됐어. 저기 좀 봐. 저기……."

"뭣이 어째?"

"저기 좀 봐. 저기……."

"오오, 저게 글자란 말이지. 점점 글자가 커지는구나."

"여! 달아난다. 여! 퍼진다. 여! 없어진다. 아하하."

애기는 자기가 쓴 글씨가 연기가 되어 하늘로 올라가는 모양을 보고 좋아한다. 하늘 위로 달아나고, 멀리 퍼지고 그렇게 없어지는 '구름글씨'는 애기에게 글씨를 쓸 때와는 또 다른 즐거움을 준다. 유년 아동의 밝고 낙천적인 기질에서 기인한 것이기도 하다. 하지만 이런 즐거움에는 「엄마의 쎅쎅쎅」에서 확인한 것처럼 엄마와의 애정 관계가 바탕이 된다. 아이가 마음껏 자신의 호기심을 표현할 수 있는 것은 그 호기심에 응답해 주는 엄마가 있기 때문이다.[32]

엄마는 구름을 가리키는 애기의 손톱을 보고 지저분한 것이 청인 손톱 같다고 하면서도 애기의 손톱을 깎아주는 것으로 끝나는 결말은 호기심과 공상 세계에서 현실로의 복귀와 든든하게 옆에서 보호해 주는 엄마를 동시에 보여 준다. 일상생활 속 이야기를 통해 따뜻함을 느끼게 해주는 작품이다.

이일동의 「은순이의 춤추는 구경」은 1934년 1월 9일부터 14일까지 애기동화라는 꼭지명으로 6회가 실렸다. 《조선일보특간》에서 옛이야기나 우화 등은 여러 회 연재되는 경우가 많았다. 그러나 생활동화는 1회로 완결되는 경우가 대부분이며, 길어야 3회로 연재되었기 때문에 「은순이의 춤추는 구경」이 6회에 걸쳐 수록되었다는 사실은 이례적이다.

은순이는 다섯 살 된 유년 아동이다. 작가는 특히 그 연령대 특유의 천진함과 사랑스러움을 강조한다.

---

32 존 볼비는 호기심과 탐색을 위한 도약판을 제공하는 안전한 안식처를 안전기저라고 설명한다. 이런 유년동화의 특성은 특히 이태준의 작품에서 잘 드러난다. 제레미 홈스, 『존 볼비와 애착 이론』, 학지사, 2005, 120쪽 참조.

은순이는 착합니다. 예쁘고 착합니다.

"너 몇 살이지?"

이렇게 물어보면

"나?"

하고 발쭉 웃고는

"다섯 살!"

하고는 이상하듯이 눈을 똑바로 뜨고 몇 살인지 묻는 사람의 얼굴을 쳐다봅니다.

운순이는 은순이 나이를 왜 묻는지 몰라서.

"네 이름은?"

이렇게 물으면

"은순이"

하고는 제가 은순이라고 손으로 제 얼굴을 꼭 가르치고는 다시 발쭉 웃습니다.[33]

은순이를 통해 주변에서 흔히 볼 수 있는 유년 아동의 모습을 생생하게 그려낸다. 이 작품의 주요 사건은 은순이가 공회당에 춤추는 구경을 갔다 온 것이다. 공회당에는 저녁에 가지만 은순이는 아침부터 준비를 한다. 엄마의 경대 앞에서 분도 발라 보고 거울을 보며 치장하는 흉내를 낸다. 엄마가 화장하는 모습을 따라하는 것이다. 또 거울을 보고 "거울 속의 은순이"가 자기와 똑같은 표정을 짓는 것을 보며 즐거워한다.

은순이는 아침과 점심은 많이 먹었지만 공회당에 빨리 가려고 저녁은 많이 먹지 않는다. 저녁을 빨리 먹는다고 공회당에 바로 갈 수 있

---

33 《조선일보》 1934.1.10.

는 것은 아니다. 하지만 그만큼 공회당에 가고 싶어 하는 마음과 설렘, 단선적으로 상황을 판단하는 단순성[34]이 두드러진다.

공회당에 가기 위해 나서는 은순이는 '빨간 새 옷을 입고 파랑 망토를 둘러쓰고 흰 모자'를 쓴다. 춤추는 구경을 가는 것도 그렇지만 이러한 옷차림을 통해 은순이 집안이 중산층 이상임을 추측할 수 있다. 또한 파랑 망토[35]와 흰 모자는 유년 아동의 사랑스러운 이미지를 단적으로 표현한다.

은순이는 공회당에 가서 자기 또래의 사내아이를 본다. 이 아이도 은순이와 비슷하게 빨간 모자를 쓰고 파랑 망토를 입고 있다. 은순이는 '굿 이브닝'이라는 말을 건넨다. 앞서 설명한 옷차림도 그러하지만 영어를 쓰는 데서 새로운 문물과 유년 아동의 밀접성을 찾을 수 있다. '유년 아동' 역시 1930년대 주목하기 시작한 '새로운 아동'이었기 때문이다. 특히 유년은 당시 지향했던 새로운 가족 형태, "중산층의 가정, '스위트홈'의 이미지를 완성시키는 역할"을 했다.

새로움과 함께 아저씨에게 배운 '굿 이브닝'을 잊어버리지 않고 말하지만 다소 미숙해 보인다. 그러나 이러한 미숙함은 유년 아동이기 때문에 이해되고 오히려 더욱 사랑스러운 느낌을 준다.

무대가 시작되자 은순이는 흥이 나서 자기도 모르게 "딴스"를 하면서 무대 앞으로 뛰어나간다. 순사가 나서서 은순이를 엄마 옆에 데려다 준다. 사람들이 모두 은순이를 쳐다보자, 자신이 무대 앞으로 뛰어나간 일이 잘못임을 알고 부끄러워 눈물을 흘리다 잠이 든다.

---

34 '유년동화'에서 그려지는 유년 아동의 단순성은 작가의 창작 의식과 유년에 대한 관점에 따라 다르게 나타난다. 유년 아동을 어리고 미숙한 존재로만 본다면 이 단순성은 평면적으로 그려지지만 유년 아동을 독자적인 존재로 그 의미를 부여했을 때는 간명한 인생의 진리를 찾아내는 경우도 있기 때문이다.

35 '파랑 망토'는 1933년 11월 7일자에 실린 윤석중의 「파랑망토」의 핵심 소재이기도 하다.

바로 이때부터 유년 특유의 공상성이 발휘된다. 은순이는 '꿈의 나라'로 들어가는데 그곳에는 사람들이 가득찬 벌판과 무대가 있다. 무대 위에는 악기를 연주하는 사람들과 춤을 추는 은순이의 아저씨가 있다. 은순이는 아저씨를 보고 현실에서 해 보지 못한 일을 다시 시도한다. "딴스"를 하면서 무대 위로 뛰어올란 것이다. 사람들은 은순이가 춤을 잘 춘다고 손뼉을 치며 꽃을 던져준다. '굿 이브닝'이라고 인사를 했던 남자 아이도, 엄마와 아빠도 함께 신나게 '딴스'를 추는 풍경이 펼쳐진다. 현실에서는 이루지 못했던 소망이 이루어진 것이다.

은순이는 너무 기쁘고 좋아서 창가를 하면서 공중에서 춤을 춘다. 공중에 떠오르는 것은 실제로는 불가능한 일이다. 하지만 '꿈의 나라'에서는 은순이가 하고 싶은 일은 무엇이든지 할 수 있고 이루어질 수 있다. 은순이의 소망, 무대 위에서 "딴스"를 추고 사람들의 환호를 받는 그 바람이 이루어진 절정에서 꿈에서 깨어난다. 그리고 엄마 아빠와 함께 집으로 돌아간다.

「은순이의 춤추는 구경」은 유년의 말과 행동의 특징을 포착해 이를 중심으로 6회차라는 비교적 긴 호흡의 서사를 완결성 있게 전개해나갔다 점이 눈에 띈다. 유년 아동의 말과 행동을 모사하는 데서 그치지 않고, 유년 아동의 심리와 소망을 반영했다는 점에서도 그렇다.[36] 이를 신문물과 결합시켜 세련된 도시 감각으로 그려내 작품의 독특한 색채를 만들어냈다.

1934년 1월 26일자에 수록된 이동일의 또 다른 작품 「하나 · 둘 은순이는?」의 주인공 역시 다섯 살 난 은순이다. 은순이는 집에 온 손님의 사람의 숫자를 센다. 열까지 세고 싶은데 손님은 아홉 명밖에 없

---

36 앞서 살펴본 정홍교의 유년동화가 계도적 성격이 짙었던 이유는 유년을 미숙한 존재, 배워야 할 존재로 보고 도덕적 성품을 갖춘 성인이 되기를 바라는 의도가 컸기 때문이다. 정홍교에게 유년은 배우고 성숙해져야 하는대상이었고, 유년동화는 이를 전달해 주는 매개체였다.

다. 다른 사람을 찾다가 다시 하나부터 세기 시작한다. 그 모습을 보던 아주머니가 '은순이, 너는?'이라고 말하자 은순이는 '열'을 말하고 웃는다.

단순한 이야기지만 아직 인지적 능력이 충분히 발달하지 못한 유년 아동의 특징이 잘 나타나 있다. '열'이라고 말할 사람이 없다는 것은 성인에게는 큰 문제가 아니다. 그러나 은순이 또래에게 있어서는 해결하기 어려운, 하지만 꼭 해결하고 싶은 중요한 문제다. 그리고 이 문제는 생각지도 못한 의외의 방법으로 해결된다. 함께 있던 아주머니가 은순이 자신을 빼놓았다고 알려 주는 것처럼 말이다. 이처럼 사소해 보이지만 유년에게는 중요한 문제가 되고, 그 문제를 풀어내는 의외의 결말은 발상의 전환과 웃음을 끌어내는 유년동화의 중요한 특성 중 하나다.

이일동은 유년 아동의 이미지를 「은순이의 춤추는 구경」에서는 근대 문물과 「하나 · 둘 은순이는?」에서는 생활 · 가족[37]과 연결시키고 있는데, 이때 생활 속에서 유년 아동의 특징을 잘 보여 주고 있다는 점에서 주목할 만하다.

원유각[38]은 「늙은 잠자리」를 3회 연재했다. 여름이 거의 다 지나간 어느 날 오후, 복남이와 옥순이는 잠자리를 잡기 위해 수수나무밭까

---

37 《동아일보》에 1938년부터 1940년까지 연재되었던 〈애기네 판〉은 유년 아동이 등장하는 짧은 글과 그림을 담은 한 칸짜리 꼭지이다. 여기서 유년 아동은 가장 어리기 때문에 보살핌을 받는 모습이 많이 등장한다. 또한 웃음꽃 피는 '스위트 홈'을 완성하는 결정적 역할을 하기도 한다. 이일동의 작품들은 이보다 앞서 나왔지만 사랑스럽고 보살핌을 받아야 하는 유년의 이미지 혹은 그 단초들은 이때도 분명 존재했다고 보인다. 신가정에 대한 논의는 1930년대 중요한 화두였기 때문이다. 신가정에 대한 내용은 다음 글을 참조하였다. 전미경, 「1920~30년대 가정탐방기를 통해 본 신가정」, 『가족과 문화』 제19집 4호, 한국가족학회, 2007.

38 《동아일보》 1933년 11월 23일자에 아동예술연구회 회원으로 소개되어 있으며, 《조선일보》에서도 그가 쓴 동시가 2편 정도 확인된다. 《조선일보》 1933년 9월 17일자에는 '새나라동요방송회'에서 지휘를 했다는 기사가 있다. 특히 음악, 동요와 관련된 활동을 많이 했을 것으로 추측된다.

지 간다. 그때 늙은 잠자리가 나타나 수수나무에게 하루만 재워달라고 부탁하는 광경을 본다. 그러나 수수나무는 잠자리의 눈이 무서워 못 재워준다고 한다. 그러자 복남이와 옥순이는 불쌍한 늙은 잠자리를 훨훨 날려 보내준다. 그리고 그 잠자리 뒤를 쫓아간다.

이 작품이 흥미로운 것은 방정환의 동시 「늙은 잠자리」를 토대로 창작했다는 것이다. 동시에서도 늙은 잠자리는 '수수나무 마나님'에게 재워달라고 부탁하지만 거절당한다. 그리고 바지랑대 갈퀴에 앉아서 추운 바람을 슬퍼하며 한숨을 쉰다. 슬픈 결말인 것이다. 원유각은 이 결말을 '다시쓰기'해 행복한 결말로 바꾼다. 동시에는 없는 복남이와 옥순이라는 인물을 등장시켜 불쌍한 늙은 잠자리를 도와주도록 했다. 동시와 동화를 하나의 이야기로 연결시키면서도 색다르게 즐길 수 있는 흥미로운 작품이기도 하다.

(3) 동심에 대한 동경

생활동화지만 서정성이 두드러지게 나타나는 작품들도 있었다. 이때 서정성은 '성인[39] 화자'의 관점에서 성립된다는 점이 흥미롭다. 윤석중의 「파랑 망토」는 다섯 살 난 애기가 주인공이다. '나'는 파랑 망토를 입은 애기를 보고 웃는다. 더운 여름 대낮에 겨울 망토를 입고 있었기 때문이다. 그런 애기가 '나'의 눈에는 귀엽게만 보인다.

아마 곰팡이가 생길까 봐 엄마가 볕에 내어 널은 겨울망토겠지요. 하지만 애기는 '겨울 망토'를 모릅니다. 그건 다만 '우리 망토'였습니다. 귀여운 아

---

[39] 이때 성인은 유년 아동보다 높은 연령의 인물을 뜻한다. 대체로 화자로 등장하며 유년 아동 또는 유년 시기에 대한 서정적 감정을 드러낸다.

가야.

　'나'가 생각하는 애기의 세계는 현실적인 것이 아니라 애기 자신을 중심으로 존재한다. 망토가 겨울에 입는 두꺼운 옷이어도 지금 내가 좋고 입고 싶은 것이 더 중요하다. 여름 한낮, 파란 망토, 사탕을 사러 뛰어가는 망토 입은 아이의 뒷모습, 매미 울음소리와 같은 묘사들은 여름 한낮의 평화로운 정서를 전달한다. 특히 '겨울 망토'를 모르고 '우리 망토'라고 부르는 애기를 보고 사랑스러움을 느끼는 것은 '나'의 연령이 그만큼 높다는 것을 뜻한다.

　또 다른 윤석중의 작품 「들창」은 아버지한테 꾸중을 듣고 울고 있는 '애기'의 이야기로 시작한다. 골방에서 혼자 울고 있는데 해가 진다. 불을 켜려고 일어섰을 때 해질녘의 들창을 본다. 바깥을 비추는 그 들창은 애기에게 위로를 준다. 가만히 들창 밖을 바라다보며 차분해지는 마음을 느꼈을 것이다. 이 작품은 윤석중 개인의 경험이 바탕이 된 것으로 보인다. 처음에는 울고 있는 애기가 나오지만 후반부에서는 '나'라는 인물이 등장하며 '나는 아직 어린애 였어서'라는 표현이 나온다.

　　나는 아직 어린애 였어서 그때의 내 맘을 무어라 말해야 좋을지 몰랐습니다. 하지만 그러나 그때처럼 그렇게 물끄러미 들창은 바라본 적은 없습니다.

　어린 시절 혼이 나고 우연히 바라본 들창에서 느꼈던 '무어라고 말해야 좋을지 모를' 미묘한 감정을 느꼈던 것이다. 들창을 '물끄러미' 바라보며 들었던 그 감정들은 정확하게 설명하기는 어려워도 글에 나온 것처럼 '위로도 되고 의지도 되고 여러 가지 것을 가르쳐 주는 동무' 같은 대상이었다. 어린 시절의 기억은 이렇게 애상적 정서로 남기도 한다. 이 애상적 정서를 이제는 돌아갈 수 없는 그리운 시기의 감정, '동심'이라고 부를 수 있다. 특별한 사건 없이 정서가 중심이 될 수 있는 것은 유년서사물이 비교적 짧은 분량으로 쓰이고 이에 따른 시적 효과를 거두기 때문이다.

3) 교육적 의도를 담은《조선일보특간》〈우리차지〉

2절에서는《조선일보특간》〈우리차지〉에 1933년 8월 29일부터 1934년 2월 8일까지 연재된 유년서사물의 등장배경과 현황을 유년 아동의 생활을 담은 작품들을 중심으로 살펴보았다. 유년서사물의 등장은 조선일보사가 주최했던 1929년 4월 생활개신운동으로 거슬러 올라간다. 생활개신운동의 하위 목표였던 상식보급운동은 문자 습득과 연관성이 컸고, 이는 초보적 문자 습득 단계인 유년에 주목하게 하였다. 유년과 유치원은 '신식 아동'과 '새로운 학제'라는 측면에서 생활개신운동과 밀접성을 갖고 있었다.

조선일보사에서는 전 경성 유치원 원유대회를 매년 열고, 유치원 탐방 기사나 유치원 보모의 작품 등을 수록하며 유년과 유치원에 대한 관심을 지속적으로 보여준다. 1933년 8월 29일《조선일보특간》으로 증면하면서 독립적으로 아동 지면을 구성하였고, 이때 유년서사물을 고정적으로 수록한다. 신문 매체의 '사회교육기능'을 염두에 둔 것이며, 이 출발점은 생활개신운동에 있다.

《조선일보특간》에 실린 유년서사물은 100회 차, 총 53편을 확인할 수 있었다. 국내 작품이 53편 중 47편이었다. 이 가운데 유년 아동의 생활을 담은 서사물은 21편으로 가장 많은 비중을 차지하였다. 이는 유치원 현장에서 요구했던 우리나라 정서에 맞는 우리 작품과 유년생활에 밀착된 내용으로 구성한 것이다.

조선일보사에서 주도했던 생활개신운동과 신문의 사회교육기능을 바탕으로 구성된《조선일보특간》〈우리차지〉에 수록된 유년서사물은 계몽적 성격이 매우 짙다. 이와 더불어 유치원 현장의 요구 즉 유년 독자의 특성을 고려한 생활동화를 다수 창작하였다는 점에서 유년서 사물의 중요한 한 축을 명료하게 구현해 냈다는 데 그 의의가 있다.

3. 한 칸 형식 〈우리차지〉에 나타난 모티프

1) 이야기에서 이미지로

《조선일보》가 갖고 있었던 유년에 대한 관심은 〈우리차지〉에서 지 속적으로 나타난다. 한 칸 형식의 〈우리차지〉는 1934년부터 폐간 직 전인 1940년 8월 8일까지 여성 지면에 연재된 고정 꼭지였다. 〈우리 차지〉는 한 칸 안에 짧은 글과 그림이 함께 있는 구성이다. 주요 대상 은 '유년'으로 추측된다. 이러한 전제가 가능한 이유는 첫째, 〈우리차 지〉의 전사(前史)를 들 수 있다.

'우리차지'라는 명칭은 앞에서 설명한 것처럼 1933년 8월 29일 먼 저 사용되었다. 이때 초기에는 지면 전체가 어린이 대상이었으나, 점 점 지면이 축소되면서 최종적으로 '유년서사물'만 남는다. 1934년 2 월 8일까지 유년서사물이 연재되다가 1934년 2월 27일부터는 짧은 글과 그림으로 된 한 칸 꼭지로 구성이 달라진 것이다. 하지만 이 둘 모두 '유년'을 공유하고 있다. 특히 1934년 2월 27일부터 연재된 〈우 리차지〉는 짧아진 글과 그림을 통해 더욱 '유년' 독자에게 적절한 구 성의 작품을 싣고 있다. 둘째, 〈우리차지〉가 여성 지면에 실렸다는 점 이다. 여성 지면에는 대체로 미용, 보육, 생활 정보 등의 기사들이 실렸는데 이러한 맥락에서 본다면 〈우리차지〉는 '보육'의 성격을 띤 꼭지로 분류할 수 있다. 〈우리차지〉에 실린 짧은 글과 그림을 성인이 유년 아동에게 보여 주었을 것으로 추측되기 때문이다. 이렇게 글을 읽어 주는 대표적인 대상은 아직 본격적인 문해 능력을 갖추지 못한 유년 아동이기도 하다. 여성 지면에 〈우리차지〉가 실렸다는 사실은 이 꼭지가 유년을 대상으로 하고 있음을 알려 준다.

셋째, 〈우리차지〉에 등장하는 주요 인물의 연령이 대부분 초등학교 저학년 아래로 설정되어 있다는 점도 주목할 만하다. 이는 일반적으로 유년의 나이가 5~7세에서 초등학교 저학년생 정도까지로 논의되고 있다는 것과도 유사하다. 〈우리차지〉에는 대체로 취학 전의 유년 아동들이 많이 등장하는데 그 나이 또래가 갖는 특성들이 중심 사건이 되는 경우가 많다.

1934년부터 1940년까지 조선일보에 수록된 〈우리차지〉는 약 995편이 확인된다. 유년 아동, 신식 문물, 자연, 놀이 등 다양한 모티프들을 발견할 수 있다.

연도별 수록 편수를 살펴보면 1934년 154편, 1935년 55편, 1936년 199편, 1937년 215편, 1938년 185편, 1939년 66편, 1940년 121편이다. 1936년부터 1938년까지 200여 편 정도 수록된 것을 통해 안정적으로 자리매김했던 꼭지였음을 알 수 있다.

특히 1940년에 수록된 편수가 121편이라는 것 역시 의미가 있다. 《조선일보》가 1940년 8월 8일 폐간된 것을 고려하면 〈우리차지〉가 이틀에 한 번은 실린 것이 되기 때문이다.

〈우리차지〉를 둘러싸고 있는 검정색 테두리 선은 〈가정〉의 다른 기사들과 〈우리차지〉를 구분하는 역할을 한다. '가정'이라는 지면의 이름이 있음에도 불구하고, '우리차지'라는 꼭지 명칭을 별도로 제시하고 있는 것은 이질적

〈우리차지〉에 나타난 다양한 모티프

인 성격과 '지면 속 또 다른 지면'과 같은 독립성을 보여 준다.

〈우리차지〉가 처음 연재되었을 때는 작가와 화가 이름을 따로 밝히지 않았다. 연재 2개월 후인 1934년 4월 25일부터는 작가를 '왕방울'로 밝히고 있다. 이후 작가 이름은 제시되고 있으나 화가 이름은 단 한 번도 나오지 않는다.

〈우리차지〉의 기본 요소는 꼭지명과 제목, 글, 삽화, 작가 이름이다.

이러한 다섯 요소들은 마지막 수록일까지 대체로 빠짐없이 제시되고 있다. 특정 작가가 없는 민요나 놀이요 같은 경우에도 전승 지역을 꼭 밝히고 있다. 가장 늦게 나온 요소인 제목은 1936년 7월 22일자부터 확인할 수 있다. 간헐적으로 제목이 제시되다가 1936년 9월 1일자부터는 제목도 고정 요소로 자리 잡으며 〈우리차지〉의 체제가 완성된다.

긴 기간 동안 연재되었기 때문에 필자 역시 다양하다. 필자를 중심으로 크게 세 시기로 나눌 수 있는데 왕방울과 최창선, 오장환 등이 주로 활동했던 첫 번째 시기가 있다. 두 번째 시기는 1~5회 정도를 담당해 필자의 수가 가장 많았고 교체 시기도 잦았다. 마지막으로 아저씨와 재귀가 필자로 활발하게 활약했던 세 번째 시기다. 필자 대부분이 오장환과 윤석중, 장응두, 엄달호, 임린 등을 제외하고는 왕방울, 아저씨, 재귀 등과 같은 필명을 사용해 정확하게 필자를 파악하기에는 한계가 있다.

그러나 오장환과 윤석중 같은 기성작가는 물론 《조선일보》 신춘문예에 입선한 장응두와 임린, 《동아일보》에서 유년소설을 집필했던 엄달호 등이 필진이었다는 것은 어느 정도 문학성을 담보할 수 있는 작가들이 참여했다는 추측은 가능하다. 삽화가 이름은 나와 있지 않지만 필진과 유사하게 인지도 있는 화가였을 것으로 생각된다. 다른 인물과의 관계를 드러내는 구도와 섬세한 표현도 그렇지만, 그림뿐 아니라 글을 자유자재로 활용하는 작품들도 있어 전문성을 볼 수 있다. 1935년 1월 2일자에 나온 엽서에 쓰인 글들도 하나의 삽화가 되고 있다는 것이 그 예이다.

〈우리차지〉 전반에서 보이는 중요한 특징은 '장면'의 포착에 있다. 기승전결이 있는 서사 대신 하나의 장면을 그려내고 있는데 이 장면은 〈우리차지〉가 공유하는 궁극적 목표 '유년'을 "지원 · 강조 · 현재화 · 해명"하는 역할을 한다. 이 장면은 글과 그림, 제목으로 구현된다. 이는 '주제적 요소를 띠고 있는 중심 소재' 또는 "작품의 주제 요소를 환원시키면 더 이상 환원이 불가능한 가장 작은 요소",[40] 즉 모티프인 것이다. 〈우리차지〉는 사건의 인과관계나 갈등과 대립, 그 해소 등과 같은 이야기성보다 장면을 효율적으로 표현해 주는 모티프에 집중하고 있다.

1000여 편에 달하는 작품 편수에서 알 수 있듯이 〈우리차지〉에 나타난 모티프들은 매우 다양하다. 이를 인물, 대상, 장소 등으로 구분할 수 있다.[41] 이 가운데 345편이 인물 모티프로 확인되었다. 두 번째로 많이 나오는 장소 모티프가 131편인 것을 고려하면 그 비중이 매우 큼을 알 수 있다.[42] 따라서 인물 모티프를 우선적으로 살펴보는 것이 〈우리차지〉의 기조를 알아보는 데 도움이 될 수 있다. 인물 모티프는 다시 천진함과 교육의 대상, 가족의 일원으로 구분되는데 이 글에서는 가장 큰 비중을 차지하는 천진한 인물을 구성하는 모티프 중심으로 살펴볼 것이다.

---

[40] 보리스 토마셰프스키 외, 『신비평과 형식주의』, 고려원, 1991, 198쪽.

[41] 이 글에서 모티프 분류는 테오도르 볼페르스의 견해를 반영하였다. 테오도르는 "허구적 리얼리티의 상상할 수 있는 모든 층위에서 일어나며, 모티프의 내용에 따라 계층화될 수 있"음을 설명하며 모티프의 예로 행동, 사건, 인물, 대상, 장소, 시간 국면 등을 제시하고 있다. 홈스트·잉그릴드 뎀리히 외, 『문학주제학이란 무엇인가』 민음사, 1996.

[42] 이런 유형화에는 두 가지 한계가 있다. 먼저 유형을 결정하는 데 있어 연구자의 주관성이 개입된다는 점이다. 다른 하나는 여러 개 유형에 속하는 작품이 있다는 것이다. 예를 들어 인물과 장소의 모티프가 동시에 드러나는 경우가 있다. 이러한 한계는 약 7년 동안의 수록 기간과 1,000편 정도에 이르는 비교적 많은 텍스트가 확보되어 있는 만큼, 이를 통한 일정한 경향성을 확인할 수 있었다. 모티프가 가져오는 결과도 유형을 분류하는데 기준이 되었는데 이는 후술하기로 한다.

2) 유년 아동을 그려내는 주요 모티프들

(1) 습득과 적응

인물 모티프 가운데서도 천진하고 순수한 아동으로 그리고 있는 경우가 163편 정도이다. 약 절반에 해당할 정도로 큰 비중을 차지한다. 이는 유년을 바라보는 일반적인 관점이 바로 이 천진함에 있기 때문이기도 하다. 천진함의 사전적 의미는 "꾸밈이나 거짓이 없이 자연 그대로 깨끗하고 순진하다"이다. 〈우리차지〉는 바로 이 천진한 유년의 모습을 그리는 것으로 시작한다.

〈우리차지〉 첫 회인 1934년 2월 27일자에 등장하는 주인공은 은찬

〈우리차지〉 1934년 2월 27일자

이다. 아직 젖먹이인 은찬이는 다른 사람의 말을 흉내 내며 재롱을 피운다. 그러다 자기도 모르게 주저앉자 놀라 눈이 둥그레진다. 그런 은찬이를 보며 엄마와 '나'는 웃는다. 삽화를 보면 은찬이는 머리카락이 짧고 원피스를 입은 모습으로 그려져 있다. 짧은 머리카락은 2~3세 정도의 어린 연령, 아기임을 보여 주며 〈우리차지〉에서 자주 표현되는 일방적인 표현 방식이다. 이 작품에서 눈에 띄는 것은 화자이다.

엄마와 은찬이 외에 등장하는 '나'는 정확하게 관계가 제시되지는 않지만 은찬이의 손위 형제로 보인다. 이는 첫 문장 "은찬이는 오늘밤 자고 또 내일 밤 자고 또 그 다음날 밤만 자면 돌날입니다."에서 알 수 있는데, 삼일 후라는 간결한 표현 대신 구체적이고 즉물적으로 표현하는 것은 유년 아동이 보여 주는 언어 특징으로 성인이 아님을 추측하게 한다. 성인이 아닌 언니 또는 오빠의 시각으로 보는 동생 은찬이의 행동은 그 거리감을 좁혀 미성숙함이 주는 부정적 느낌을 희석시켜 준다. 손위 형제 역시 아직 성인처럼 성장이 이루어지지 않은 존재라는 점에서 동질성을 갖고 있기 때문이다.

1934년 6월 23일자에서 화자는 주인공 유년 아동과 일치한다. 아빠와 엄마가 예쁜 이유는 자신을 예뻐하기 때문이고 언니와 누나가 예쁜 것도 자신을 업어주기 때문이라고 한다. 자신을 중심에 두고 잘해주는 인물들에 대한 호감을 표현하고 있다. 유년 아동은 "타인을 관찰할 때에도 눈에 띄는 모습이나 행동, 그가 가지고 있는 소유물 등을 중심으로 인지한다."[43] 자신을 예뻐하고 업어주는 눈에 보이는 사실 때문에 모두 예쁘다고 생각하는 자기중심적 사고를 보인다. 일면 미성숙하게 볼 수 있는 은찬이와 나의 행동은 발달단계 중 하나로 사회화에 필요한 내용들을 조금씩 습득하고 적응해 가는 과정이라 할 수

---

43 유효순 외, 『유아발달』, 창지사, 2014, 248쪽.

있다.

이와 유사한 유년 아동의 발달상 특징은 1936년 7월 26일자에서도 확인할 수 있다. 닭을 꼬꼬, 담배를 뿌 등으로 말하는 우리 애기의 말은 '나' 아니면 다른 사람은 알아듣지 못한다는 내용이다. "구체적인 어휘가 습득되기 이전 단계에서 어떤 사물이나 동작 등을 표현하기 위하여 소리나 모양을 흉내 내는 방식을 이용"하는 것은 유년기에서 흔히 볼 수 있는 특징이다. 이는 습득과 적응의 과정에 있음과 동시에 사랑스러움을 보여 주고 있다.

이 작품에서 눈에 띄는 것은 아기의 모습이다. 다른 작품들과 비슷하게 짧은 머리지만 체격이나 이목구비는 훨씬 성숙하게 그려져 있다. 하지만 앉아 있는 모습은 유년을 나타내는 전형적인 자세 중 하나다. 다리를 뻗고 앉아 있는 자세는 아직 걸음을 잘 걷지 못하는 신체적으로 발달이 충분히 이루어지지 않은 연령임을 상징적으로 나타내고 있다. 다음으로 '흉내 내기'를 통해 볼 수 있는 습득과 적응의 모티프가 있다. 유년 아동이 어른의 모습을 그대로 따라하는 것은 현실에서도 자주 볼 수 있는 장면이기도 하다. 유년 아동에게 이런 흉내 내기는 사회화의 한 단계이기도 하지만 그들만의 즐거운 놀이기도 하다.

「춘식이의 의사 노릇」에서 춘식이는 친구와 함께 의사 놀이를 한다. 인사를 나누고 아픈 곳을 진단하고 약까지 처방해 준다. '아이스케키'를 먹어서 배탈이 났다는 진단은 아이들의 경험에서 비롯된 것이다. 실제 경험을 그대로 모방했지만 "~인 체하기(only pretending)"일 뿐, 사실은 아니다. 유년 아동의 '의사 노릇'이 허구라면 성인의 '의사 노릇'은 실제다. 허구와 실제 사이의 간극은 유년 아동의 미숙함을 드러낸다. 이를 삽화에서는 춘식이에게 맞지 않는 커다란 모자와 옷으로 표현하고 있다. 「꼬마음악회」에서도 흉내 내기를 볼 수 있다. 제목에서 알 수 있듯이 유년 아동들이 모여 여러 악기들을 연주했다는 내용이다.

「춘식이의 의사 노릇」

'꼬마'라는 표현은 일반음악회와는 다른 특수한 상황임을 알려 준다. 삽화에 나오는 짧은 머리카락과 키에 비해 큰 머리는 유년 아동임을 나타내는 전형적 신체 특징이다. 이들은 연주회를 흉내 내려고 하지만 연주에 필요한 악기가 없다. 그래서 코로 바이올린을, 주먹으로 나팔을, 나무토막으로 기타를 삼는다. 이는 상징 행동의 예로써 정신적 표상 능력의 발달을 보여 주는 것이다. 상징이란 어떤 대상을 나타내는 징표로 빗자루를 총이라고 말하고 빗자루로 총 쏘는 것이 상징 행동이다. 「꼬마음악회」에 나오는 유년 아동들이 악기와 비슷한 자신의 신체를 찾아, 이를 활용하여 연주하는 흉내를 내는 것도 상징 행동에 속한다. 가짜 악기들은 그들의 연주회 역시 가짜임을 여실히 드러

「꼬마음악회」

낸다. 이는 그들이 진짜 악기를 구할 수도 없고 또 구한다고 해도 연주할 수 없는 능력의 부재에서 기인한 것이기도 하다. 그럼에도 실제처럼 진지하게 연주에 열중하는 '꼬마음악대'의 모습은 사랑스러운 이미지를 전달한다. 습득과 적응의 모티프는 유년 아동의 인지적·신체적 미숙함을 보여 주나, 이는 사랑스러움으로 귀결된다. 유년 아동은 성인에 비하여 작은 체격을 갖고 있다.

그렇기 때문에 연약하고 보호해주어야 하는 인식을 갖게 하고 이는 그 자체로 사랑스러운 이미지라는 미적 대상으로 자리하게 되는 것이다. 이러한 관점은 일면 긍정적으로 보이나 경계해야 하는 것이기도 하다. 유년 아동의 미숙함이 지나치게 강조될 경우 '유치함'으로 표현될 수 있는 여지가 있기 때문이다. 미숙함은 성숙함을 전제로 하는 것이다. 또한 발전 가능성을 담고 있기도 하다. 이 관계는 아동과 성인에 대응될 수 있다. 습득과 적응이라는 모티프가 사랑스러운 이미지, 더 나아가 천진한 이미지로 귀결될 수 있는 것은 아동과 성인의 관계, 성인이 아동을 바라보는 관점, 그들에 대한 지식들이 바탕이 되고 있다.

(2) 밝고 따뜻한 모습

다음으로 살펴볼 모티프는 밝고 따뜻한 모습이다. 일반적으로 유년은 '새로움'을 상징한다. 그들의 연령대가 인간 생애의 첫 단계에 위치하기도 하며, 유치원이라는 새로운 학제와 함께 부상된 것도 이유였다. 1929년 조선일보사가 주최했던 생활개신운동을 홍보할 때 유치원 원생들의 행렬이 있었다는 사실도 이러한 새로움을 보여 주는 예이다. 이 새로움은 삶의 부정적 요소들과 대립되는 쇄신의 의미가 크다. 그런 만큼 밝고 긍정적인 모습의 유년 아동이 나오는 작품들이 다수였다.

1934년 3월 28일자에는 은순이가 주인공이다. 그림에서 볼 수 있는 것처럼 유년 아동을 그릴 때 단발머리도 자주 활용되었다. 단발머리는 기존과는 다른 머리 모양으로 새로운 인상을 준다는 점에서 유년과 공통점을 갖는다. 은순이는 해가 떠오르는 광경을 보기 위해 일찍 일어난다. 그저 그 광경이 보고 싶은 것인지 다른 실질적인 목적이나 이유가 있는 것은 아니다. 떠오르는 해가 자신을 보고 웃는 것 같다고

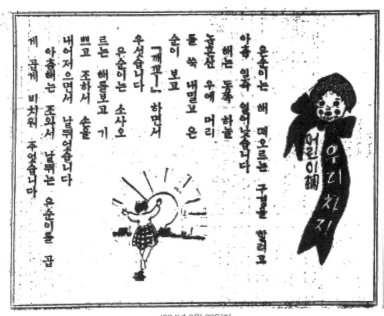
1934년 3월 28일자

생각한다.

　은순이는 아침 해를 보고 좋아서 손을 내저으며 마구 뛴다. 떠오르는 아침 해는 힘차고 희망적인 느낌을 준다. 아침 해와 이를 보고 좋아하는 은순이는 하나로 이어지는 일직선상의 구도와 밝고 힘차다는 정서를 공유하고 있다는 점에서 동일하게 느껴진다. 떠오르는 아침 해와 은순이라는 유년 아동이 갖는 상징성이 하나로 맞물리는 지점이기도 하다. 유년 아동이 유희를 하는 모습을 담고 있는 1934년 11월 2일자에서도 밝고 힘찬 행동의 모티프를 찾을 수 있다. 특히 삽화에서 역동적인 느낌이 두드러진다.

　일렬로 선 아이들은 한 손은 높이 들고 다른 한 손은 아래로 내린 대각선 구도를 만들어 시원스러운 움직임을 보여 준다. 세 명의 유년 아동들이 한 줄로 서 있는데 이러한 일렬구도는 친구와 가족이 나올 때 많이 활용된다. 친구들과 나올 때는 대부분 비슷한 자세를 취함으로써 그 자세가 전달하는 이미지를 강조하는 역할을 한다. 이 작품에서도 같은 자세를 취하고 있는데 밝고 신나는 모습을 생생하게 전달한다. 특히 정면으로 향한 이들의 웃는 얼굴 표정 역시 동일하다. 일렬로 서서 독자를 바라보는 세 명의 유년 아동은 한 명일 때보다 그 밝음을 더욱 배가시키는 역할을 한다.

이처럼 밝고 역동적인 인물과 함께 따뜻한 마음을 가진 유년 아동도 눈에 띈다. 1934년 3월 4일자에 나오는 인형 애기를 재우는 은순이 이야기가 대표적인 예다. 은순이는 자고 있는 고양이 옆에 인형 애기를 재운다. 마치 엄마처럼 인형 애기를 다독이며 재우고 있는데 엄마가 문을 열고 나온다. 그 소리를 들은 은순이는 엄마에게 인형이 깬다고 손짓을 한다. 그리고 다시 인형을 다독이며 재운다. 사소하게 보일 수 있는 평범한 이야기지만 유년 아동의 특성을 잘 보여 준다는 데서 의미가 있는 작품이다. 유년 아동은 사물을 사람처럼 여기는 특징이 있다. 특히 2세부터 6~7세 정도에 해당하는 전조작기 아동은 물활론적 사고를 갖고 있어 무생물도 살아 있고 감정을 가지고 있다고 여긴다. 인형 애기를 진짜 애기처럼 생각한 은순이는 인형 애기를 재운다. 은순이 자신도 보호를 받아야 하는 나이지만 자신보다 작은 인형 애기를 다독이며 보살핀다.

은순이가 이 보살핌에 얼마나 열중해 있는지는 엄마의 문 여는 소리에 혹시 인형 애기가 깰까 봐 걱정하는 데서 잘 드러난다. 은순이의 세심한 배려는 다정하고 따뜻한 마음에서 나온 것이다. 앞서 살펴본 두 작품들이 활기차고 밝은 유년 아동의 모습을 그렸다면 은순이는 다정함을 보여 주는 인물로 나타난다. 둘 모두 인간의 긍정적 측면을 압축해 보여 주고 있다는 공통점이 있다.

(3) 꿈과 상상

유년 아동에게 꿈과 상상은 특별한 의미를 갖고 있다. 단순한 허구가 아니라 그들의 욕망을 충족시켜 줄 수 있는 수단인 동시에 제한적인 현실 세계를 확장한 공간이 된다. 1934년 3월 29일자에는 날고 싶어 하는 은순이가 주인공이다. 은순이는 동물원에 갔다가 학이 나는 모습을 보고 자신도 날고 싶다는 생각을 한다. 두 손으로 날개를 치면서 뛰어다녀 보아도 날 수 없다는 사실을 깨닫는다. 그날 밤 은순이는 마음대로 훨훨 날아다니는 꿈을 꾼다. 현실에서 이루지 못한 또는 현실에서는 실현 불가능한 소망을 꿈에서 이룬 것이다.

「아빠도 애기」에서도 이런 욕망의 결핍을 느낀 유년 아동이 나온다. 아빠는 퇴근하면서 '나'에게 나팔을 사다주기로 약속한다. 그런데 아빠는 "기둥시계가 아홉시를 쳐도" 오지 않는다. '나'는 아홉시에 잠을 자기 때문에 아빠에게 나팔을 받을 수 없게 된 것이다. '나'는 아빠가 북을 치고 나팔을 불면서 거리를 돌아다니는 꿈을 꾼다. '나'는 아빠도 자신처럼 애기인가라고 생각한다. 여기에서 흥미로운 사실은 꿈이 현실에서 받지 못한 나팔을 받는 데서 끝나지 않는다는 것이다. '나'는 나팔을 받지 못한 것보다 자신이 아홉시가 되면 잠을 자는데 그때까지 오지 않은 아빠에 대한 서운함이 더 크게 느껴진다. 그래서 꿈에서 아빠가 나팔을 불고 북을 치며 거리를 다니도록 한다. 일종의 서운함에 대한 표현이자 벌에 가까운 것이다. 이러한 벌의 최고조는 작품 마지막에서 '나'가 하는 말에 나타난다. "아빠두 나처럼 애긴가 머!"라는 말처럼 '나'는 성인인 아빠를 아기로 만들어버린 것이다. 이는 꿈이기 때문에 이루어질 수 있는 욕망의 충족이다.

돌돌이가 공이 돌돌 굴려 돌돌나라까지 갔다는 점룡이의 상상을 담은 1934년 3월 31일 수록작과 팔이 길어져 달다는 친구를 잡고 싶

「아빠도 애기」

다는 봉이의 바람을 보여 주는 「팔이 길엇스면」은 허무맹랑하고 엉뚱해 보인다. 그러나 이런 상상은 공간과 신체의 한계를 넘어설 수 있게 해준다. 보통 현실과 상상 또는 꿈과의 분리가 어려움을 유년 아동의 특징으로 제시한다. 인지적 발달이 충분히 이루어지지 않았기 때문이지만 역설적으로 자유로운 사고를 가능하게 한다. 특히 유년서사물에서는 현실과 상상의 미분리가 사건 전개에 중요한 역할을 하는 경우가 많은데, 성인이 아닌 유년 아동이기 때문에 가능한 것이며, 이는 '유년서사물의 특성'으로 작용한다. 그러한 면에서 꿈과 상상을 통해 가능한 또 다른 세계는 유년의 특성을 단적으로 보여 주는 모티프이다.

(4) 엉뚱한 행동

엉뚱한 행동 모티프는 처음에 살펴보았던 습득과 적응 모티프와는 대척점에 있는 양상을 보인다. 습득과 적응은 미숙함을 전제로 성인의 능력에 미치지 못한다는 관점에서 바라본 결과이다. 그러나 이 모티프에서는 성인이 미처 생각하지 못한 답변을 한다거나 성인의 잘못을 재치 있게 지적하는 내용들이 많다. 즉 '반전'이라는 결과를 가져온다는 점에서 그 특징을 갖고 있다.

「꾀꼬리처럼」은 창가시간에 일어난 사건을 그리고 있다. 창가시간에 꾀꼬리처럼 고운 목소리로 노래해 보라는 선생님의 말을 듣고 영애는 "꾀꼬올 꾀꼬리로"하고 울음소리를 낸다. 선생님이 말한 '꾀꼬리처럼'은 예쁘고 고운 목소리라는 비유적 의미를 갖고 있지만 영애는 꾀꼬리라는 새의 울음소리로 축어적 해석을 한 것이다. 이와 유사한 양상은 순길이와 아주머니와의 대화를 담고 있는 「틀림없는 일」에서도 나타난다. 아주머니는 밤낮으로 먹을 궁리만 하고 공부를 하지 않으면 어떻게 되겠냐고 순길이를 꾸짖는다.

순길이는 한참을 생각하고 "뚱뚱해지겠지요."라고 대답한다. 공부를 열심히 해야 한다는 대답을 기대한 아주머니의 의도와는 다른 답변을 한 것이다. 하지만 아주머니의 질문을 그 이면을 생각하지 않고 표면적으로 본다면 순길이의 대답도 맞다고 할 수 있다. 다만 아주머니는 '공부를 하지 않으면'에 초점을 맞추었다면 순길이는 '밤낮으로 먹을 궁리만 하고'를 염두에 둔 것이다. 일반적으로 통용되는 우회적인 표현을 이해하지 못해 '엉뚱한' 일이 벌어진 것이다. 그러나 이 엉뚱함은 꾸밈없이 있는 그대로 받아들이는 '천진함'이 바탕이 된다는데 주목할 필요가 있다.

「낙제한 선생님」도 다른 관점을 적용함으로써 생겨난 엉뚱한 행동

「꾀꼬리처럼」

모티프가 확인된다. 2학년으로 올라간 수남이는 아버지에게 우리 반
선생님이 낙제를 했다고 전한다. 아버지가 선생님이 왜 낙제를 하느
냐고 되묻자 선생님이 1학년을 맡았다고 대답한다. 물론 낙제를 해서
유급되는 것은 학생에게 해당된다. 그러나 수남이는 이를 선생님에게
도 적용함으로써 반전의 결말을 끌어낸다. 이를 천진한 인물 모티프

로 분류한 것은 학생이 다시 1학년이 되면 낙제인 것과 선생님이 1학년을 맡은 것을 동일시하는 데서 보이는 그대로 인식하는 모습을 보여 주고 있기 때문이다.

엉뚱한 행동 모티프는 '권력'의 관점에서 생각해볼 수 있다. 엉뚱한 행동 모티프에서는 특히 학교가 많이 나온다. 선생님과 학생이 자주 등장하는 것이다. 당연하게 유지되어 온 권력 관계에서 파생되는 사건들을 다른 관점에서 바라봄으로써 이를 전복시키는 효과를 가져 온다. 물론 이러한 작품들은 새롭다기보다 우리가 '유머'로 흔히 접했던 익숙한 내용을 담고 있다. 또 반드시 유년 아동이 등장해야 할 필연성도 존재하지 않는다. 그러나 이러한 모티프가 유년의 이미지를 형성하는 한 측면이었음을 알 수 있다는 점에서 의미가 있다. 더불어 성인보다 훨씬 어린 연령의 유년 아동이 등장하기 때문에 그 전복의 효과는 더욱 강력해진다. 우리가 실제 생활에서 유년 아동을 접하면서 그들이 이야기하는 짧은 말들 속에서 간명한 인생의 진리와 미처 생각하지 못했던 새로운 관점을 알게 되는 것과도 비슷한 맥락으로 볼 수 있다.

3) '천진함'이라는 영원한 유년의 테마

천진한 인물을 구성하는 모티프를 분석한 결과, 습득과 적응, 밝고 따뜻한 모습, 꿈과 상상, 엉뚱한 행동이라는 세부 모티프로 분류할 수 있었다. 총 163편 중 엉뚱한 행동이 71편으로 가장 많았고 그 다음으로 각각 습득과 적응(66편), 밝고 따뜻한 모습(17편), 꿈과 상상(9편)의 순서로 나타났다.

또한 자기중심적 사고와 상징 행동, 밝고 따뜻한 모습에서 나타난 물활론적 사고, 꿈과 상상에서 확인할 수 있었던 실재론적 사고 등이 피아제의 전조작기에 해당함을 알 수 있었다. 이는 유년 아동의 특징으로 인식하는 대부분이 전조작기에 해당하는 것이며, 유년 아동을 규정하는 연령을 규정할 수 있는 단서를 찾을 수 있다는 점에서 의미가 있다. '습득과 적응'의 유년 아동은 〈우리차지〉 연재 초기부터 꾸준히 볼 수 있다. 이 모티프에 나오는 유년 아동이 대체로 가족의 일원이라는 것도 특이한 지점이다. 전술한 바와 같이 손위 형제가 바라보는 '동생'으로 나올 때가 많다. 이러한 혈연 관계는 사랑스럽게 바라보는 관점에 대한 일정 정도의 당위성을 부여해 주는 역할을 한다.

　유년 아동을 사랑스럽게 그리는 것은 긍정적 시선으로 이해되기도 한다. 그러나 그 시선 안으로 들어가 보면 우위에 있는 성인의 위치, 권력의 문제를 발견할 수 있다. 성인에 비해 미숙하다는 것은 위협적이지 않다는 의미도 된다. 그렇기 때문에 사랑스럽게 볼 수 있는 유년 아동과 이보다 우월한 성인의 '권력 관계'를 설정하도록 한다. 미숙함을 성인이 되기 위한 하나의 과정으로 보거나 '우리 아기'라는 혈연관계는 그들에 대한 애정을 진작시키지만 이를 성인과 단순 비교를 하게 되면 상황은 달라진다. 성인에 비하면 유년 아동의 말과 행동, 사고는 현저히 부족해 보인다. 유년서사물에서 종종 유년 아동이 '단선적이고 유치한' 인물로 그려지는 것도 이러한 이유다. 〈우리차지〉에서 발견되는 '습득과 적응' 모티프는 우리가 일반적으로 그려내는 대표적인 유년 이미지라는 점에서 그 이면에 있는 성인과 유년 아동의 권력 관계에 대한 고찰을 필요로 한다. '습득과 적응'과는 크게 다른 양상을 보이는 모티프는 '엉뚱한 행동'이다. 유년 아동의 엉뚱한 말과 행동을 가능하게 하는 것은 역시 '미숙함'이다. 특히 대화의 표면적 의미만을 해석해 상대의 숨겨진 의도를 무력화시키는 데도 이 미숙함이 발휘된다. 비유적 · 반어적 표현들을 이해하기 위해서는 사실적 의미 이상을 파악해야 한다. 유년 아동의 인지적 능력으로는 이해가 어려운 것이다. 그런데 이는 의외의 효과를 거둔다. 먼저 반전의 결말이라는 문학적 역할을 수행한다. 예상치 못한 사건의 전개로 인한 재치와 익살스러움과 같은 읽는 즐거움을 독자에게 전달하기도 한다. 다음으로 새로운 관점 제시를 통한 발상의 전환을 보여 준다. 이제까지 익숙해져 있던 대상을 또 다른 관점에서 바라보도록 해 새로운 서사를 만들어 내는 것이다. 또한 허례허식이나 관습 등에 대해 '꾸밈없는 솔직함'으로 대응하여 기존 인식을 전복시킨다. 이는 성인에게 있었던 무게 중심이 유년 아동에게로 이동했음을 보여 준다.

물론 엉뚱한 행동 모티프에 해당하는 대부분의 이야기가 자주 접하는 유형의 '유머'로 보이며, 이는 유년 아동 대신 성인이 등장해도 이야기 전개에 문제가 되지 않는다. 그러나 중요한 것은 유년 아동에게서 이러한 모티프를 발견했다는 점이다. 천진한 인물의 모티프들 중 '엉뚱한 행동'이 가장 늦게 등장하고 있는데 성인과 유년 아동과의 기존 관계가 새롭게 설정되고 이를 수용할 시간이 필요했기 때문으로 추측된다.

'밝고 따뜻한 모습' 모티프에서는 유년의 상징성이 드러난다. 보통 유년은 인간의 첫 단계라는 시기에서 비롯되는 인간 마음의 긍정적 원형을 대표한다. 인간의 첫 마음은 긍정적인 것의 최대치였을 것이라는 가정이기도 하다. 이는 하나의 "판타지"이며 또한 인간에 대한 믿음과 희망으로 볼 수도 있다. 생애 첫 시기와 첫 마음이라는 유비 관계는 유년 아동에게 이러한 판타지와 믿음, 그리고 희망을 투영하게 한다. 밝고 따뜻한 모습의 모티프는 인간 마음의 원형이라는 의미를 담고 있는 '동심'을 구체화했다고 볼 수 있다.

마지막으로 꿈과 상상 모티프에서는 유년 아동의 발달상 특징이 강조된다. 유년 아동은 실재론을 바탕으로 사고를 한다. 실재론은 "보고 듣고 느끼고 생각하는 것들이 모두 형상화되어 실제로 존재한다고 믿고 마음속의 상상과 현실이 명확하게 구분되지 않는 사고"를 가리킨다. 현실의 '좌절'을 꿈으로 연장시켜 충족시키는 것은 유년 아동에게는 현실과 꿈, 상상이 다른 것이 아니기 때문이다. 프로이트는 아동들의 꿈은 단순한 형태의 소망충족이 주를 이룬다고 설명한다. 아동들의 꿈에는 풀어야 할 수수께끼가 없으며 대신 꿈의 본질이 소망충족에 있다는 사실을 강조하고 있다. 유년 아동은 "마음속의 상상과 현실의 상황이 명확하게 구분되지 않는 사고"를 하며 "꿈이 실재로 일어난 것이라고 믿는다."[44] 이들에게는 상상과 현실, 꿈과 실재 사이에 어떠한 구분선도 존재하지 않는다. 현실에서 이루어질 수 없는 소망을 상상과 꿈을 통해 충족시킴으로써 살고 있는 세계를 한층 확장시킨다.

이 네 개의 모티프들 중 습득과 적응, 꿈과 상상 모티프는 유년 아동의 발달 단계를 고려했다는 점에서 비교적 실제 유년 아동의 모습을 반영했다고 할 수 있다. 이에 비해 밝고 따뜻한 모습에는 유년기에 대한 성인의 판타지가, 엉뚱한 행동에는 후자에는 성인과의 권력 관계가 바탕이 되고 있다. 엉뚱한 행동을 통해 성인의 권력을 해체하고 있기 때문이다. 이러한 점에서 밝고 따뜻하거나 엉뚱한 모습 모두 이상과 권력 구조라는 현실 이면의 시선 아래 놓여 있다.

이상으로 1934년부터 1940년까지 《조선일보》에 연재된 〈우리차지〉에 나타난 인물 모티프를 살펴보았다. 〈우리차지〉의 인물 모티프는 크게 천진함과 교육의 대상, 가족의 일원으로 분류할 수 있다. 이 가운데 천진한 인물 모티프를 우선적으로 고찰하였다. 이는 셋 중 가장 큰 비중을 차지하고 있었고 유년 아동의 대표적 이미지이기도 하기 때문이다. 천진함을 다시 습득과 적응, 밝고 따뜻한 모습, 꿈과 상상, 엉뚱한 행동으로 세분화하였다. 앞서 밝힌 것처럼 이 네 개의 하위 모티프가 각각 명확하게 구분되는 것은 아니다. 모티프 간에는 중첩되

---

44 유효순 외, 『유아발달』, 창지사, 2014, 105쪽.

는 부분들이 있기 때문이다. 그러나 그 귀결점을 중심으로 살펴본다면 구분이 가능한 측면이 있다. 습득과 적응은 사랑스러움이라는 감정으로, 밝고 따뜻한 모습은 인간의 긍정적 가치로, 꿈과 상상은 좌절된 욕망의 충족으로, 엉뚱한 행동은 전복의 효과로 나타난다. 이러한 귀결점들은 모티프들을 구분하는 주요 기준이 되었다. 이들은 유년서사물에서 주로 볼 수 있는 서사적 특징과도 맞물린다.

천진한 인물 모티프는 유년을 대표하는 표상 중 하나이다. 그러나 그 안에는 유년 아동을 바라보는 성인의 시선, 유년 아동과 성인과의 관계가 반영되어 있었다. 이처럼 〈우리차지〉는 당시 낯설고 새로운 타자였던 유년의 면모가 그려져 있다. 이 시기 '유년'을 이해하는 것이 중요한 이유는 타자를 이해하는 방식을 찾아낼 수 있기 때문이다. 이는 곧 현재에도 여전히 존재하는 '타자'에 대한 우리의 인식을 고찰하는 것이기도 하다.

제2장

《동아일보》 유년 꼭지 〈애기네판〉

1. 「애기네판」의 전모 분석

〈애기네 판〉은 1938년 2월 22일부터 강제 폐간되던 1940년 8월 11일까지 실렸던 짧은 글과 그림이 함께 있는 만평 형식의 한 칸짜리 꼭지다. 〈애기네 판〉에는 대부분 유년이 등장한 에피소드를 다루고 있어 서사 구조를 갖추고 있다. 이에 비해 〈우리차지〉에 실린 글들은 매우 짧아 시의 느낌을 준다. 〈애기네 판〉이 유년의 생활에 주목했다면 〈우리차지〉는 유년의 심성과 정서에 초점을 맞춘 셈이다. 또한 〈애기네 판〉은 필자가 거의 명시되지 않은 데 비하여, 〈우리차지〉에서는 초기를 제외하고는 글쓴이 또는 출처를 꼭 적어두고 있다는 점에서도 차이가 있다. 〈우리차지〉가 〈애기네 판〉보다 약 4년 정도 앞서 연재되었기 때문에 〈우리차지〉가 어떠한 방식으로든 〈애기네 판〉에 영향을 주었을 확률이 크다. 〈애기네 판〉이 유년들의 생활을 조명하면서 유년에 대한 인식을 명료히 보여 주고 있는 점 역시 먼저 나온 〈우리차지〉의 영향을 받았을 것으로 보인다. 더불어 《동아일보》에서 〈우리차지〉보다 4년 후에 유년을 주인공으로 한 〈애기네 판〉을 연재하기 시작했다는 것은 유년에 대한 관심이 그만큼 높아졌음을, 즉 유년 꼭지에 대한 대중의 호응이 있었음을 알 수 있다.

'애기네 판'이라는 제목에서 알 수 있듯이 '애기'를 중심 소재로 다루고 있다. 이 '애기'는 특정한 연령을 지칭하기보다 아주 어린 연령에 대응하는 이미지를 표현한 명칭으로 보인다. 실제로 〈애기네 판〉에 등장하는 '애기'들은 대체로 유치원에 다니는 연령 전후가 많지만, 옹알이를 하는 갓난아기부터 보통학교 2학년까지 다양하게 등장하기 때문이다. 즉, 1920년대 주목한 어린이를 더욱 세분화한, '더욱 어린' 어린이를 인식한 결과이며, 이는 우리가 유년 또는 유아라고 부르는 이미지에 대응한다. 유년은 물론 아동기에 대한 인식 관련 논의는 아직 활발하지 않은 편이다. 간헐적으로 아동기 또는 아동에 대한 관점과 인식에 대해 연구가 되고 있다. 김혜경(「일제하 "어린이기"의 형성과 가족 변화에 관한 연구」)은 '어린이기'를 통해 일제하 한국 가족의 변화 양상을 고찰하였다. 이때 어린이기를 당시 관례에 따라 유아기부터 중등 과정까지 폭넓게 설정하였다. 조은숙(『한국 아동문학의 형성』)은 '소년', '청년', '어린이' 등을 중심으로 미성년 관련 어휘 들을 살펴보면서 '어리다는 것'을 단순히 생물학적 미성숙의 문제로 한정할 수 없으며 그에 부여되는 속성은 그 사회가 갖는 주체 생성의 기획과 밀접한 관련을 갖는다는 것에 주목하였다. 백혜리(「백동자도 (百童子圖) 를 통해 본 조선후기의 아동인식 (2)」, 「조선중기 양아록 (養兒錄)을 통해 본 아동 인식」, 「묵재일기에 나타난 조선 중기 아동의 생활」, 「외국인의 기록을 통해 본 개화기 한국 아동의 삶」)는 『양아록』과 『묵재일기』, 개화기의 신문과 같은 실증적 자료를 통하여 당시 아동을 어떻게 인식했는지를 분석하였다. 아동을 중요한 가족 구성원의 일원으로, 또 사회적 인재로 보는 등 긍정적 관점에서 인식했음을 결론으로 제시하고 있다.

정진헌(「1930년대 유년(幼年)의 발견과 '애기그림책'」)은 2차 조선교육령 이후 아동의 연령대가 분화되면서 유년에 대한 인식이 싹텄고, 유년문학의 필요성도 제기되었음을 설명하였다. 이미정(「1930년대 유년잡지 「유년중앙」과 『유년』 특성 연구」)은 「유년중앙」과 『유년』에 수록된 글들을 통해 도시의 아동으로서의 유년을 인식했음을 밝혀내었다. 이러한 연구들은 '유년'에 대한 인식 등의 연구가 아직 출발 단계에 있음을 보여 준다. 무엇보다 '유년'이 독자적인 영역에서 논의될 필요성을 시사한다.

이 장에서는 〈애기네 판〉의 주인공 유년과 가족과의 관계를 분석함으로써 유년의 이미지를 유형화하고자 한다. 가족으로 이루어진 가정은 출생 후 가장 먼저 접하게 되는 1차 집단이다. 또한 아직 인지적·신체적인 미숙함으로 독립적 생활이 어려운 유년에게 가족과의 관계는 절대적이며, 그들의 생활에 큰 영향을 미치기 때문이다. 가족과의 관계 속에서 유년 고유의 이미지가 더욱 뚜렷하게 부각될 것이다. 〈애기네 판〉에는 주인공 유년은 다른 인물들과 함께 나온다. 엄마, 아빠, 형제자매, 할아버지, 할머니 등이다. 유년은 때로는 자신의 잘못을 깨닫는 미숙한 존재로 그려지기도 하지만, 생각하지도 못한 질문으로 어른의 말문을 막는 반전을 보여 주는 인물 등으로 표현되기도 한다. 이처럼 다양하고 복잡한 유년에 대한 이미지들을 관계에 따라 범주화하는 과정을 통해 당시 유년에 대한 인식이 어떠했는지도 고찰할 수 있을 것이다.

《동아일보》〈애기네 판〉에서는 당시 낯설었던 유년에 대한 이미지가 그들의 생활을 바탕으로 생생하게 나타나 있다. 현재 확인되는 〈애기네 판〉은 모두 346편이다. 적지 않은 편수임에도 언급조차 되지 않고 있다. 전술한 바와 같이 〈애기네 판〉은 유년에 대한 당시 이미지를 확인할 수 있는 직접적인 자료다.

〈애기네 판〉은 1938년 2월 22일부터 1940년 8월 11일까지 연재되었다. 현재 총 346편이 확인되며 한 칸에 짧은 글과 그림이 있는 만평과 비슷한 형식이다. 〈애기네 판〉의 글 작가는 23편만 밝혀져 있다. 승우(1편), 준구(3편), 영녹(2편), 준철(1편), 영수(1편), 장영자(1편), 염성구(1편), 김○○와 같이 그 인물을 파악하기 어려운 경우도 있고, 한백곤(3편), 박노춘(1편), 노양근(2편), 윤석중(1편) 같은 작가군도 참여했음을 알 수 있다. 김점○(3편)과 조창룡(1편), 문○○(1편)처럼 학생도 필자였다. 그러나 그림은 단 한 편도 화가를 표기하지 않고 있다. 당시 《동아일보》에서는 노수현 등처럼 연재물에 그림을 그린 화가는 이름을 명시하고 있었으나 짤막하거나 단발성의 꼭지에는 화가명을 표기하지 않았던 것으로 보인다. 그런데 346편 중 단 23편만 글 작가를 밝히고 있다는 것은 이것이 특별한 경우였음을 시사한다. 23편을 제외한 다른 텍스트에서 글 작가를 명시하지 않은 것은 글과 그림을 동일인이 창작하였다는 의견도 조심스럽게 제기해볼 수 있다.

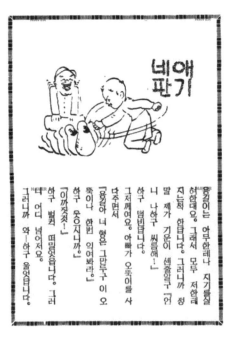

만화풍(1938년 3월 1일자)

〈애기네 판〉의 그림은 적어도 세 사람 이상이 참여한 것으로 보인다. 〈애기네 판〉의 화풍을 다음과 같이 구분해 볼 수 있다. 첫째, 역동적이고 익살스러운 만화풍의 삽화다. 이 화풍이 〈애기네 판〉의 거의 대부분을 차지하는데 열심히 달리는 인물 위로 땀방울이 그려진다든지, 빠르게 뛰는 모습을 다리를 여러 번 그려 속

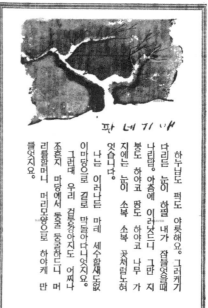

높은 연령(1938년 10월 13일자)　　　　　수묵화(1938년 12월 9일자)

도감을 표현하는 등의 기법은 만화를 연상하게 한다. 유년은 대체로 둥글둥글한 얼굴에 곱슬머리 또는 적은 머리숱으로 표현하고 있다.

둘째, 첫째 경우와 비교하여 더 높은 연령대로 인물을 그린 화풍이 있다. 첫 번째가 유치원 다니는 연령대를 표현한다면 이 두 번째에서는 중학생 정도의 소년을 그리고 있다. 이는 학생모를 쓰고 교복을 입은 인물의 옷차림에서도 잘 드러난다. 또한 더욱 절제되고 정적인 느낌을 주는 것 역시 차이점이다.

셋째, 수묵화 기법을 활용해 일반 소설의 삽화처럼 사실적인 느낌을 주는 그림체다. 마지막으로 서정적 느낌을 주는 풍경화가 있다. 전술한 바와 같이 크게 네 가지의 화풍으로 구분된다는 점은 여러 명의 삽화가가 참여했을 것이라는 추측을 가능하게 한다. 이 가운데 익살스럽고 역동적인 만화 느낌을 주는 첫 번째 그림체가 〈애기네 판〉의 대부분을 차지한다는 점은 이 꼭지가 지향했던 유년의 이미지를 보여 주는 것이기도 하다.

〈애기네 판〉은 짧지만 사건의 시작과 그 결말이 뚜렷한 서사 구조를 갖고 있다. '애기네 판'이라는 제목처럼 주인공 또는 화자는 애기, 즉 유년이다. 그런데 이 유년의 연령이 매우 다양하게 나온다. 이는 유년에 대응하는 연령이 명확하지 않음을 보여 주는 것이다. 각 작품에는 "상순이는 올해 네 살인데"나 "내뉘동생은 올해 다섯 살 낫습니다."처럼 주인공의 연령을 알려 주는 문장들이 많이 나온다.

명확하게 연령이 나온 텍스트는 모두 41편이다. 연령들을 정리해 보면, 돌 되기 전부터 3학년(9세)까지 그 폭이 넓다. 가장 많이 나온 연령은 세 살과 다섯 살로 각각 7편이 확인되었다. 네 살이 5편으로 그 다음 많은 비중을 차지했다. 1학년과 한 살과 두 살은 4편씩, 일곱 살과 2학년이 3편씩이 있었다. 다음으로 3학년(9세)이 2편이었고 돌 되기 전과 여섯 살이 1편씩 확인되었다.

〈애기네 판〉은 아이의 말과 행동을 중심으로 구성한 텍스트이다. 유년으로 인식되는 말과 행동들이 담긴 셈이다. 돌 이전부터 10세까지의 폭넓은 연령을 유년으로 인식했다는 것은 이 연령대가 갖고 있는 공통점이 존재한다는 의미이다. 이 글에서는 그 공통점을 특성으로 전제하고, 이를 유년과 그 주변의 인물과의 관계를 통해 살펴볼 것이다.

〈애기네 판〉에서 유년이 주인공으로 나오지 않은 텍스트는 소수다. 폐간에 가까워질수록 시처럼 서정적 텍스트가 간혹 나오기는 하나 유년이 등장하는 그들의 이야기라는 기조는 일관되게 유지하고 있다. 그리고 또 하나의 특별한 경우가 있다. 바로 〈애기네 판〉에 대한 정보를 알려 주는 텍스트들이다. 1938년 3월 9일자에는 '애기네 판' 연재 의도가 잘 드러나 있다.

애기네판 애기네판이 생긴후로
금순이가 갑작이 신문타령을 하
지요. 아버지가
「제까짓것이 신문은해서 뭘해。」
하구 할아버지가 웃으시면
『할아버진 알지두 못하시구
애기네판은 우리신문이래요。』
한답니다 아주 제가 읽는것같이
뻐내지만 신문을 가지구는 어머
니더러 읽어 달란답니다。

1938년 3월 9일자

　유년으로 추측되는 금순이는 〈애기네 판〉이 생긴 이후로 '신문 타
령'을 한다. "제까짓것이 신문은 해서 뭘해."라는 금순이 아버지의 말
은 유년을 대상으로 한 〈애기네 판〉이 그만큼 낯선 꼭지였음을 보여
준다. 그러자 금순이는 "애기네판은 우리신문이래요."라고 답한다. 그
리고 글을 읽지 못하니까 엄마에게 읽어 달라고 한다. 〈애기네 판〉이
1차 독자로 유년을 명확히 설정하고 있으며, 이 유년은 아직 글을 읽

지 못하는 단계에 있음을 전제하고 있다.

1938년 4월 17일자에서는 〈애기네 판〉에서는 어머니와 할아버지도 보며, 세 살인 진순이는 글자를 모르니까 그림을 보고 이야기한다는 내용이 나온다. 엄마가 진순이에게 글을 읽어 준다는 내용은 3월 9일자의 내용과 유사하다. 〈애기네 판〉이 '애기'만 보는 꼭지가 아니며, 글을 모르는 유년은 그림을 보아도 되고, 엄마가 글을 읽어 주어도 된다는 〈애기네 판〉 '사용설명서'와 같은 역할을 하고 있다.

1940년 5월 21일자에도 유순이라는 유년이 나온다. 유순이는 〈애기네 판〉을 날마다 본다. 하지만 글을 모르니까 그림을 보고 자기 마음대로 읽는다. 어린애가 그림에 있으면 "유순이는 이뿐 아이입니다." 고 읽는다는 문장으로 글은 끝난다.

앞의 텍스트들과 글을 모르는 유년이 〈애기네 판〉의 그림을 중심으로 본다는 내용이 나왔다는 점에서는 유사하나 어른이 글을 읽어 주지 않고 유순이가 그림을 보고 마음대로 글을 지어내는 것으로 끝나는 점에서는 차이가 있다. 이러한 텍스트들을 통해 〈애기네 판〉은 '애기'가 그림만을 볼 수도 있고 어른이 읽어 주기도 하는 텍스트라는 점, 그리고 양육과 같은 교육적 의도도 있었음을 알 수 있겠으나 무엇보다 유년을 전면에 내세운 꼭지였음을 확인할 수 있다. 〈애기네 판〉에는 유년을 둘러싼 인물들이 나온다. 생활 반경이 주로 가정으로 한정된 유년의 특성상 형제자매, 엄마와 아빠, 할머니와 할아버지와 같은 가족들의 비중이 크다. 그 주요 인물 관계별 비중을 살펴보면 형제자매로 나오는 텍스트가 49편으로 가장 많았다.

다음으로 가족 두 명 이상이 나오거나 전부가 등장하는 텍스트가 47편이었고, 어머니 40편, 아버지 36편, 할머니 18편, 할아버지 8편, 친구 6편이었다. 가족 관련 텍스트는 346편 가운데 198편으로 높은 비중을 차지한다.

1937년 발행된 유년 잡지 『유년』의 광고 글에서는 "유치원에 가는 애기나 집에잇는 애기나 다자미잇게볼수잇슬것입니다."라는 표현을 볼 수 있다. 유년의 독자층이 유치원에 다니는 아이 또는 유치원에 다니지 않더라도 그와 비슷한 연령의 아이임을 알 수 있다. 이처럼 '유년'은 일반적으로 유치원에 다니는, 또는 그에 준하는 연령의 아동으로 정의되지만 '어리다'에 대응하는 연령으로서 초등학교 저학년을 포함하기도 한다. 이러한 양상은 〈애기네 판〉에서도 마찬가지다. 그러나 동아일보 〈애기네 판〉에서는 짧은 글이지만 관계 속에서 유년의 이미지를 형상화하고 있다는 특징을 보인다. 이 글에서는 유년 이미지를 만들어낸 원인으로 인물과의 관계에 주목하였다.

2. 〈애기네 판〉을 통해 본 근대 가족의 재구성

1) 미숙하지만 사랑스러운 '동생'

〈애기네 판〉에서 유년은 대체로 '동생'으로 나온다. 이때 언니나 오빠의 시점에서 동생을 그리고 있다. 1938년 5월 19일자에서는 동생에 대해 이야기하는 형이 나온다.

일전짜리만 돈인 줄 알고 오전이나 십전 같은 더 큰 돈은 돈인 줄 모르는 동생에 대한 이야기다. 세상 물정을 잘 모르는 미숙한 면을 그리고 있는 것이다. 형은 동생이 큰돈을 잘 구분하지 못한다는 것을 알고, 자신이 갖고 있던 동전과 동생이 갖고 있는 은전을 바꾼다. 바꾼 은전으로 '미루꾸'를 사서 동생과 함께 먹겠다는 마지막 문장은 동생을 생각하는 형의 모습을 보여 준다.

1938년 6월 9일자에는 과자를 좋아하는 동생의 이야기가 실려 있

1938년 5월 19일자

다. 동생 영호는 과자를 먹으면 배가 더 잘 부른다는 엉뚱한 이야기를 한다. 화자인 형이 배를 볼록하게 만들어 뱃속에 무엇이 들어있냐고 묻자 영호는 과자가 들어 있다고 대답한다. 엉뚱한 유년의 면모를 부각하고 있는 것이다.

1938년 10월 7일자에는 더욱 어린 유년이 나온다. 돌 지난 지가 얼마 되지 않은 동생은 경례를 배워 흉내를 낸다. 강아지한테 경례를 하는 동생을 보고 '나'는 "날마다 재롱부리는 것이 아조 이뻐죽겠어요"

라며 동생에 대한 애정을 직접적으로 드러낸다.

"두 살된 내 동생은 재롱이 날마다 늘어가요. 어찌도 귀여운지 그냥 부둥켜안고 어디까든지 도망가고 싶"다고 생각하는 '나'가 나오는 1938년 12월 1일자 역시 동생에 대한 사랑이 나타나 있다.

동생은 '나'가 동무들과 함께 사방치기를 하는 것을 보고, 과자를 놓고 따라하다가 넘어지는 미숙함 역시 귀여움을 배가시킨다. 이제 갓 태어난 동생과 형 정병이 나오는 1938년 12월 21일자에도 동생에 대

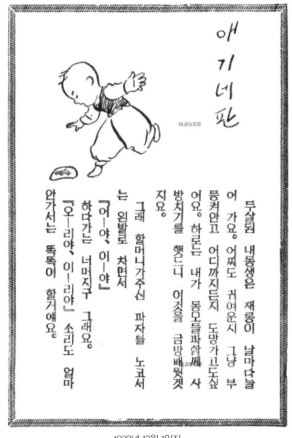

1938년 12월 1일자

한 사랑이 나타나 있다. 정병은 동생이 너무 작아서 같이 놀지를 못해 서운해 한다.

다른 아이와 바꿀 수 없냐고 물어보면서도 동생을 자꾸 보며 앉아 있는다. 자신이 원하는 것처럼 함께 놀 수 없음에도 생겨나는 자연스러운 동생에 대한 애정을 보여 준다.

1938년 12월 27일자에는 추운 날이 생일이라 생일잔치를 제대로 하지 못한 '나'와 그 동생 영숙이의 이야기다. 영숙이는 '나'에게 언니도 자신처럼 따뜻한 공일에 태어났으면 생일잔치를 잘 치렀을 것이라며 놀린다. '나'는 영숙이에게 어떤 반응을 하는 대신 영숙이는 다섯 살인데 지난 봄 생일이 공일이었다는 설명을 한다. 영숙이가 왜 저처럼 엉뚱한 말을 하는지에 대한 이유인 것이다. 구체적인 표현은 없지만 생일을 골라서 태어날 수 있다고 생각하며 오히려 자신을 놀리는 어린 동생을 사랑스럽게 바라보는 시선을 느낄 수 있다.

유년이 동생으로 등장할 때는 형제자매 간의 갈등은 거의 나타나지 않는다. 세상의 일반적 상식에서 벗어난 유년의 엉뚱한 면모가 강조된다. 이러한 엉뚱함은 아직 세상 물정을 잘 모르는 미숙함을 의미하기도 한다. 이 미숙함에는 천진하고 사랑스러운 이미지가 들어 있으며 미숙함보다 순수함을 강조하는 것으로, 아동에 대한 사회의 확장된 인식을 가늠케 한다. 또한 보호해 주어야 하고, 그만큼 관심과 애정을 기울여야 하는 대상으로 유년을 인식하고 있음을 보여 준다.

2) 근대에 나타난 새로운 아버지 상(想)

형제자매 외에도 유년과 밀접한 관계를 맺는 대상이 바로 부모다. 흥미로운 사실은 엄마와 나올 때의 유년과 아빠와 나올 때의 유년의 이미지에는 차이가 있다는 것이다. 아빠와 함께 나올 때 유년은 대체

로 떼를 쓰거나 보
살핌을 받아야 하
는 소중한 존재, 그
리고 신식 문물에
익숙한 세련된 도
시적 이미지로 표
현된다.

　1938년 2월 23
일자에서 애기는
출근하는 아빠를
못 가게 하고 말을
태워달라고 떼를
쓴다. 아빠는 출근
을 하다 말고 엎드
리면 애기는 신나
서 말 타는 놀이를
한다. 아빠는 이렇
게 말을 태워주다
가 두 번이나 회사

1938년 2월 23일자

에 늦었다는 후일담을 전하며 이야기를 끝맺는다.

　1938년 4월 20일자는 일요일에 아버지와 등산을 간 이야기다. 돌아
올 때 아버지가 아이의 다리가 아플까 봐 바랑 위에 업고 돌아왔다는
내용이다. 이처럼 아버지와 친근한 관계도 유년이기 때문에 가능했던
것으로 보인다. 가부장제 사회에서 아버지는 근엄한 존재였다. 그러
나 어린 연령의 자녀에게는 더 스스럼없이 애정을 표현하기 수월했을
것이다. 엄마보다 아빠를 더 좋아하는 옥순이의 이야기도 비슷한 맥

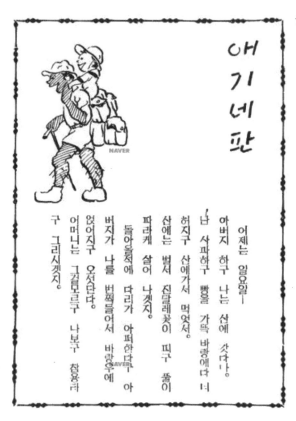

애기네판

어제는 일요일—
아버지 하구 나는 산에 갓다나.
'난 사파하구 빵을 가득 바랑에다 녀
허지구 산에가서 먹엇소.
산에는 벌써 진달레꽃이 피구 풀이
파라케 살어 나겟지.
돌아올적에 다리가 아퍼한다—아
버지가 나를 번쩍들어서 바랑에
어머니는 그걸모르구 나보구 참용타
구 그리시겟지.

락이다. 1938년 4월 4일자에 실린 이 이야기는 아빠를 좋아해서 아빠를 꼼짝도 못하게 하는 옥순이가 출장을 간 아빠를 찾으며 한 시간이나 울다가 잠이 들었는데 자면서 웃는 옥순이를 보며 꿈에서 아빠를 만난 모양이라는 화자의 생각은 아버지에 대한 옥순이의 애정에서 비롯된 것이다. 1939년 5월 27일자에는 세 살 난 주표의 손을 씻어 주는 자상한 아버지가 나온다. 아버지는 주표의 손이 더러운 것을 보고 씻어 준다. 주표는 물이 차가우니까 "손, 손-춰-춰"하며 어리광을 부린다. 그런 주표를 보고 아버지는 빙그레 웃는다. 소중한 존재로 대우받는 이미지를 보여 주는 것이다.[1]

특히 〈애기네 판〉에서 유년은 아버지와 집 밖의 다양한 장소를 다니며 새로운 문물을 함께 본다. 1938년 8월 15일자, 1939년 4월 17일자에는 한강을, 1939년 6월 14일자에서는 인천 월미도를 아버지와 함께 간 유년이 등장한다. 1939년 3월 16일자에는 '비행기 모자'를 쓰고 아버지와 함께 북악산에 간 이야기가 담겨 있다. 아버지는 새롭고 넓은 세상을 보여 주는 매개 역할을 하며, 이를 통해 유년은 '신식 아동'의 이미지를 갖게 된다.

앞서 나온 자상한 아버지와 떼를 쓰며 어리광을 부리는 유년이 애정 관계에서 비롯된 하나의 짝이라면, 새로운 세계를 보여 주는 아버지와 신식 문물에 익숙한 유년은 근대라는 시대적 요청에서 나오게 된 짝이다.

3) 여전한 애착의 대상, 호기심의 지지대

엄마와의 관계에서도 이러한 복합적 이미지를 찾을 수 있다. 먼저 정서적인 면을 살펴보면 아빠와 유년의 관계가 자상한 애정이 바탕이 된 것과는 차이를 보인다. 엄마와는 더욱 깊이 있는 본연적인 애정 관계를 이루는 것이다.

1938년 5월 15일자는 "옥순이는 엄마가 우는 것을 제일싫혀하지오"라는 문장으로 시작한다. 옥순이는 아무리 울다가도 엄마가 우는 시늉을 하면 "엄마 아저 엄마 아저"하면서 울음을 그친다. 그러나 옥순이는 엄마가 장난으로 계속 우는 흉내를 낸다는 것을 알고는 울음을 그치지 않는다. 옥순이가 엄마가 우는 것을 세상에서 제일 싫어하

---

1 신가정의 모델이라 할 수 있는 서구 가정이 소개되면서 '자상한 양육자'로서의 아버지가 바람직한 상으로 제시되었다. 《동아일보》 1927년 5월 11일부터 14일까지 4회에 걸쳐 「아버지 비교」라는 기사가 연재되었다. 여기에는 자상한 아버지가 되기 위한 방법들이 설명되어 있다.

애기네판

옥순이는 엄마가 우는것을 제일실
혀허지요.
아무리 울다가두 엄마가 우는시늉을
하면 「엄마 아저 엄마 아저」 하면서
울음을 끄쳐요.
엄마는 이것이 재미가나서 옥순이
가 울기만하면 우는시늉을 한대요.
그런데 요새는 멫일인지 아무리
우는 시늉을 해도 도모지 울음을 끄
치지를 안허요.
아마 엄마가 부러우는것인줄 알엇나
봐요.

(글·영녹)

1938년 5월 15일자

는 이유는 엄마에 대해 깊은 애정이 있고, 정서상의 거리가 매우 가깝기 때문이다. 1938년 11월 9일자는 빨래 간 엄마를 기다리는 아이에 대한 내용이다. 빨래하러 간 엄마를 기다리다가 문구멍으로 들어오는 햇살을 잡는 놀이를 한다. 하지만 햇살이 잡히지 않자 울음보를 터뜨린다. 햇살을 못 잡아서 우는 건지, 엄마 생각이 나서 우는 건지 알 수가 없다는 마지막 문장에서 유년이 갖는 엄마에 대한 근원적인 감정, 그리움을 알 수 있다.

아버지가 새로운 세상을 보여 주는 역할을 했다면 어머니는 과학적 지식과 관련된 일을 한다. 1938년 7월 28일자에는 바람이 어떻게 불게 되는지 그 이유를 엄마에게 설명하는 아이가 나온다. 더운 데 공기는 마르니까 가볍고, 추운 데 공기는 무겁다는 아이의 설명을 듣고 엄마는 용하다며 감탄한다. 과학적 지식을 갖고 있는 유년의 근대적 이미지를 부각시켜 준다.

1938년 11월 23일자에서는 일곱 살 옥순이가 엄마에게 젓가락을 물에 넣으면 왜 부러진 것처럼 보이냐고 묻는다. 엄마는 학교 가면 알게 된다는 대답을 한다. 엄마는 옥순이의 질문에 대답을 못 했지만 과학적 호기심을 용인해 주는 역할을 한다. 여기에서 더 나아가 1940년 3월 14일자에 나오는 엄마는 빨래가 마르는 원리에 대해서 복순이에게 설명해 준다. 빨래를 '바람받이'에 널어야 잘 마르는 이유를 궁금해 하는 복순이에게 엄마는 바람의 이동 원리를 쉽게 이야기해 준다.

이와 같이 엄마는 유년의 과학적 호기심을 받아주는 역할을 한다. 이를 바탕으로 유년은 과학적 지식을 갖춘, 또는 갖추려고 하는 합리적인 이미지를 보여 준다. 이 역시 근대라는 시대적 요청에 부응한 것이다. 부모와 함께 있는 유년의 이미지가 복합적으로 구현된 것은 부모와 유년의 정서적 유대감과 더불어 '양육'이라는 부모의 의무가 투영되었기 때문으로 보인다.

4) 유년의 우위를 보여 주는 조부모(祖父母)

아버지와 할머니와 함께 있을 때 유년은 또 다른 이미지를 갖는다. 이 둘은 사회를 이끌어가는 중심이 아닌 그 주변에 있다는 점에서, 인생의 처음과 마지막 단계라는 끝과 끝의 대응점으로 인해 유년동화에서 주인공으로 함께 등장하기도 한다. 〈애기네 판〉에서 할아버지, 할머니와 함께 나올 때 유년은 당돌하고 영악함이라는 이미지를 갖

하라버지와 고양이

는다.

첫 〈애기네 판〉 연재로 확인되는 1938년 2월 22일자에는 유일하게 제목이 나와 있다. '하라버지와 고양이'라는 제목을 갖고 있는 이 이야기에는 할아버지와 금순이가 나온다. 금순이를 무릎에 앉힌 할아버지를 보여 주는 삽화는 다정한 할아버지와 손녀의 관계임을 알려 준다. 금순이는 할아버지에게 왜 수염이 흰색이냐고 묻는다. 할아버지가 늙어서 그렇다고 답하자, 금순이는 고양이 수염은 왜 하얀색이냐고 묻는다. 할아버지는 당돌한 금순이의 질문에 대답은 못 하고 머리를 쓰다듬는다.

1938년 7월 21일자에는 할머니와 손녀 영숙이의 이야기다. 영숙이는 할머니가 화를 내니까 비도 오고 날씨도 흐리다며 익살을 부린다. 할머니는 영숙이가 반찬 투정을 하며 우니까 비가 온다고 대꾸한다. 그러자 영숙이는 할머니도 돌아가신 고모를 생각하며 울지 않았냐고 맞받아친다. 할머니는 당돌한 손녀의 말에 할 말을 찾지 못하고 따라 웃으며 이야기가 끝이 난다.

두 텍스트에 나온 금순이와 영숙이처럼 할머니와 할아버지의 말문을 막는 '영악한' 모습은 당시 유년을 통해 보여 주려고 했던 '신식' 아동과도 맞물린다. 할아버지와 할머니는 구세대를 대표하는 인물이다. 이와 대척점에 있는 유년들의 당돌함과 우위적 위치는 새로운 시대, 근대에 대한 지향이 내재되어 있다. 이는 특히 '글'로 대변된다.

1938년 3월 4일자에는 아이가 할머니에게 글을 가르쳐주는 이야기가 나온다. 기러기를 거꾸로 읽으면 무엇이냐고 묻자 할머니는 대답을 못한다. 아이는 거꾸로 읽어도 기러기라고 알려 주고, 두루미를 거꾸로 읽어보라고 다시 문제를 낸다. 할머니가 두루미라고 답하자 아이는 할머니가 엉터리 공부를 한다며 핀잔을 준다.

1939년 5월 12자 역시 '글'을 주요 소재로 삼고 있다. 할머니는 손주 창순이에게 신문을 읽어달라고 한다. 창순이가 자기 공부를 한 후에 읽어 드린다고 하자, 할머니는 너는 나중에 해도 되니까 나도 얼른 배우자며 재촉한다. "나는 할머니 선생님입니다."라는 마지막 문장은 구세대를 대표하는 할머니에 대해 유년이 확실히 우위를 점하고 있음을 나타낸다.

날씨 때문에 걱정하는 할아버지에게 해결 방안을 알려 주는 창국이가 나오는 1940년 2월 19일자도 유사한 의미로 해석할 수 있다. 비가

1938년 3월 4일자

안 오고 추워서 농사가 걱정이라는 할아버지의 이야기를 듣고 창국이
는 방으로 들어간다. 그리고 조금 있다가 편지를 가지고 와 할아버지
에게 부치라고 한다. '하느님 전상서'라고 시작하는 편지에는 금년에
는 비가 많이 오게 해달라는 내용이 적혀 있다.

할아버지가 나온 텍스트 중 예외적인 것에는 1938년 11월 17일자
가 있다. 봉히는 할아버지를 따라 덕수궁에 국화 구경을 간다. 할아버
지는 봉히에게 너도 뒷짐을 지고 있구나라고 말하며 웃는다. 봉히도
자신이 뒷짐을 진 것을 알고 얼굴이 밝아진다. 혈연 중심의 가족, 세

대의 연속성을 통한 애정어린 정서를 발견할 수 있다.

이는 당시 추구했던 새로운 가정, "신가정", "스윗 홈" 등과는 거리가 있는 구세대 특징인 '가족'에 대한 내용이다. '가족'과 '가정' 사이의 과도기적 모습을 보여 주는 것일 수도 있으나 이러한 텍스트의 비중이 크지 않았다는 사실은 구세대에 대한 유년 우위의 이미지가 더 전반적이었음을 반증한다.

5) '스윗 홈'을 완성하는 유년

1938년 2월 17일자 3면에는 '家庭'이라는 제호가 등장한다. 이전에 3면에는 '교문 나서는 재원 순방기'라는 제목의 학교 탐방기사, 규등사담, 메텔링크의 「파랑새」, 오늘밤 라디오, 주간단편 등이 연재되었다. '家庭'란으로 구성하면서 달라진 점은 학교 탐방기가 아이 양육에 대한 정보를 대체된 것이었다. 나머지 주간단편, 「파랑새」 등은 그대로 연재되었다. 큰 변화는 없어 보이기도 하나, 여성을 대상으로 한 3면의 주 독자층을 여학생이 아닌 가정주부로 달리함으로써 지면의 성격 역시 변화를 겪을 수밖에 없다.

家庭란으로 처음 구성된 날로부터 5일 후인 1938년 2월 22일부터 실린 〈애기네 판〉도 그러한 변화 중 하나다. 家庭란은 '가정'을 꾸리는 데 도움이 되는 내용들, 특히 양육에 대한 기사들이 주로 실렸고 이는 1940년 8월 11일 폐간될 때까지 비슷한 방향성을 유지한다. '가정'란은 근대의 새로운 가정, 신가정과 '스윗 홈'을 이루는 데 필요한 정보를 제공했는데 특히 양육에 대한 기사 비중이 컸다는 데 주목할 필요가 있다. "'신가정'을 완성시키는 결정적인 요소는 자녀인 어린이"였기 때문이다. 당시 원만한 가정의 표준을 서로 사랑하는 부부와 이들 사이에 두세 명의 자녀를 둔 가정으로 제시하기도 하였다.

〈애기네 판〉에는 부부 중심의 이러한 '신가정'이 자주 나온다. 1938년 5월 27일자는 가족 중 제일 어린 '나'가 가족을 소개한다. 아침 일찍 일어나서 밥을 짓는 어머니, 회사에 가는 아버지, 방도 치우고 마당도 쓰는 누나를 차례로 설명하면서 아무것도 안 하는 자신이 제일이라고 뽐낸다. 아버지는 과자를 사다 주고 어머니는 업어 주고 누나가 자신을 건드리면 야단을 맞으니까 '우리집'에서 자신이 제일이라는 것이다. 이 우리집은 전술했던 '스윗홈'이라는 새로운 가정의 모습을 보여 준다.

1939년 7월 15일자

1939년 7월 15일자에는 할머니와 할아버지도 등장한다. 그러나 이 가정이 '신가정'인 이유는 어린 자녀 중심임을 보여 주기 때문이다. 이 텍스트는 식구들의 부채질하는 모습이 우습다는 문장으로 시작한다. 할머니는 열 달된 동생이 더울까 봐 부채질을 해준다. 그런 할머니를 '나'가 부채질을 하고 '나'는 누나가 부쳐준다. 이런 식으로 식구들은 누군가에게 부채질을 해주는데 동생은 편안하게 누워서 부채바람에 방긋방긋 웃는다.

식구들이 길게 한 줄로 늘어서서 부채질을 하는 모습과 그 끝에 편안하게 누워 있는 유년이 대조되고 있다. 전통적인 가족과 달리 아이를 귀하게 여기는 태도는 당시 새롭게 변화한 가정의 특징이기도 하다. 특히 유년은 당시 지향했던 중산층의 가정, '스위트홈'을 완성시키는 역할을 한다.

1938년 3월 2일자를 보면 가족 구성원들이 나와 있다. 출장을 다녀온 아버지를 맞는 식구들은 어머니, 누나, 형님, 그리고 유년인 영식이다. 모두 반갑게 아버지를 맞이하지만 영식이만은 아버지가 갖고 온 과실 상자만 들고 들어간다. 그런 영식이를 보고 가족들은 모두 웃는다.

1939년 6월 12일자의 주인공 복동이는 언니가 쓰는 기다란 자를 가지고 바이올린을 연주한다. 어찌나 연주를 잘하는지 집안이 '웃음판'이 되었다는 이야기다. 가족 속 유년의 엉뚱한 행동은 '웃음판', '온 집안이 웃었습니다', '한바탕 웃었습니다'와 같은 표현과 짝을 이루는 경우가 대부분이다.

이처럼 유년은 행복한 가정의 정점, 웃음을 가져다 준다. 웃음을 가져다 주기 위해서는 유년은 엉뚱하거나 장난스러운 이미지를 갖게 된다. 유년을 통해 웃음꽃이 피는 행복한 가족을 보여 주는 것이다.

3. 〈애기네 판〉을 통해 본 '유년'의 의의

이 장에서는 유년을 대상으로 한《동아일보》〈애기네 판〉을 고찰하여 유년의 이미지를 가족 관계 중심으로 살펴보았다.《동아일보》〈애기네 판〉은 1938년 2월 22일부터 1940년 8월 11일까지 꾸준히 실려 긍정적 반응을 얻었던 꼭지임을 추측할 수 있다.

〈애기네 판〉의 주인공은 거의 유년이며 이들은 그들보다 높은 연령인 형제자매나 엄마와 아빠 그리고 할머니와 할아버지와 각각 짝을 이루어 나오기도 하고 여러 가족들과 함께 등장하기도 한다. 어떤 가족 구성원과 나오느냐에 따라 유년의 이미지도 차이가 났다. 언니나 오빠가 나올 때는 미숙하고 세상 물정을 잘 모르는 측면이 부각되었다. 이를 이용해 유년에게 장난을 치기도 한다. 그러나 이러한 미숙함은 유년의 사랑스러움을 더욱 강조한다. 엄마 또는 아빠와 나올 때 유년은 복합적 이미지를 갖는다. 하나는 애정을 바탕으로 한 이미지이며, 하나는 근대에서 비롯된 '교육'과 관련된 이미지이다. 아빠는 유년이 억지를 부리거나 떼를 써도 이를 모두 받아줌으로써 유년에 대한 애정을 보여 준다. 또한 새롭고 넓은 세상을 보여 줌으로써 유년의 근대적 면모를 부각시킨다. 이는 각각 감성 또는 정서와 이성 또는 지식에 해당한다는 사실도 흥미롭다.

엄마와 나올 때 유년은 엄마의 깊은 애정을 깨닫거나 정서적으로 밀착된 관계로 그려진다. 또한 유년의 과학적 호기심을 진작시키는 역할을 한다. 할머니나 할아버지와 함께 등장할 때 유년은 이들보다 오히려 더 많이 알고 있거나 새로운 관점에서 사고함으로써 할머니 또는 할아버지를 가르치는 '영악하고 당돌한' 이미지로 표현된다.

가족구성원으로서 유년은 '스윗홈'이라는 신가정을 완성하는 결정적인 역할을 하는 이미지로 그려진다. 유년 특유의 엉뚱함과 사랑스러움을 통해 '웃음꽃'이 피는 화목한 가정을 보여 준다. 일제강점기 우리 민족은 심한 탄압을 받았다. 아동 역시 이러한 시대적 상황과 무관할 수는 없었을 것이다. 그럼에도 〈애기네 판〉에 등장하는 유년이 민족의 억압과 탄압, 비극적 현실이라는 시대상과는 다소 거리가 있다고 보이는 것에는 다음과 같은 이유가 있다. 원종찬에 따르면 1930년대는 이전 시기와는 다른 성격의 근대성이 출현한 시기다. 도시화·산업화가 이루어지면서 백화점, 자동차, 라디오 등과 같은 새로운 문물과 생활양식이 도입되었다는 것이다. 유치원이라는 새로운 학제 등으로 1930년대 주목하게 된 '새로운 아동' 유년은 이러한 "새로운 수준의 근대성"[2]과 밀접한 연결고리를 갖고 있었던 것이다. 즉 유년은 일제강점기 민족의 비극적 현실보다는 근대성을 보여 주는 데 더욱 적합했던 것으로 보인다.

관계에 따른 유년의 이미지들은 대체로 역동적이라는 공통점을 갖고 있다. 또한 자신의 감정과 욕망에 충실한 모습을 보여 준다. 이와 더불어 〈애기네 판〉에 나타난 유년 이미지에는 당시 새롭게 변화한 가정의 모습, 중산층에 대한 지향 역시 내재되어 있다.

---

2 원종찬, 「순수와 동심, 타락한 천사의 기원」, 『창비어린이』 제14호, 창작과비평사, 2016, 172쪽.

제3장

1930년대 유년 잡지, 「유년중앙」과 『유년』

1. '서울내기' 윤석중이라는 연결고리

　1930년대는 특히 아동문학에서 '유년'에 집중했던 때이다. 그 이유는 크게 다음 두 가지로 제시할 수 있다. 첫째, 검열이 심해진 시대적 상황에 기인한 것이다. 현실을 직접적으로 드러내는 소년소설이 아닌 유년을 대상으로 삼게 되었다. 둘째, 아동문학 독자가 세분화될 필요성을 느낀 것이다. 즉 1930년대 '유년'의 발견은 국내 정세의 변화와 더불어 아동문학에서 새로운 방향의 모색이 맞물려 이루어진 것이다. 이를 바탕으로 일간지나 아동잡지에는 '유년페지'나 '아기차지'와 같은 유년을 대상으로 한 꼭지가 생겨난다. 그리고 여기에서 더 나아가 유년이라는 독자를 특정한 유년 잡지의 발간은 그 집약적인 수확이라 할 수 있다.

　유년 잡지는 실물을 확인할 수는 없지만 『幼年畫報』가 가장 이른 시기에 나왔던 것으로 추측된다. 『幼年畫報』는 1930년 가을호부터 1939년 5월호까지 《동아일보》에 냈던 광고에서 그 존재를 확인할 수 있다. 이후 조선중앙일보사에서 발행된 『少年中央』(1935~1940)과 함께 나온 「幼年中央」(1935~?)과 1937년 조선일보사 출판부에서 발간된 『幼年』은 유년 잡지의 명맥을 잇는다는 점에서 의미가 크다. 특히 이 두 잡지는 공교롭게도 윤석중의 노력으로 발간됐다.

윤석중은 아동잡지 발행에 대한 큰 의욕을 갖고 있었다. 조선중앙 일보사와 조선일보사 출판부에서 각각 나온 『少年中央』과 『少年』 (1937~1940)은 그러한 결과물이다. 이때 주목할 만한 점은 이들의 부록 과 자매지 격으로 함께 나온 「유년중앙」과 『유년』이다. 윤석중은 아 동(소년)과 유년을 명확히 구분하고 있었던 것이다. 특히 『유년』이 사 장 양해만 구해 출판부에서 단독으로 냈다가 업무국의 반대로 종간되 어 창간호가 종간호가 돼 버린 것, 밑지더라도 3호까지는 내 봤어야 한다는 윤석중의 회고는 유년에 대한 그의 특별한 애정을 짐작하게 한다. 그의 동요에서도 윤석중은 유년과의 친연성을 보인다. '아기네 노래의 찬탄할 천재', '조선 아기노래시인의 거벽'과 같은 평들도 이 를 뒷받침한다. 이러한 유년과의 친연성에는 분명 그의 선천적 기질 과도 연관이 있다.

"생각은 열 살이고, 마음은 서른 살이고, 몸뚱인 예순 살"로 자신은 나이를 따로 먹는다는 표현이나 '여든 살 먹은 아이'라는 책의 제목은 성인보다는 아동에 가까운 그의 기질을 보여 준다. 그런데 그가 특별 히 유년에 주목한 이유는 '서울내기'라는 출신에서 비롯된 것으로 보 인다.

윤복진은 「石重과 木月과 나―동요문학사의 하나의 위치」에서 "石 重은 서울사람이다."라는 한 문장으로 그의 정체성을 설명한다. 어디 인지 모르게 귀공자적 품격을 풍기는 윤석중은 전차를 타고 남대문과 동대문을 돌아 서울을 마음껏 구경했을 것이라며 시골내기인 자신과 목월과 비교를 하고 있다. 서울이라는 도시 출신으로 새로운 사회 변 화를 빠르게 접한 윤석중은 당시 가족관계의 중심에 선 보호받아야 할 아동, 유년에 주목할 필요성을 인식했다는 것이다. 윤석중의 이러한 도시적 감각, 도시성은 모더니즘과 상통한다. 이러한 윤석중에게 '유년' 잡지는 남다른 의미로 다가왔을 것이다. 여기에서는 윤석중이 중심이 되어 발간한 「유년중앙」과 『유년』을 살펴보고자 한다. 현재 확인이 가능한 「유년중앙」 1935년 4월호와 『유년』 1937년 9월호(창간호)에 수록된 작품들을 살펴볼 것이다.

잡지는 무엇보다 특정 독자를 염두에 두는 매체다. 또 실제 독자와 내포 독자의 일치성이 높기도 하다. 그만큼 소재나 내용 모두에서 독자의 특성과 요구에 부응해야 한다. 따라서 이 두 잡지에 실린 작품들의 특징은 유년의 특성에 대응하는 것이 된다. 이는 윤석중이 특별한 애정을 보였던 '유년'이 어떻게 두 잡지에서 구현되었는가와 맞물리는 것이기도 하다.

또한 이 글에서 주로 살펴볼 대상인 『유년』은 제목과 간략한 서지 사항만 알려졌을 뿐 오랫동안 실물이 발견되지 않았던 자료였다. 그런 만큼 사실 여부가 정확하지 않은 내용들도 있었다. 『朝鮮日報七十年史』(조선일보사, 1990)에서는 "이『幼年』은 4·6배판 크기의 50페이지짜리 대형잡지인데 제8호까지 발행되었다"고 나와 있으나 실제 확인했을 때는 16페이지로 구성되어 있었다. 또한 『한국근대유치원교육사』(이화여자대학교출판부, 1987)에서도 유아용 월간지로 『幼年』을 소개하고 있다. 이 가운데 "아동지 중 1937년 8월에 창간된 『幼年』은 유아용의 월간지이며, 그 속에는 유치원용 月別 保育案이 게재되어 있다고 하는데 역시 현물 확인을 할 수 없었다."는 설명에서는 잘못된 부분이 있다. 『유년』은 1937년 8월이 아닌 9월에 창간되었으며, 유치원용 월별 보육안도 게재되어 있지 않았기 때문이다. 또한 「유년중앙」은 거의 언급조차 되지 않고 있다. 그러나 이 두 잡지는 특히 유년을 본격적으로 표방했다는 점과 앞서 설명한 것처럼 윤석중이라는 인물을 공유하고 있다는 점에서 의미가 크다. 이제 막 주목하기 시작한 유년의 특징을 잘 포착하고 있기 때문이다.

2. 이국의 색채를 띤「유년중앙」

「유년중앙」은『소년중앙』의 부록으로 발행되었다.『소년중앙』은 1935년 신간호로 첫 선을 보였다. 「유년중앙」은『소년중앙』의 부록으로 알려져 있는데 1935년 1월호부터 3월호까지는 별책으로 발행되었다. 1935년 4월호 「유년중앙」이 시작되는 첫 장에 "아기여러분 이달부터 여러분을 여기서뵙게되엿습니다 아기여러분 만히만히 귀애해주십쇼"라는 설명을 통해 이를 확인할 수 있다. 즉 1935년 1~3월호까지 는

「유년중앙」 표지

별책으로, 4월호부터는『소년중앙』안에 합본된 것이다. 그러나 1935년 7월호에는『소년중앙』의 목차에서 「유년중앙」을 확인할 수 없다. 본문에서도 설명이 나와 있지 않아 그 이유는 알 수 없지만 발행하는 데 있어 여러 우여곡절과 어려움이 있었음을 예측할 수 있다. 이 글에서 분석 대상으로 삼은 1935년 4월호 「유년중앙」은 별책 부록에서 본책으로 옮긴 후 처음 나온 호다.

「유년중앙」이 시작되는 것을 알리는 표지에서는 幼年中央을 한 글자씩 확대하여 강조하고 있다. 이때 글꼴은 네 글자 모두 달라 자유로우면서도 장난스러운 느낌을 준다. 이는 『소년중앙』의 제호가 다소 딱딱하고 정리된 고딕 느낌의 글꼴을 사용한 것과는 대조적이다. 흥미로운 것은 '幼年中央'을 나누고 있는 선이 목각 인형이 양손을 벌리고 있는 형태라는 점이다. 이 목각 인형은 우리나라 탈 모양을 형상화한 것처럼 보인다. 그러나 자세히 살펴보면 길쭉한 얼굴과 몸, 큰 눈과 두터운 입술이 아프리카 토인을 연상하게 한다. 이국적인 인상을 준다. 오른쪽 상단에 위치한 '아기차지'라는 글은 「유년중앙」의 정체성을 명확하게 보여 준다. 『소년중앙』의 독자보다 훨씬 어린 연령의 '아기' 독자를 그리고 있다.

유년에 대한 이러한 인식은 별책으로 발행되었던 1935년 1월호~3월호까지 '엄마차지'라는 꼭지를 수록했던 데서도 알 수 있다. 아기는 엄마의 보호와 보살핌이 필요하다는 인식이 반영된 것이다. 1935년 3월호에 실린 '엄마차지'의 목차를 보면 '어렷슬때의 환경', '아기네의 영양분', '거짓말하는 아기'와 같은 양육에 도움을 주는 내용들로 구성되어 있음을 추측할 수 있다. '엄마차지'에 실린 글들은 짤막한 정보들로 이루어져 있을 것으로 보인다. 적게는 4편에서 많게는 8편이 실려 있는데 이 글들을 심도 있게 다루는 데는 지면에 한계가 있었을 것이다. 또한 '엄마차지'가 「유년중앙」 뒷부분에 위치하고 있는 것도 그 비중이 크지 않았음을 짐작하게 한다. '엄마차지'는 「유년중앙」의 '부록'과 같은 역할을 했던 것으로 보인다. 본문에서도 '아기' 독자를 염두에 둔 편집이 눈에 띈다. 『소년중앙』과 비교하여 글씨 크기를 약 두 배 정도로 확연하게 키우고 있다. 여기에 파란색 활자를 써 구분을 더욱 용이하게 하였다. 색과 글씨 크기만 보아도 「유년중앙」의 글임을 한눈에 알 수 있는 것이다. 「유년중앙」 뒤에는 「신문장수『에디

손』」이 실려 있다. 그러나 검은색으로 인쇄된 작은 글씨는 이 글이 『소년중앙』에 해당하는 것임을 쉽게 알 수 있게 해준다.

「유년중앙」 1935년 4월호에는 총 9편의 작품이 수록되어 있다.

〔표 2〕「유년중앙」(1935.4) 수록 작품

장르	제목	작가
이야기	국국물(국)	김동성
그림	아기공원	월영초
구경	이상한 수풀(한나무로된『수풀』이야기 ―수풀속엔마을이있다)	견학단
만화	총알	김상우
구경	모래파도(물없는나라『사막』이야기 ―조선땅설흔깁절이다)	견학단
그림	복남이집	이병현
이야기	개와괭이(개 고양이)	안명복
구경	돌멩이짐승(돌멩이 동물원)	견학단
만화	속앗다	정현웅

목차의 제목과 실제 제목이 다른 경우가 꽤 확인되는데 처음에 실린 「국국물」도 그러한 경우다. 목차에는 「국국물」이라고 나와 있으나, 본문 제목은 「국」으로 되어 있다. 이 작품은 그림형제의 「맛있는 죽」을 번안한 것이다. 등장인물, 전체적인 서사는 원작을 그대로 따르고 잇다. 솥, 도토리를 주우러 산속으로 갔다든지 하는 정도로 우리 실정에 맞게 약간 다듬은 정도다. 스스로 수프를 만들어내는 마법의 솥이라는 흥미로운 소재, 마법의 솥 소개→마법의 주문을 잃어버려 수프가 넘침→마법의 주문으로 넘치는 수프를 멈추게 함과 같은 비교적 단순하며 반복되는 서사 구조가 유년에 적합하다고 여겨 선정한 작품으로 보인다.

다음에 나오는 글은 월영초[1]의 「아기공원」이다. 목차에는 '그림'으로 장르가 표기되어 있지만 시와 그림이 함께 있는 시화다. 새도 울지 않고 바람도 불지 않는 이 세상과는 다른, 신비롭고 비밀스러운 곳으로 아기공원을 묘사하고 있다. 그림 역시 나무로 뒤덮인 공원에서 흘러나오는 물을 손으로 받고 있는 남자아이가 그려져 있다. 공원의 한쪽에는 마치 문처럼 공간이 나 있는데 그 사이로 교회와 건물들이 보인다. 아이가 입은 셔츠와 반바지, 양말과 구두는 서구적인 느낌을 준다. 공원 밖으로 보이는 가로등과 벤치 역시 이국적 풍경이다. 「아기공원」은 이러한 이국적 도시 풍경을 배경으로 '아기'만의 공간을 그리고 있다.

「한나무로 된 『수풀』 이야기」와 「물없는 나라 『사막』 이야기」, 「돌멩이 動物園」은 '구경'이라는 꼭지 이름처럼 신기한 다른 나라의 이야기를 들려 주고 있다. 「한나무로 된 『수풀』 이야기」는 見學團이 쓴 글이다. 견학단이라는 이름을 보았을 때 특정 필자가 아닌 여러 명의 필자가 공동으로 집필했을 가능성이 크다. 인도에 있는 반양수에 대한 이야기다. 처음에는 하나였던 나무가 몇 천 몇 만 개의 줄기로 이루어 나중에는 하나의 나무라고 믿어지지 않을 만큼 큰 수풀이 된다는 것이 중심 내용이다. 마지막에는 이 세상에는 이상한 곳이 많으니 다달이 이런 이상야릇한 곳을 이야기해 주겠다는 것으로 글을 끝내는데, 이를 통해 '구경'이라는 꼭지의 취지를 추측할 수 있다. 세계 곳곳의 신기한 곳을 알려 줌으로써 유년 독자의 흥미를 충족시키고 동시에 견문을 넓히도록 하는 것이 '구경' 꼭지의 목적으로 볼 수 있다.

「한나무로 된 『수풀』 이야기」 다음에는 「물없는 나라 『사막』 이야

---

[1] 본명과 이력 등에 대해서는 잘 알려지지 않았다. 다만 1928년 《중외일보》 5월 18일자에 월영초가 쓴 동요 「금붕어」가 수록되어 있는 것을 확인할 수 있다.

기」가 나온다. 역시 필자는 견학단이다. "넓고넓은 이 세상에는 참말 이상스러운 곳이 퍽 많습니다"라는 글의 시작은 독자의 상상력을 자극한다. 그리고 옷도 입을 수 없이 더운 나라라는 설명과 함께 사막에 대한 이야기를 본격적으로 전개한다. 사막이라는 낯선 공간을 추상적으로 그리기보다 조선과의 비교를 통해 구체적으로 풀어가고 있는 것이 눈에 띈다. 이는 "조선 땅 설흔 갑절이다"라는 부제에서도 알 수 있다. 논밭이 있고 나무가 있고 시내에 맑은 물이 흐르는 조선과는 다른 공간이라는 점을 분명히 하면서 사막의 특징을 이야기한다. 사막이라는 이국적 공간을 독자가 상상하는 데 도움을 주기 위한 장치로 보인다. 이는 유년 독자의 인지적 특성을 고려한 부분이기도 하다.

「돌멩이 動物園」은 블란서 폰덴브로에 있는 돌멩이 동물원에 대한 글이다. 동물 모양으로 생긴 바위들이 모여 있는 곳을 소개하고 있다. 처음에는 동물 모양의 돌멩이라는 것을 숨겨 독자의 호기심을 유발한다. 키가 이십 척이 넘고 길이가 삼십 척이나 되는, 개의 목은 나와 있고 몸과 발은 땅속에 묻혀 있고 조금도 움직이지 않는다는 설명은 어떤 동물들인지 상상력을 자극한다. 그리고 자세히 보면 모두 돌로 되어 있다면서 자연스럽게 돌멩이 동물원 이야기로 넘어간다. 이 신기한 곳을 어른이 되면 꼭 구경가 보자는 문장으로 끝을 맺는다. 모두 '구경'에 해당하지만 앞의 두 글이 '정보'를 전달하는 데 비중을 두었다면 「돌멩이 動物園」은 '조금도 움직이지 않는 동물들'을 설명하는 데 비중을 두고 있어 호기심과 흥미에 더욱 초점을 맞춘 글로 보인다.

「개 고양이」는 이야기로 장르가 표시되어 있으나 정보 전달에 가까운 글이다. 고양이가 쥐 잘 잡기로 유명한 동물이지만 영국 런던에서 직접 실험해 보니 개가 더 쥐를 많이 잡았다는 결과를 말해 주고 있다. 고양이가 쥐를 잘 잡는다는 것은 예전부터 전해오는 근거가 부족한 믿음일 뿐이다. 「개 고양이」에서는 이런 믿음이 잘못되었다는 근거로

'요새 런던'과 '실험'을 보여 준다.

만화로는 「총알」과 「속앗다」가, 그림으로는 「복남이집」이 수록되어 있다. '全速力漫畵'라는 독특한 제목이 붙어 있는 「총알」은 대포처럼 발사된 총알이 세계 각 곳을 돌아 다시 원래 장소로 돌아온다는 내용을 담고 있다.

영국 신사, 드레스를 입은 여인 등이 있는 곳을 지나서 총알을 발사한 주인공이 잠자는 곳으로 되돌아온 총알을 통해 지구가 둥글다는 것을 보여 준다. 특히 본문 하단에 6페이지에 걸쳐 구성되어 있는 점이 흥미를 갖게 한다.

「복남이집」은 서구적 색채가 강한 그림이다. 「물없는 나라 『사막』 이야기」가 끝나는 장 상단의 절반 정도를 차지하고 있는 이 그림에서 등장하는 아이들은 한복을 입고 있다. 그러나 새장과 아치형의 출입문, 창틀이 있는 유리창, 굴뚝이 있는 양옥집은 서구적인 느낌을 준다.

「속앗다」는 본문에서는 제목과 그린이가 따로 나와 있지는 않지만 목차에는 '속앗다'라는 제목과 鄭玄雄으로 그린이가 제시되어 있다. 검은 개와 하얀 개가 생선을 두고 싸우다가 하얀 개가 전봇대와 같은 기다란 통 속에 들어가 검은 색으로 변해서 나온다. 검은 개는 하얀 개를 알아보지 못하고 생선을 함께 먹는다는 익살스러움을 담고 있는 이야기이다. 총 10컷으로 되어 있는 이 만화에서 주인공인 두 개의 모습은 우리나라 전통적인 개와는 거리가 있어 보인다. 배경인 직선으로 이루어진 건물의 일부는 간결하면서도 세련된 느낌을 준다. 「유년중앙」에 실린 만화와 그림은 서구적인 색채를 담고 있다는 공통점을 갖고 있다.

앞서 살펴본 「유년중앙」에 수록된 대부분의 작품들은 조선 밖의 세계, 그 너머의 세상을 보여 주고 있다. 이 확장된 공간, 이국적 세계에 흥미와 호기심을 갖는 유년을 상정하고 있는 것이다. 이국 정서는 근대 도시가 아니면 형성되기 어렵다. 외국과의 접촉 및 교류가 잦아야 하고, 이국적인 것들의 집적이 가능해야 하기 때문이다. 이국적인 교류의 내용은 물건과 모험담, 여행담을 통한 이국에 대한 이야기 등으로 이루어진다. 즉 「유년중앙」 4월호에서 볼 수 있는 이국적 이야기와 정서는 도시성을 바탕으로 한 것이다.

물론 한 호의 내용만을 가지고 예단하는 것일 수도 있다. 그러나 이 글에서 분석 대상으로 삼은 「유년중앙」 4월호는 특별한 의미를 갖고 있다. 전술한 바와 같이 이전 호에서는 별책으로 발행되던 「유년중앙」이 『소년중앙』의 부록 형태로 합본된 것이다. 이전에 별책으로 발행된 1월호와 2월호, 3월호에 나온 목차와 비교했을 때 발행 형태뿐 아니라 성격도 달라졌음을 확인할 수 있다. 4월호 이전 세 개 호에 실린 주요 작품과 작가는 다음과 같다.

〔표 3〕「유년중앙」(1935.1~3) 수록 작품

	1935년 1월호(창간호)		1935년 2월호		1935년 3월호	
1	금붕어(얘기)	이태준	보재기(얘기)	유각향	목욕하는 새	김자혜
2	돈과엿(위생)	홍상후	쥐를삼켜(만화)	노수현	풀이납니다	이태준
3	오줌쐐기(그림)	김정단	참새-야(얘기)	이태준	참새병정	김정직
4	시계(얘기)	김자혜	조카한테(편지)	노천명	에라쌈마라	이병현
5	물에 빠진 사람	노천명	찻속의 동무	최영주	수풀림ㅅ자	노수현
6	우리애기소개	제 씨	글방선생님	이병현	마적이야기	박세용
7	아기의 하로	○○○	시집가는누나	김정환	三월三질날	최명순
8	눈이 오면	○○○	음식삭는시간	이동수	달노래	박영종

이태준, 노천명, 박영종과 같은 작가들을 통해 알 수 있듯이 2, 3월 호에서는 대체로 문학의 비중이 높다. 그러나 4월호에서는 문학에 해당하는 것은 「국」과 「아기공원」 두 편이다. 「국」은 그림형제 「맛있

는 죽」의 번안이며, 「아기공원」은 시화로 반바지와 셔츠를 입은 아이의 옷차림과 가로등, 벤치와 같은 이국적 색채가 짙은 삽화를 보여 준다. 「한나무로 된 『수풀』이야기」와 「물없는 나라 『사막』이야기」, 「돌멩이 動物園」은 세계의 신기한 곳들을 소개하고 있다. 「개 고양이」는 런던을 언급하고 있다. 『소년중앙』과 합본이 되면서 이국적 세계에 대한 지식과 정보를 전달하는 것에 초점을 두는 것으로 방향의 전환을 꾀했다고 볼 수 있다. 현재 뒤의 호인 5, 6월호를 구할 수 없고 7월호에는 「유년중앙」에 대한 언급이 없으므로 이러한 방향성의 변화가 맞는 것인지 확인하기는 어렵다. 다만 약 2년 정도 뒤에 발간되기는 했으나 윤석중이 조선일보사에서 창간한 『유년』을 살펴봄으로써 유년 잡지라는 연속성을 갖고 그 특성을 고찰할 수 있을 것이다.

3. 창간호가 종간호가 된 '비운'의 잡지

1) 『유년』의 발간 과정

「유년중앙」은 별책에서 본책과의 합본 등 우여곡절 속에 발행되었다. 『소년중앙』은 경제적 어려움으로 종간되었다. 경제적 어려움 속에서도 유년을 대상으로 한 별도의 지면을 마련하고자 했던 것은 유년 잡지에 대한 윤석중의 강한 의지를 보여 준다. 이러한 의지는 『유년』으로 옮겨 간다.

『유년』은 1937년 9월에 창간되었다. 윤석중은 『어린이와 한평생』에서 사장의 양해만 구해 출판부에서 단독으로 냈다가 업무국에서 반대하여 창간호가 종간호가 되어버린 『유년』에 대한 안타까움을 이야기하고 있다. 그런데 창간호가 종간호라는 것에 대해서는 어느 정도

『유년』 표지

는 재고의 여지가 존재한다. 『朝鮮日報七十年史』에서는 『유년』이 1937년 9월호 창간 되고 1940년 12월호에 폐간 된 것으로 나온다. 8호까지 발 간되었다고 본문에서 밝히고 있기도 하다. 그러나 50페이 지의 잡지로『유년』을 소개하 고 있는 것은 사실과 다른 부 분이다. 『유년』은 앞뒤 표지를 포함하여 총 16페이지로 되어 있기 때문이다. 이러한 오류 와 함께 윤석중의 회고가 구 체적이라는 점은『유년』이 창 간호만 발행되었다는 데 더욱

무게를 실어준다. 그러나 창간호 이후에도 발행되었을 가능성도 열어 둘 필요가 있다. 하지만『유년』이 비운의 잡지인 것만은 확실하다. 창 간호가 종간호가 되었다면 단명의 잡지라는 점에서 그렇다. 또한 8호 까지 발행되었다고 해도 그 결과가 '오색영롱한 컬러판'으로 큰 포부 를 갖고 창간했던 당시 기대에 턱없이 미치지 못했음을 예측할 수 있 기 때문이다. 이 '비운'의 잡지『유년』은 그 등장만은 매우 화려했음을 당시 광고를 통해 확인할 수 있다. 광고에서 알 수 있듯이『유년』은 '그림'잡지임을 강조한다. "가지각색 그림을 오색이 영농하게 나열하 여"라는 표현도 그림잡지의 성격을 드러낸다. 또한 유년을 '움트는 어 린이'로 나타낸 점도 이채롭다. 특히 "유치원에 가는애기나집에있는 애기나 다자미있게볼수잇슬것"이라는 문구는 대상 독자를 명확하게

드러낸다. 표지를 포함하여 총 16쪽으로 되어 있는『유년』은 본문까지 모두 칼라로 인쇄하여 잡지에 거는 기대가 매우 컸음을 알 수 있다.

2) '유치원에 가는 애기'의 발견

1910년대 유치원의 규모는 크지 않았지만 1920년대 이후 급증하기 시작했다. 유치원 증가에 대한 인식은『유년』광고글에서도 확인된다. "유치원에 가는애기나집에잇는애기나 다자미잇게볼수잇슬것입니다."라는 문장으로 광고글을 끝맺고 있다. 이 문구를 통해 유치원이 유년을 가늠하는 기준으로 인식되고 있음을 알 수 있다. 유치원생과 유치원에 다니지 않더라도 그 나이에 준하는 아이가『유년』의 독자, 바로 유년 아동인 것이다.

『유년』과 유치원과의 밀접성은《조선일보》1937년 7월 2일 신문 기사에서도 확인 가능하다. 이 기사에서는『유년』을 "잡지왕국의 새 거탄"으로 소개하고 있으며 "전조선에 널렬잇는 한 백여처의 유치원아오만 여명을 상대로한 잡지인 동시에 유치원의 혜택을입지못한 아동들까지도 이『유년』잡지로써 그들의 어린 령혼을 길러줄까하는 것"이라며『유년』의 대상과 발간 목적을 설명하고 있다. 또한 경성 시내의 유치원은『유년』발간사업에 절대의 찬성을 보내고 있다는 기사와 『유년』발행을 위해 모인 유치원 관계자 회합 사진을 함께 게재하고 있다. 잡지는 독자와의 관계가 밀접한 출판물이다. 특정 독자층이 읽을 것을 전제하고 그에 따라 내용을 구성하기 때문이다.『유년』의 내용들은 유치원이라는 새로운 학제에 편입한 유년 아동, '유치원에 가는 애기'를 염두에 둔 것이다.

『유년』은 표지는 물론 본문까지 '컬러판'으로 구성된 16면의 그림잡지이다. 「유년중앙」과 비교하여 글의 분량은 현저하게 축소되었고 대신 그림의 비중을 확대했다. 특히 『유년』에 수록된 동물들의 무게 비교와 교통수단의 변천, 새 그림 등은 유년 아동의 인지적 수준을 고려한 학습을 의도한 꼭지로 보인다. 또한 유치원에게 자료를 제공받거나 유치원 원생들의 그림을 수록했던 것은 '유치원'과의 밀접성을 보여준다. 유년을 인식하는 데 있어 '유치원에 다니는 애기'를 주목한 것이다.

우선 표지를 살펴보면 붉은색의 바탕색이 강렬하게 다가온다. 가운데 마름모 모양 안에는 닭을 탄 여자아이가 손을 들어 인사를 하고 있다. 이 마름모 모양은 공연에 등장하는 주인공에게 비추는 스포트라이트를 연상하게 한다. 모자와 원피스 복장의 단발머리, 쌍꺼풀진 큰 눈의 여자아이는 전체적으로 세련된 느낌을 준다. 여기에 아이의 무표정한 얼굴은 새침하면서 도시적인 인상을 더한다. 오른쪽 아래에는 노란색 은행잎을 크게 그려 넣어 빨간색과 노랑의 원색이 주는 강렬함을 살리고 있다. 또한 9월이라는 계절적 배경을 염두에 둔 것이기도 하다.

인상적인 것은 아이가 타고 있는 것이 말이나 당나귀처럼 일반적으로 사람을 태우는 동물이 아닌 닭이라는 점이다. 닭의 작은 몸집은 여자아이와 위화감 없이 조화를 이룬다. 또 구두까지 신은 닭의 모습에서 장난스러움과 함께 유년 아동 특유의 물활론적 사고의 특성을 볼 수 있다.

본문에 실린 작품은 총 8편이다. 이 가운데 「電車를 맨듭시다」는 매미와 전차 만드는 방법을 소개하고 있고 「유년자유화」는 독자 참여 코너로 부록 성격을 띠고 있다.

앞서 살펴본 『유년』 광고에서는 그림잡지를 표방한 만큼 "권위잇는 화가"들이 삽화를 맡았음을 강조하고 있다. 이 가운데 정현웅, 홍우백은 신회화예술협회의 회원이었다. 신회화예술협회는 신시대미술을 개척하며 미술사상을 사회에 보급하는 것을 목적으로 하는 단체였다.

김규택은 1930년대 신문과 잡지에 여러 편의 만문만화를 발표한 화가이다. 정현웅을 필두로 하여 전문성을 띤 화가들이 참여했음을 알수 있다. 『유년』에는 「가을달」과 「기러기」, 두 편의 시가 수록되어 있다. 이 두 편의 시는 『유년』을 열고 닫는 역할을 한다. 「가을달」은 표지 다음 장에, 「기러기」는 부록 성격의 「電車를 맨듭시다」 앞에 위치해 사실상 본문의 마지막으로 보는 것이 적절하다. 「가을달」과 「기러기」는 모두 '가을'이라는 계절적 색채를 띠고 있다는 공통점을 가지고 있다. 이는 잡지가 갖는 시의적 성격 때문으로 이해된다. 또한 두시 모두 유년 화자의 특징을 잘 부각시키고 있다는 점도 눈에 띈다.

〔표 4〕 『유년』(1937.9) 수록 작품

제목	작가
가을달	이헌구 글, 이향린 그림
가재새끼 : 역사이야기	이은상 글, 홍우백 그림
콩죽팥죽 : 시-소-	정현웅
전에타고 다니던것 지금타고 다니는것	김규택
'새 종류'	미표기
기러기	윤석중 글, 정현웅 그림
電車를 맨듭시다	유치원 제공
유년자유화	독자 참여

「가을달」은 전체적으로 사물 또는 언어의 유사성을 이용해 말놀이를 보여 준다. "둥글 둥글 수박밭에 둥글 둥글 달님 떴다."는 첫 연에서는 수박과 달이 갖는 둥근 모양의 유사성을 "둥글 둥글"이라는 의태어로 표현하며 동시에 리듬감을 살린다. 화자인 수남이의 누나가 "우리엄마 젖맛나는 달낭참외 따다가 달나라 공주님게 갓다드려라"라는 표현 연시 달낭참외와 달나라 사이의 음운적 유사성에 주목하고 있다. 이러한 말놀이는 아직 긴 글에 익숙하지 않은 유년 아동에게 보

이헌구의 「가을달」

다 친근하고 흥미롭게 다가갈 것으로 보인다.

  이 시에서 눈에 띄는 또 다른 부분은 동화적 상상력이다. 이 시는 총 7연으로 되어 있다. 첫 번째 연은 시 속 배경을 알려 주며 리듬감을 주는 역할을 한다. 2연과 3연은 지금 보고 있는 현실의 달이다. 수남이는 그 달을 보고 상상력을 펼친다. 중요한 것은 이 상상력이 동화적 색채를 띠고 있다는 점이다. 수남이는 누나에게 대총을 메고 강가에서 배를 타고 달 속 옥토끼를 잡으러 가겠다고 자랑을 한다. 누나는 그런 수남이에게 달낭참외를 달나라 공주님께 갖다드리라고 맞장구를 쳐 준다. 달 속 토끼와 달나라 공주님처럼 동화 속에 나올 법한 인물들을 등장시킴으로써 가을달이 비추는 풍경을 노래하기보다 유년 아동이 갖고 있는 상상의 세계를 그려 냈다. 수남이는 모기에게 물리면서 상상에서 깨어난다. 마지막 연은 첫 번째 연을 되풀이함으로써 다시 현실의 세계로 돌아왔음을 보여 준다.

「기러기」는 윤석중이 시를 쓰고 정현웅이 그림을 그린 작품이다. 유년기의 대표적 특징은 자신을 기준으로 세상을 이해하는 것이다.「기러기」역시 날아가는 기러기를 유아의 눈높이에서 바라본 시이다. 기러기들이 날아가는 모습을 보고 화자인 유년 아동은 자신처럼 글씨 공부를 한다고 생각한다. 화자가 보기에는 기러기들이 시옷자를 쓰기도 하고 한 일자를 쓰기도 한다. 이처럼 세상을 자신의 눈높이에서 바라보는 유아의 특징은 마지막 부분에서 극대화된다. "기력아 기력아 내 이름자두 써봐-라"에서 유아의 자기중심적 사고가 기러기라는 대상을 통해 직접적으로 투영되고 있기 때문이다.

그런데 이「기러기」는 다른 시로 알려져 있기도 하다. 제목의 유사성 때문에 포스터 곡에 붙인 시「기러기」와 혼동된 것이다.'기러기'라는 제목은 같지만 그 정서는 판이하게 다르다.『유년』에 실린「기러기」는 전술한 바와 같이 유아의 자기중심적 사고를 발랄하고 경쾌하게 그리고 있으며, 이는『유년』의 전반적인 색채를 보여 준다는 점에서 중요하다.

이은상의 역사이야기「가재새끼」는 야은 길재의 어린 시절 일화다. 그러나 길재에 대한 이야기는 구체적으로 나오지 않는다. 어느 시대의 인물인지, 어떤 업적을 남겼는지가 언급되지 않는 것이다. 옛날에 길재(吉再)라는 훌륭하신 선생님이 있었고, 길재 선생님은 뒷날 커서 아주 훌륭한 사람이 되었다는 설명이 전부다. 정확히 말하면 이 글의 주인공은 제목처럼 '가재새끼'이다. 길재는 냇가에서 예쁜 가재새끼를 잡는다. 그러나 그 가재새끼가 엄마를 잃어버린 것이 불쌍해서 놓아준다. 그리고 길재 자신도 엄마를 생각하면서 운다. 엄마를 잃어버린 가재새끼와 길재는 같은 처지인 것이다. 유년 아동에게 가장 중요한 존재는 '엄마'이다. 따라서 엄마와의 관계는 유년 아동에게 매우 친근하고 공감을 불러일으키는 소재다. 이와 함께 유아에게 어려울

이은상의 「가재새끼」

수 있는 역사적 사실들을 과감히 생략한 점은 유아의 특성을 고려한 것이다. "그 가재새끼는 고맙다고 인사하고서 꼬리를치며 엄마를 찾아갔습니다. 다름박질로 엄마를 찾아갔습니다."와 같은 반복되는 문장 역시 리듬감과 반복을 통해 중요한 내용을 강조함으로써 유아의 흥미와 특성을 고려하고 있다.

『유년』은 「유년중앙」과 비교하여 전체적으로 글의 분량이 크게 줄었다. 글씨 크기는 비슷하나 「유년중앙」은 한 작품이 2~3쪽 정도의 지면을 차지하고, 그림보다는 글의 비중이 단연 높다. 글의 분량만 봤을 때는 유년을 대상으로 한 「유년중앙」만의 특성이 잘 드러나지 않는다. 그러나 『유년』은 가장 긴 글인 「가재새끼」가 2쪽에 수록되어 있으나 반 정도가 그림으로 글의 분량은 상대적으로 적다. 총 10문장으로 이루어진 짤막한 글인 것이다. 글이 짧아진 것은 유년 아동이 글의 내용을 이해하는 데도 도움을 준다. '짧은 글'이라는 형태는 유년 대

정현웅의 「콩죽팥죽 : 시-소-」

상의 글이라는 표면적 특징이 된다. 이 표면적 특징을 유지하기 위해 「가재새끼」와 같이 길재에 대한 역사적 사실은 생략하고 유아가 더욱 친근하게 이해할 수 있는 엄마와의 관계에 초점을 맞추는 생략, 요약 등의 내용상의 변화를 가져왔다고 추측할 수 있다. 「유년중앙」과 『유년』이 가장 비교되는 부분이기도 하다. 『유년』의 지식과 정보를 전달하는 작품에서도 글의 분량이 적은 양상을 보인다.

「콩죽팥죽 : 시-소-」, 「전에 타고 다니던것 지금타고 다니는것」은 글의 분량이 매우 적고 '새 종류'는 새의 이름만 나와 있다. 이 세 편은 모두 지식을 전달하는 데 목적이 있다. 「콩죽팥죽 : 시-소-」는 '무게'에 관한 내용이다. 시소 한 편에는 코끼리가 앉아 있고 맞은편에는 호랑이, 돼지, 곰 등의 여러 동물들이 앉아 있다. 시소는 코끼리 쪽으로 기울여져 있다.

각 동물들 옆에는 짧막하게 만화의 말풍선처럼 대화글이 적혀 있다. 코끼리는 어림없다며 자신만만해 하고 토끼는 구경가자며 시소 쪽으로 온다. 글을 몰라도 시소가 코끼리 쪽으로 기울어져 있는 것은 여러 동물들보다 코끼리가 무겁다는 것을 보여 주는 그림임을 알 수 있다. 시소는 무거운 쪽으로 기운다라는 지식을 동물들을 등장시켜 '스토리텔링'으로 풀어가고 있는 것이 흥미롭다. 코끼리와 다른 동물들 간의 경쟁이라는 이야기를 덧씌운 것이다. 아무래도 안 되겠으니 하마를 부르러 가겠다는 쥐들의 말은 코끼리를 이기겠다는 뜻이지만 하마가 무거운 동물이라는 지식을 전달해 주기도 한다.

「전에 타고 다니던것 지금타고 다니는것」은 교통수단에 대한 글이다. 기선, 자동차, 배, 가마, 기차, 당나귀, 비행기, 버스와 같은 교통수단들이 시대에 관계없이 펼침면에 자연스럽게 어우러져 있다. 그리고 오른쪽 하단에 전에는 배, 가마 등밖에 없었는데 지금은 비행기가 다니니 가만히 앉아서 어디든 갈 수 있게 되었다는 교통수단의 발전과 편리성에 대해 간략하게 알려 주고 있다. 앞의 「콩죽팥죽: 시-소-」가 동물들 간의 경쟁이라는 이야기가 들어있는 데 비해 이 글은 시각에 초점을 맞추고 있어 도감의 느낌을 준다.

「전에 타고 다니던것 지금 타고 다니는 것」 뒤에 나오는 '새 종류' 역시 도감 성격을 띠고 있다. 도감은 그림이나 사진을 실물 대신 볼 수 있도록 엮은 책으로 사물의 설명을 그림으로 한다는 특징을 갖고 있다. '새 종류'에서도 다양한 새들을 그림으로 보여 주고 있다. 펼침면에 나무와 연못이 배경으로 구성되어 있다. 크게 나무와 연못가에서 사는 새들로 구분했기 때문이다.

물가에 사는 새는 연못 안에 있거나 연못 가까운 데 위치 시켜 서식 공간에 대한 이해를 돕고 있다. 등장하는 새들은 공작, 가마귀, 꾀꼬리, 백로, 앵무새, 비들기, 올빼미, 게사니(거위), 오리, 원앙으로 주변에서 쉽게 볼 수 있는 친근한 새라는 공통점이 있다. 또한 각 새들의 이름을 가까운 곳에 적고 있다. 이는 새 이름을 정확히 익히는 데 목적을 두고 있음을 보여 준다. 정보와 지식을 알려 주는 세 개의 글은 비슷한 듯하지만 미묘한 차이들이 있다.

「콩죽팥죽 : 시-소-」는 지식보다는 동물들의 이야기에 더 초점이 맞춰져 있고, 「전에타고 다니던것 지금타고 다니는것」에는 교통수단의 발전과 편리함을 이해하는 것을 목적으로한다. 그러나 '새 종류'는 새의 생김새와 이름을 익히는 단순한 지식 습득을 의도한다. 이는 자칫 지식과 정보를 전달하는 글이 반복됨으로써 지루함을 줄 수 있음을 고려하여 변화를 준 것으로 보인다.

다음 장에는 매미와 전차 만드는 법이 나온다. 전개도와 설명이 단계별로 나와 있는 형식으로 현재 종이 접기를 설명하는 것과 큰 차이가 나지 않는다. 옆에는 유년자유화라는 제목이 붙어 있다. "여러분의 그림(自由畵)이나 수공품(手工品)을 많이 보내주십시오. 잘된 것을 뽑아내어드리겠습니다."라는 설명에서 알 수 있듯이 독자 참여 코너이다. 창간호이기 때문에 미리 뽑아 놓은 그림들을 실어 놓은 것으로 보인다. 기차, 과실, 전차를 소재로 한 아이들의 그림이 나와 있다. 이 두 코너에서 공통적인 것은 '유치원'이다. 매미와 전차 만드는 법 옆에는 각각 경성공덕원유치원과 경성청진유치원에서 제공받았다는 문구가 적혀 있다. 유년자유화에 실린 그림들도 공덕유치원, 청진유치원, 조양유치원에 다니는 원생들이 그린 것으로 나와 있다.

4. 근대의 성격을 드러내는 유년 잡지

「유년중앙」과 『유년』은 현재 확인할 수 있는 가장 오래된 유년 잡지라는 데 그 의미가 있다. 이 두 잡지를 발간하는 데는 공교롭게도 작품 세계에서 '유년'과의 친연성이 큰 윤석중이 중요한 역할을 했다. 즉, 윤석중은 유년 아동에 주목하고 있었고, 여기에는 윤석중이 서울, 즉 도시 출신이라는 점이 유리하게 작용했다. "윤석중이 태어나고 자란 서울(경성)은 '근대도시의 생활양식'이 새롭게 구현되는 공간"이었기 때문이다. 「유년중앙」의 이국적 정서와 『유년』에서 독자로 상정한 유치원에 다니는 애기는 도시적 색채를 갖고 있다. 근대에 발견된 '아동'은 그 도시성이 집약된 유년으로 세분화된 것이다. 「유년중앙」과 『유년』은 '유년'이 한층 더 세분화된 근대적인 아동임을 보여 준다. '유년'은 변화하는 도시 사회에서 발견할 수 있었던 세련된 감각을 느끼게 하는 '도시의 아동'이었다. 윤석중이 이 유년을 주목한 데에는 서울내기로서 모더니스트로서의 기질이 발휘되었다.

윤석중의 유년지향성은 그의 태생적 출신에서 비롯된 필연적인 것이었다. 또한 시대적 흐름에 상응하는 것이기도 했다. 이처럼 「유년중앙」과 『유년』에는 윤석중의, 그리고 시대가 요구했던 모더니즘적 성격이 짙게 드리워져 있음을 그 특성으로 제시할 수 있다.

제4장

최장수 아동잡지 『아이생활』의 유년 꼭지

1930년대는 유년에 대한 관심이 컸던 시기로 이에 따라 유년문학 창작은 물론 일간지에서도 유년 꼭지가 지속적으로 연재되었다.《조선일보》에서는 1933년 〈우리차지〉를,《동아일보》에서는 1938년 〈애기네 판〉을 폐간 전까지 수록한 것이 일간지 유년 꼭지의 대표적인 예이다.

아동잡지에서는 1930년에 『어린이』의 '아기들차지'와 『신소년』의 '유년독본'이, 1931년에 『별나라』의 '유년페-지'가 만들어졌으나 한두 편의 동화나 동요가 실리는 데 그쳐 본격적인 유년 꼭지로 보기는 어려운 점이 있다. 이밖에 『소년중앙』 부록으로 발행되었던 「유년중앙」(1935~?)과 『소년』의 동생 잡지로 소개되었던 『유년』(1937)이 있으나 『아이생활』의 유년 꼭지가 처음 선보인 1930년 6월보다는 늦다. 『아이생활』은 일간지와 아동잡지를 모두 합쳐 가장 빠른 시기에 유년 꼭지를 구성한 것이며 이는 '유년'에 대해 특별히 주목하고 있었음을 보여 주는 것이기도 하다.

특히 『아이생활』은 유년주일학교를 설립했던 조선주일학교연합회가 만든 잡지로, 일찍이 유년과의 친연성이 이야기되어 왔다. 그러나

'유년'을 중심으로 한 연구는 미진한 편이다. 『아이생활』과 관련된 연구로는 『아이생활』의 편집상 특질을 살펴 그 공과를 제시하거나[1] 거시적 측면에서 『아이생활』의 체계와 내용을 분석하고 그 아동문학사적 의의를 밝힌 논의[2]가 있다. 이보다 범위를 좁혀 『아이생활』을 중심으로 이중어 기능 양상을 고찰하거나[3] 『아이생활』에 게재된 아동만화에서 다양한 근대적 양식이 시도되고 있음을 살펴본 연구[4]는 집약적 논의를 생산하고 있으며, 더불어 『아이생활』에서 논의될 수 있는 주제가 그만큼 많다는 것을 보여 준다. 한국 기독교 선교사와 문서 선교, 잡지 발간의 주축인 미국 북장로교 선교단, 조선주일학교, 그리고 기독교 교육 사업이라는 다면적 관점에서 『아이생활』의 성격을 살펴본 논문[5] 역시 『아이생활』 논의의 중요한 출발점을 만들어 주고 있다.

이와 같은 논의들을 통해 『아이생활』에서 유년 꼭지에 대한 연구가 거의 진행되지 않고 있다는 사실도 확인할 수 있다. 그러나 『아이생활』의 유년 꼭지는 1930년부터 1939년까지 지속적으로 수록되었다는 점에서 유년문학을 연구하는 데 기초 자료로써 그 의미가 크다. 현재 유년문학 연구는 작가별로 이루어지는 경우가 많다.[6] 대표적인 작가가 윤석중과 현덕 등이다. 윤석중 작품 기저에 놓여 있는 유년지향

---

1 최명표, 「『아이생활』 연구」, 『한국아동문학연구』 제24호, 한국아동문학학회, 2013.

2 정선혜, 「『아이생활』 속에 싹튼 한국 아동문학의 불씨」 제31권 제2호, 『아동문학평론』, 아동문학평론사, 2006.

3 박금숙, 「일제강점기 『아이생활』의 이중어 기능 양상 연구―1941~1944년 아이생활을 중심으로」, 『동화와번역』 제30집, 동화와번역연구소, 2015.

4 최윤정, 「근대 아동만화에 대한 인식과 전개 양상 연구―『아이생활』을 중심으로」, 『아동청소년문학연구』 제18호, 한국아동청소년문학학회, 2016.

5 박영지, 「어린이 잡지 『아이생활』의 창간 주도 세력 연구―『아이생활』 발간에 참여한 미국 기독교 선교사 집단을 중심으로」, 『아동청소년문학연구』 제24호, 한국아동청소년문학학회, 2019.

6 박인경은 유년동화에 대한 연구는 대부분이 아동문학 작가를 중심으로 이루어졌으며 가장 많이 연구된 작가로 동화에서는 이태준과 현덕을, 동요에서는 윤석중과 윤복진을 제시하였다. 박인경, 「1930년대 유년문학의 형성과 전개에 관한 연구」, 인하대 박사논문, 2021, 5~8쪽.

성은 잘 알려진 바다. 또한 현덕은 《소년조선일보》에 수록한 40여 편의 유년동화를 통해 그 작품성을 인정받았다. 그러나 작가 중심의 유년문학 연구는 결국 작가 연구로 귀결된다는 점에서 유년문학의 특성을 아우르기에는 한계가 있다.

유년문학 연구가 작가 중심으로 이루어진 데는 무엇보다 적절한 분석 대상을 찾기 어려웠기 때문이다. 앞서 살펴본 것처럼 『어린이』, 『신소년』, 『별나라』의 유년 꼭지에 수록된 작품들은 그 편수와 수록 호수도 많지 않다. 일간지에서 게재한 유년 꼭지는 그림과 짧은 글이 있는 한 칸 구성으로 유년에 대한 단서는 얻을 수 있으나 본격적인 유년문학 연구 대상으로서는 부족한 측면이 있다.

『아이생활』의 유년 꼭지는 십여 년간 고정적으로 연재되었고, 한 호에 다섯 편 전후의 작품들이 꾸준히 실렸다는 점에서 유년문학의 특성을 파악할 수 있는 적절한 텍스트이다. 이 장에서는 『아이생활』의 유년 꼭지 연구가 거의 이루어지지 않고 있다는 점에 착안하여 그 전모를 살펴보는 데 초점을 둘 것이다. 현재 본 연구자가 확인한 유년 꼭지가 수록된 『아이생활』은 총 69권이다. 이 중 목차만 확인되는 경우도 있으나, 이 역시 그 전모를 살피는 데 유용하다고 판단하여 분석 대상에 포함하였다.

69권에 수록된 유년 꼭지를 우선적으로 명칭을 통해 시기를 구분하고자 한다. 유년 관련 영역에서는 유년을 강조하는 경우가 많다. 《동아일보》의 유년 꼭지 '애기네 판'이나 '애기애기'와 같은 글의 명칭이 대표적인 예이다. 『아이생활』의 '아가페지'도 유사한 맥락이다. 유년 꼭지 명칭에는 유년을 바라보는 관점과 함께 유년과 결합시킬 대상과 지향점 등이 압축적으로 표현된다고 판단했기 때문이다. 꼭지명과 작가, 장르 등도 함께 고찰할 것이다. 각 시기의 특징을 살펴보고, 이를 토대로 하여 유년 꼭지의 전체적인 흐름을 정리하고자 한다. 『아이생활』의 유년 꼭지는 가장 이른 시기, 그리고 가장 오랜 기간 동안 '유년'을 조명했다는 점에서 유년문학은 물론 유년을 다루는 다양한 영역에 유의미한 시사점을 제공할 것으로 기대된다. 또한 그 실제적 양상을 시기별로 구분하여 분석함으로써 향후 『아이생활』의 유년 꼭지를 더욱 깊이 있게 논의할 수 있도록 하는 토대가 되어 줄 수 있다.

필자가 입수한 유년 꼭지가 수록된 『아이생활은』은 69권이다. 1930년 6권, 1931년 11권, 1932년 7권, 1933년 6권, 1934년 4권, 1935년 11권, 1936년 9권, 1937년 8권, 1938년 2권, 1939년 5권이다. 1940년 이후는 특정 연령을 대상으로 한 꼭지 없이 동화와 동요가 자유롭게 배치된 체제이다. 확인하지 못한 호가 많으나 그 대략적인 흐름은 볼 수 있었다. 이를 바탕으로 다음과 같은 의견을 제시할 수 있다.

먼저 『아이생활』에서 유년 꼭지가 약 십여 년간 연재되었다는 사실은 '유년'에 대한 관심이 그만큼 컸으며 동시에 이를 구현할 수 있는 인적 기반이 있었다는 것이다. 현재 가장 장기간으로 연재된 유년 꼭지로는 《조선일보》의 〈우리차지〉(1934~1940)가 있다. 약 칠여 년 간 연재가 되었으나 짧은 글과 삽화로 이루어진 한 칸 구성이라는 점을 고려한다면 『아이생활』 유년 꼭지의 인적 구성이 훨씬 풍부했음을 확인할 수 있다.

『아이생활』에서 유년 꼭지 명칭에서 유년 지향성이 명확하게 나타나 있고, 명칭 변화에 따라 주요 필자와 내용 구성도 달라지고 있어 시기를 구분하는 것이 가능하다. 특히 이 시기가 유년 꼭지의 형성에서부터 해체까지, 그 전모를 드러내고 있다는 점이 흥미롭다.

명칭을 중심으로 살펴보았을 때 『아이생활』의 유년 꼭지는 크게 세 시기로 구분할 수 있다. 유년 꼭지의 출발을 보여 주고 있는 '어린이 페지'와 본격적인 유년 꼭지였던 '아가페지'와 이 후 연재되었던 '애기그림책', 그리고 마지막으로 '아기네차지'와 '노래와 이야기'이다.

이는 각각 형성기와 안정기, 해체기에 대응한다.

'어린이페지'는 현재 1930년 3월호를 통해서만 확인된다. '아가페지'[7]는 1930년 6월부터 1935년 상반기까지 연재된 것으로 보인다. 이때 명칭은 '아가차지', '애기얘기', '애기차지' 등으로 바뀌기도 하지만 아가와 애기와 같은 유년 아동을 지칭하는 표현은 공통적으로 유지된다. 또한 김동길이 은방울, 날파람 등과 같은 필명을 사용하여 '아가페지' 대부분의 글들을 쓴 것으로 보인다는 점에서 김동길 역시 초기 유년 꼭지 '아가페지'를 구성하는 주요 '요소'이자 이를 주도했던 편집자이기도 한 것이다.

1936년 8월부터 1937년 11월까지 확인되는 '애기그림책'은 여러 면에서 '아가페지'와 차이를 보인다. 그중에서 가장 큰 차이는 '임홍은'이라는 인물이다. 즉 '아가페지'의 김동길처럼 '애기그림책'에서는 임홍은이 중추적 역할을 했다. 따라서 '아가페지'와는 차별화되는 특성을 보이며 『아이생활』 유년 꼭지의 두 번째 시기가 된다.

마지막은 1938년 4월호와 6월호에 나온 '아기네차지'와 1939년 2월호와 4월호, 6월호에 실린 '노래와 이야기'로 구분할 수 있다. 이 둘 모두 앞서 연재했던 '애기그림책'을 이어가려 했던 의도가 엿보인다. 동요와 동화를 주로 싣고 있으며, 그림동요와 유사한 구성을 확인할 수 있기 때문이다.[8] 그러나 '애기그림책'을 주도했던 임홍은이 빠진 상태였기 때문에 '그림'을 부각시키기는 어려웠던 것으로 추측된다.

---

7 '아가페지'는 본격적인 유년 꼭지를 연재하며 처음 쓰인 명칭이다. 이후 1931년부터 1935년까지 다른 명칭과 혼용되는 경우는 있었으나 '아가차지'라는 꼭지명이 주로 쓰인다. 그러나 이 글에서는 초기 유년 꼭지의 명칭을 '아가페지'로 표기할 것이다. 아가페지와 아가차지 모두 '아가'를 위한 지면이라는 유사한 의미를 담고 있어 하나의 명칭으로 통칭하는 것에 큰 무리가 없다고 보았다. 또한 각각의 꼭지명을 살펴보는 것보다 시기별 특징을 알아보는 것이 이 글의 목적이므로, 이를 효율적으로 진행하기 위해 초기 유년 꼭지를 '아가페지'로 통칭하여 사용하였음을 밝혀 둔다.

'아기네차지'에서 '노래와 이야기'로 명칭을 바꾼 것은 사실상 유년 꼭지의 해체를 의미하는 것이기도 하다. '노래와 이야기'에서는 유년임을 드러내는 실질적 요소가 사라졌기 때문이다.[9] 1940년부터는 이러한 꼭지 자체가 없어지고 동요와 동화가 자유롭게 실리는 것은 특정 꼭지를 기획하고 연재할 만한 능력의 부재를 의미하는 것이기도 하다.

'아가페지'의 전사(前史)라 할 수 있는 '어린이페지'까지 포함하여 『아이생활』의 유년 꼭지를 명칭을 중심으로 정리해 본다면 어린이페지→아가페지(아가차지, 애기얘기, 애기차지)→애기그림책→아기네차지→노래와 이야기가 된다. 본고에서는 이를 주요 분석 대상으로 삼아 그 특징을 살펴봄으로써 『아이생활』 유년 꼭지의 변화 양상을 제시할 수 있을 것이다.

---

8 이러한 유사성은 '애기그림책'의 주요 필자였던 임원호가 당시 편집주간이었고, 임홍은의 동생 임동은이 『아이생활』의 삽화 등을 담당한 것과 연관이 있어 보인다. 그러나 '아기네차지'는 '애기그림책'의 작은 활자 등의 구성 체제는 그대로 이어 받았으나, '그림'에 강조점을 둔 것이 아니기 때문에 오히려 그 정체성이 모호해졌다. 후술하겠으나 '애기그림책'에서 지향하는 '애기'는 실제 유년이 아니며, 그 강조점은 그림에 있다. 작은 활자나 유년 아동보다 성숙한 인물을 그리는 것에서도 잘 나타난다. 이와 달리 '아기네차지'에서는 '그림' 대신 '아기'를 강조하겠다는 의도를 명칭에서 보이지만 그림에 비중을 두었던 애기그림책의 구성 체제를 따르고 있어 '아기'를 잘 드러내지 못하고 있다. 꼭지명과 의도와 내용 구성의 불일치라 할 수 있다. 이후 유년 꼭지가 오래 지속되지 못하는 것 역시 유년 꼭지의 정체성이 모호해졌기 때문으로 추측된다.

9 1939년 6월호 목차에서는 노래와 이야기(노래 · 이야기)가 아닌 이전 명칭인 '아기네차지'를 다시 사용하고 있다. 특히 남궁순의 「남의 것을 빼으면」이라는 '그림'이 실려 있어 눈길을 끈다. 유년과의 밀접성을 고려한 것으로 보이나, 1940년부터 유년 꼭지가 확인되지 않는다는 것은 이러한 시도가 성공을 거두지는 못했다고 판단된다.

1. '아가페지'의 전사(前史), 어린이페지

'어린이페지'는 1930년 3월호가 현재 확인된 것 중에 가장 빠른 호수다. 그러나 1929년 12월호까지 '어린이페지'가 없는 점을 고려할 때, '어린이페지'는 1930년부터 신설된 꼭지로 길게 봐도 3개월 정도를 연재한 후 '아가페지'로 그 명칭을 바꾼 것으로 보인다. '어린이페지'는 『아이생활』의 변화를 보여 준다는 점에서 의미가 있다.

첫째, 독자란의 축소다. 『아이생활』 1926년 2월호부터 1929년 12월호까지 25권을 살펴볼 때 독자 참여의 비중이 높다는 것을 알 수 있다. 1926년 4월호에는 소년소설, 동화극, 동요, 전설동화, 과학상식, 수신동화와 같은 다양한 글의 종류들이 자유롭게 실려 있다. 이때 '어린가단(歌壇)'과 '어린문단(文壇)'이라는 꼭지가 눈에 띄는데 각각 독자의 시와 산문을 싣고 있다. 독자의 글을 시와 산문으로 구분하여 싣는 기본 구성은 1929년까지 동일하게 유지된다. 1927년 3월호는 창간기념으로 '애독자특작문예'로 통합하여 싣기도 했지만 이는 일시적 현상이었다. 명칭에 있어서도 간혹 변화를 보이는 호수가 있었다. '당선가단'과 '당선문단'[10], 가단과 문단[11], 독자가단과 독자문단[12]이 그 예이다. 그러나 내용에 있어서는 독자의 글을 운문과 산문으로 나누어 투고 받았다는 점에서 역시 같다.

어린가단과 어린문단이 독자를 대상으로 삼고 있다는 점을 뚜렷하게 보여 주는 것은 '독자통신'이다. 목차에는 독자통신으로 나와 있으나 본문에는 자유논단으로 제목이 제시되어 있는 경우도 있으며, 독자들이 『아이생활』에 하고 싶은 이야기들을 쓰고 있다는 점에서 이

---

10 『아이생활』 1929년 3월호.
11 『아이생활』 1929년 7, 8월호.
12 『아이생활』 1929년 9월호.

둘은 동일 꼭지라 할 수 있다. 어린가단과 어린문단, 자유논단 또는 독자통신은 '독자문예'라는 큰 꼭지로 묶이기도 하는데 이를 통해 『아이생활』에서 독자 글의 비중이 컸음을 알 수 있다. 특히 단순히 독자 글을 투고 받는 것이 아니라 이를 운문과 산문, 소회 등으로 구분한 점에 있어서 체계적 성격도 확인할 수 있다.

　『아이생활』이 창간된 해인 1926년부터 1929년까지 지속적으로 독자의 글을 실었던 데는 독자와 친밀한 관계를 지향하며 독자 참여를 유도했던 당시 잡지의 특성도 반영된 것으로 보인다. 이와 더불어 초기인 만큼 필자의 부족 때문일 수도 있다. '어린이페지'의 신설은 독자의 글에 의존하지 않고도 잡지를 펴낼 수 있을 만큼 필진이 확보되었기 때문에 가능한 것이다. 물론 독자 참여 꼭지는 이어지지만 어린가단과 어린문단으로 개별 꼭지로 수록되었던 이전과는 달리 노래와 글월로 그 이름을 바꾸어 독자란으로 함께 실린다는 점에서 그 비중이 적어졌음을 확인할 수 있다.[13]

　다음으로 '어린이페지'의 내용을 통해서도 『아이생활』의 변화를 알 수 있다. 현재 '어린이페지'가 실린 가장 빠른 호로 확인되는 1930년 3월호에서는 전기, 과학, 잡록(雜錄), 번역동화 등 다양한 종류의 글들이 실려 있다. '어린이페지'에는 '그림이애기'라는 만화 형식의 「노랑이와 신둥이」[14], 창작동화 「반가운 편지」와 「두꺼비와 남생이」, 일화를 통해 교훈을 전하는 글 「금강석보다 귀한 보석」, 과학 원리를 이야기를 통해 쉽게 알려 주는 글 「고무공 물어올리기」가 수록되어 있다.

---

13 독자문예의 비중은 적어졌지만 '독자통신', '독자구락부', '독자와 기자'처럼 독자와 소통하려는 시도는 다양해졌다.

14 "그림이야기 형식의 만화들은 대부분 2면에서 4면으로 4칸에서 8칸 사이에 내용을 꾸렸다."라는 설명처럼 이 작품 역시 54쪽에서 60쪽까지 총 7칸으로 구성되어 있다. 백정숙, 「근대 아동의 모험을 다룬 아동만화 양상 연구: 『아이생활』에 게재된 만화를 중심으로」, 『식민지 시기 최장수 아동잡지 『아이생활』 자료집』, 2021, 98쪽.

그런데 이러한 글의 종류들이 '어린이페지'에만 실린 것은 아니다. '어린이페지' 앞에도 창작동화, 과학 이야기 등이 실려 있기 때문이다. 다만 활자가 더 크다는 점과 앞에서는 볼 수 없는 '그림이애기'를 싣고 있다는 점이 '어린이페지'가 갖는 특징이다.

이런 내용들을 종합해 보면 어린이페지는 큰 활자와 그림을 통한 이야기가 유용한 어린 연령, 즉 유년 아동을 위한 꼭지임을 알 수 있다. '어린이페지'는 이전 독자 참여가 활발했던 시기와 비교하여 작가 글의 비중이 높아졌으며, 유년 아동에 대해 관심을 갖기 시작했음을 보여 준다.

2. 안정기의 두 유년 꼭지, '아가페지' 와 '애기그림책'

1) 잡지 속 잡지, '아가페지'

『아이생활』1930년 3월에 수록되었던 '어린이페지'는 같은 해 6월에는 '아가페지'로 명칭이 바뀐다. 어린이라는 명칭보다 더 내용에 적합한 아가라는 명칭을 쓰고 있으며, 당시 아가와 아기 등은 지금처럼 영아가 아니라 유년 아동을 가리킬 때 자주 사용되었다. 1930년『아이생활』7월호 마지막 장에는 영어로 목차를 싣고 있다. 이때 '아가페지'를 'Primary Department'로 번역하고 있는데 이는 유년부라는 의미이다. 유년부는 초등학교 1학년에서 3학년 정도 연령의 아이들이 속한 주일학교의 부서로 일찍부터 기독교의 핵심 진리를 알게 하는 데 교육 목표가 있다고 한다.[15] 이를 통해 '아가페지'의 주요 독자 연

---

[15] 유년부에 대해서는 다음 책을 참고했다. 가스펠서브, 『교회용어사전』, 생명의말씀사, 2013.

령층과 교육적 목표를 더욱 명확하게 이해할 수 있다.

'아가페지'는 1930년 6월호부터 1935년 10월호까지 수록된 것이 확인된다.[16]『아이생활』의 유년 꼭지가 1930년부터 1939년까지 연재되었다고 전제했을 때,[17] 절반 정도의 기간 동안 '아가페지'가 수록된 것이다. 오랜 기간 동안 수록된 만큼 그 변화 양상도 큰 편이다. 특히 명칭과 필진, 위치라는 세 측면에서 변화를 제시할 수 있다.

초기에는 아가페지라는 명칭을 썼으나 1931년부터는 아가차지로 바뀐다. 1932년까지는 아가차지라는 이름을 지속적으로 사용한 것으로 보이나 1933년 1, 3, 5월호에서는 아가페지를 9, 11월호, 1935년 2~6월호까지는 다시 아가차지를 쓴다. 7월호는 아가애기, 8월호는 애기 애기, 9월호는 애기차지로 계속 바뀌다가 10월호에는 다시 아가차지라는 처음 꼭지명으로 되돌아간다. 1930년 6월호부터 1935년 6월호까지는 아가페지와 아가차지를 혼용하였으나 대체로 아가차지의

---

16 1935년 11월호에는 아가페지 대신 '어린이동화란'이 나오고 삽화와 글을 김동길이 담당했음을 밝히고 있다.

17 1930년부터 1939년까지 유년 꼭지가 연재되었다고 전제한 것에는 다음과 같은 이유가 있다. 첫째, 아직 확인되지 않은 호수들이 많기 때문에 확정지을 수 없기 때문이다. 둘째, 1935년 11월호에 아가페지 대신 수록된 어린이동화란은 아가페지의 주요 필자 김동길이 담당하고 있으나, 꼭지명에 들어간 어린이와 확연하게 작아진 활자 등을 통해 유년보다 높은 연령을 독자로 삼고 있음을 추측할 수 있다. 그렇다면 1935년 11월 이후부터 '어린이동화란'을 통해 연령의 변화가 있었는지를 면밀히 살펴볼 필요가 있으나 1936년에 발행된 호수들은 아직 확인하지 못하였다. 다만 1936년 1월호부터 7월호까지는 유년 대상의 동화로 보이는 본문 텍스트를, 8월호부터 12월호까지는 그 목차만을 입수하였다. 1936년 1월호부터 7월호까지 동화들을 볼 때 아가페지가 아닌 어린이동화란이 연재된 것으로 추측된다. 특히 주요 필자가 김동길이라는 점에서 1935년 11월호에서 확인한 어린이동화란의 삽화와 글을 김동길로 밝힌 것과도 일치한다. 그러나 이 역시 텍스트를 통해 확인한 것은 아니기 때문에 어린이동화란이 아닌 유년 꼭지가 수록됐을 가능성도 배제할 수는 없다. 이러한 가능성을 열어두었기 때문에 '전제'라는 표현을 사용하였다. 또한 1939년 2월호와 4월호, 5월호에 수록된 노래와 이야기(노래 · 이야기)를 유년 꼭지로 보아야 하는가에 대한 의문이 남는다. 이 글에서는 꼭지명에서도 유년 지향성이 드러난다고 보았기 때문이다. 다만 앞서 어린이페지를 유년꼭지 전사로 본 것처럼 노래와 이야기(노래 · 이야기)는 유년 꼭지의 해체를 나타낸다고 판단하였다. 1940년부터는 특정 꼭지가 사라진 것에서도 유년 꼭지가 성립되던 과정을 역으로 보여 주고 있음을 알 수 있다.

비중이 높았다.

그러나 1935년 7월호부터는 이와는 다른 다양한 명칭들이 등장한다. 이 다양한 명칭들 중 가장 이질적인 것은 11월호에 실린 '어린이동화란'이다.[18] 12월호는 특집호로 유년 꼭지가 빠지는 경우가 많았고 1934년은 4개 호의 목차만 알 수 있고, 1935년 책들은 현재 구체적인 내용들을 확인하기 어려운 상황이나 다음과 같은 추측은 가능하다. 1935년 7월호부터 등장한 여러 꼭지명들이 주는 혼란은 변화를 꾀하고자 하는 의도가 있었다는 가정이다.

실제로 1935년은 1933년과는 다른 양상을 보인다. 1933년까지는 정보와 지식을 주는 글들도 문예물과 비슷한 비중으로 실려 있으나 1935년에는 대부분 동요와 동화와 같은 문예물을 싣고 있다. 어린이동화란이라는 유년 꼭지와 다소 거리가 있는 명칭은 문예물 중심의 꼭지를 구성하겠다는 방향성의 표현으로 이해할 수 있다. '아가페지'는 이름 그대로 아가를 위한 지면이었다. 유년을 위한 읽을거리를 동화와 지식정보글, 만화 등을 다양하게 싣고 있었으며, 후기로 갈수록 문예물로의 성격이 강해졌다고 볼 수 있다. 이 역시 꼭지명에 반영되고 있는 것이다.

다음으로 필진의 변화다. 초기에는 다양한 필자들이 등장한다. 뻔윅(반우거)과 김설강(김태오), 리성락, 주요섭(평심. 여심. 주먹), 한가람(이현구)[19], 임갑보 등이 김동길과 함께 필자로 활약했다. 은방울, 날파람, 고

---

18 앞서 초기 유년 꼭지는 '아가페지'로 통일하여 표기할 것을 밝힌 바 있다. 이는 아가차지, 아가애기, 애기애기가 비슷한 의도성을 갖고 있다고 보았기 때문이다. 이러한 측면에서 1935년 11월호에 실린 '어린이동화란'은 초기 유년 꼭지와 그 성격이 다르다. 그러나 「『아희생활 / 아이생활』목차 정리 (2)」에 따르면 1936년 2, 3월호는 '아가차지'가 4월호는 '동란(童欄)'이라는 꼭지명이 쓰인다. 따라서 이는 '애기그림책'으로 꼭지명이 바뀔 때까지 나타나는 과도기적 현상으로 판단하여, '어린이동화란' 등 역시 초기 유년 꼭지에 포함하였다.
19 주요섭과 이현구의 필명에 대해서는 다음 글을 참고하였다. 다만 한가람을 이현구의 필명

운산 같은 필명들도 자주 등장하는데 이는 김동길로 추정된다. 초기 유년 꼭지는 김동길을 중심으로 다른 필자들이 함께하는 방식이었다. 1933년 3월호에는 '본지편집주간의 역대'라는 글이 실리는데 이때 김동길은 아가페지와 삽화 담임으로 소개된다. 특이한 것은 역대 주간을 맡았던 한석원, 전영택, 최봉칙 등의 옆에는 순서를 나타내는 숫자가 붙어 있으나 김동길 옆에는 없다는 점이다. 이는 김동길이 유년 꼭지에 있어서는 실제 주간은 아니었지만 그에 준하는 영향력이 있었음을 보여 주는 것이다. 이는 김동길이 초기 유년 꼭지에서 중심 필자였고, 다른 필자들은 상황에 따라서 유동적으로 함께한 것으로 볼 수 있는 근거가 된다.[20]

'아가페지'의 기본 구성은 동화, 지식정보글, 만화이다. 동화나 지식정보글에서는 번역을 한 작품들도 다수 있다. 또한 만화는 그림이야기로 제시되었는데, 여러 면에 걸쳐 이야기가 펼쳐지는 구성으로 작화는 물론 이야기 구성 능력도 갖추고 있어야 가능한 것이다.[21] 여기서 김동길을 아가페지와 함께 삽화 담당으로 소개한 것을 떠올릴 필요가 있다. 김동길은 글뿐 아니라 그림도 같이 맡고 있었던 것이다. 1932년 3월호 목차에는 책뚜껑 그림 갓난병아리의 화가로 '은방울'이 나온다. 은방울은 아가페지에서 가장 많이 나오는 필자 중 한 명으

으로 확정하기는 다소 어렵다고 보인다. '그림이야기'의 필자가 한가람으로 제시된 경우도 있기 때문이다. 그림이야기라는 형식, 그림체로 보았을 때 한가람은 은방울과 동일인물이므로 이헌구의 필명으로 한가람을 확정하는 데는 더욱 많은 근거가 필요해 보인다. 류덕제, 「한국 근대 아동문학과 『아이생활』」, 『식민지 시기 최장수 아동잡지 『아이생활』 자료집』, 2021.

20 김동길의 구체적인 인적 사항 등에 대해서는 잘 확인되지 않고 있다. 다만 『아이생활』에 참여했던 만큼 기독교인이라는 점은 추측 가능하다. 1941년 『삼천리』 6월호에 실린 「朝鮮基督教界 人事變動」에서 '서무부 김동길'이라는 이름이 나오나 동일 인물인지는 확실하지 않다.

21 "'그림이야기'는 아직 이론적으로 정립되진 않았지만 그동안 사용된 용례를 보면, 만화의 칸 나눔과 소설적 문체의 내용이 함께 사용된 것을 말한다." 백정숙, 「근대 아동의 모험을 다룬 아동만화 양상 연구: 『아이생활』에 게재된 만화를 중심으로」, 『식민지 시기 최장수 아동잡지 『아이생활』 자료집』, 2021, 97쪽.

로 김동길의 필명으로 강하게 추정된다.

또한 1930년 3월호부터 연재된 존 러스킨의 「황금강의 왕」을 원작으로 한 「금하의 왕」의 번역자가 은방울로 표기된다. 특히 첫 회인만큼 이 작품을 번역하게 된 이유를 소상하게 밝히고 있다는 점에서 번역자 이름이 오기일 가능성은 적다. 1930년 6월호 목차에는 「금하의 왕」 역자가 날바람으로 나와 있으나 본문에는 은방울로 제시되어 있다.

날바람, 은방울은 김동길의 필명으로 짐작된다. 김동길은 창작과 그림, 번역이 모두 가능했던 다재다능했던 인물로 보이며 이런 그의 재능이 '아가페지'에 활용되어, 다채로운 꼭지를 구성할 수 있었다.

다음으로 '아가페지'의 위치를 살펴보면 초창기에는 가장 마지막 부분에 위치해 있다. 특히 1930년과 1931년에는 독자 참여 지면과 상타기 발표 뒤에 실려 있는 경우가 대부분이다. 일반적으로 잡지에서 독자 참여란과 상타기 문제와 발표자가 실려 있는 지면은 가장 마지막에 수록된다. 본문보다 그 중요도가 낮기 때문이다. 그런데 '아가페지'는 이보다도 더 뒤에 실려 있다는 것은 일면 그 비중이 크지 않기 때문이라고 생각할 수도 있다. 그러나 '아가페지'가 독자 참여 지면의 비중을 줄이면서 신설된 꼭지이며 본 연구에서 살펴본 호수에서 3월 창간 기념호와 12월 크리스마스 특집호를 제외하면 거의 빠지지 않고 게재되고 있었다는 사실에서 결코 그 비중이 적지 않음을 알 수 있다. '아가페지'가 가장 마지막에 실린 이유로 꼭지에 수록할 기사 편수가 확정적이지 않았던 이유가 가장 크다고 보인다. 1931년 6월호에는 6편의 글이, 1931년 8월호에서는 3편의 글만 실릴 정도로 그 편차가 있었던 것이다.

마지막에 실리는 물리적 위치는 아가페지의 성격에도 어느 정도의 영향을 준 것으로 추측된다. 유동적이며 비확정적인 성격을 갖게 된 것이다. 아가페지에는 유년과는 관련이 없는 다른 기사와 결합이 쉽게 보이는 것도 이러한 이유다. 1932년 8월호와 9월호에 각각 실린 '이달의 소원'과 '소녀페지', 1933년 3월부터 확인되는 '상타기'와의 결합이 대표적 예이다. '소녀페지'라는 제호 대신 '그림 그리기'라는 글 제목이 목차에 적혀 있다. 소녀페지는 고정적이지는 않으나 아가 페지와는 분리되어 독립적으로 수록되기도 했다. 즉 소녀페지와의 결합은 일시적 현상이나, 이를 가능하게 한 것은 아가페지가 맨 마지막에 실림으로써 갖게 된 유동적 성격 때문이다. 또한 '소녀'와 '아가'가 부드러운 이미지를 갖는다는 면에서 통한다는 점에 착안한 것으로 보인다.[22]

'이달의 소원'과 '상타기'는 이와는 다른 양상을 나타낸다. '소녀페지'는 '아가페지' 안에 수록되어 있다. 이는 목차와 내용 면에서 모두 동일하다. 그러나 '이달의 소원'[23]은 목차에는 아가페지에 포함되나 내용에서는 그 위치가 떨어져 있다. '이달의 소원'은 앞쪽에 위치해 있기 때문에 마지막에 실려 있는 아가페지와는 거리가 있다. 이러한 목차와 위치의 불일치는 현재 확인되는 연도인 1933년까지 지속되며, 1935년에는 발견되지 않는다. 적어도 1932년 8월부터 1933년까지는 '이달의 소원'이 물리적 위치와는 관계없이 아가페지에 포함되었다는 것이며 특정 의도가 실려 있었음을 추측할 수 있다.

'이달의 소원'은 실제로는 앞쪽에 배치되어 있기 때문에 '아가페지' 독자보다 높은 연령층을 대상으로 한다. 그러나 '이달의 소원'은 교리를 설파하려는 의도를 갖고 있기 때문에 전 연령층을 아우르는 내용으로 구성되어 있다. 유년 아동까지 '이달의 소원'을 읽게 하려는 목

---

22 1937년 2월호에는 '누나차지'가 실리기도 했다. 이는 당시 유년과 소녀 또는 여성은 새롭게 부각된 대상이었다는 것과 연관되어 보인다.
23 1932년 7월호 목차에서 '이달의 기도'를 확인할 수 있으나 본문에서는 누락되어 있으며 이 때는 아가페지에 포함되지 않았다.

적으로 목차에 포함시킨 것으로 해석된다. 흥미로운 사실은 '이달의 소원'이 앞쪽에 위치하지만 큰 활자로 인쇄되어 있다는 점이다. '아가페지'를 기준으로 앞쪽에 실린 글들은 비교적 높은 연령을 대상으로 하기 때문에 활자가 작다는 점을 고려한다면 이 역시 유년 아동을 대상에 포함시켰기 때문으로 이해할 수 있다.[24]

'상타기'는 그 내용으로는 유년 꼭지인 '아가페지'와 관련성을 찾기 어렵다. 그러나 '아가페지'가 마지막에 배치되었을 때는 위치상 밀접성을 갖고 있었으므로 자연스럽게 연결될 여지가 있었다. 전술한 바와 같이 '아가페지'가 물리적 위치상 개방성을 갖고 있었기 때문이기도 하다. 문제는 '아가페지'가 앞쪽으로 이동한 후에도 상타기가 포함되는 호수가 있다는 점이다. 이는 앞서 살펴본 '이달의 소원'과 비슷한 양상이다.

그러나 '이달의 소원'은 종교적 이유에서 유년 독자를 포함시킬 필요가 있었다면 '상타기'에서는 뚜렷한 의도를 찾기 어렵다. '상타기'는 1930년 7월호에서는 '상타기'가 목차에 있다. '아가페지' 꼭지의 마지막 글 「재미잇는 손작난」이 67쪽에, 바로 뒤 68쪽에 '지난번 상타기의 발표'가 있다. 그러나 다음 8월호에서는 '아가페지'와 '상타기'가 연달아 실려 있지만 같은 꼭지에 넣지는 않고 있다. '아가페지'가 앞쪽으로 이동한 후에도 뒤에 실려 있는 '상타기'는 '아가페지'에 포함되기도 하고, 그렇지 않은 때도 있는 것이다. 그 기준을 명확하게 파악하기는 어렵다. 그러나 '상타기'가 '아가페지'에 포함될 수 있다는 것은 '아가페지'가 그만큼 다양한 글들을 실을 수 있는 가능성을 갖고 있었던 꼭지임을 알려 준다. 1935년부터는 지식정보 글은 현저히 줄어들고 동시와 동화, 그림동요 등을 주로 싣고 있지만 거의 처음과 마

---

24 '아가페지'를 제외한 다른 글들에서 큰 활자를 쓴 글로는 '한글독본'이 있다.

지막이라고 할 수 있을 정도로 거리가 먼 '상타기'를 '아가페지'라는 꼭지에 포함할 수 있다는 사실은 '아가페지'의 잡지적 성격이 여전히 남아 있음을 증명해 주는 것으로 볼 수 있다.

이러한 잡지적 성격은 유재순이 쓴 「작난감 고양이」[25]처럼 고양이 탈 바가지를 직접 만드는 방법을 알려 주는 글에서도 드러난다. 이런 만들기 관련 글은 문예물과 지식정보글에 비하면 현저히 그 편수는 적지만 수록된 글의 다양성을 보여 준다. 또한 이를 통해 '아기페지'가 유년 아동이 직접 해보는 것을 의도했음을 알 수 있다. 즉 현실의 유년 아동을 고려한 것이다.

이처럼 현실의 유년 아동을 의식한 것은 '아기페지'에 실린 대부분의 글들의 활자가 크다는 데서도 확인할 수 있다. 큰 활자는 유년 대상 글들의 대표적 특징이다. 물론 유년 아동은 스스로 글을 못 읽을 가능성이 높다. 성인이 읽어줄 것을 전제하는 경우가 대부분이다. 그러나 큰 활자는 다른 대상의 독물과 구분되게 하는 유년물의 '규범'이다. '아기페지'는 이 규범을 대체로 준용하고 있다는 점에서 유년 꼭지의 특성을 명료히 드러내고 있다.

2) 유년의 미적 특질을 찾아낸 '애기그림책'

1930년부터 1935년까지 수록된 '아가페지'는 대체로 다양한 읽을거리에 초점을 두고 있었다. 이러한 특성은 비교적 초기에 명확하게 드러났으며 1935년부터는 문예물을 주로 수록하는 변화를 보였다. 이때 특히 눈에 띄는 글의 종류는 '그림동요'다. 김명선과 림마리아 등이 노랫말을 쓰고 임홍은이 그림을 그린 그림동요가 두 편, 김동길

---

25 『아이생활』, 1933년 11월호, 64쪽.

이 글과 그림을 모두 맡은 그림동요가 한 편이다.[26] 1936년에 나온 책들은 일부 본문과 목차만 확인되지만, 1935년에 보이는 문예물에 대한 집중과 그림에 대한 관심은 1936년도에도 지속적이었을 것으로 추측된다. 그 결과물이 1936년 임홍은이 주도적으로 참여한 '애기그림책'이다.

'애기그림책'이 수록된 기간 동안 '편즙실에서'라는 편집 후기[27]를 임홍은이 썼는데 이는 그가 주도적 역할을 했음을 보여준다. 임홍은은 『아이생활』 1932년 7월호에 동요 「그리운 고향」과 1933년 5월호에 「눈물납니다」의 삽화를 그리면서 『아이생활』과의 인연을 시작한다. 이후 1936년 4월부터 본격적으로 아이생활사에 합류하였고 1936년 8월호부터 '애기그림책'을 연재하기 시작한 것이다. 잘 알려진 바와 같이 임홍은은 그림에 대한 열정은 매우 컸다.

다음 쪽의 애기그림책 광고 글은 임홍은이 『아기네동산』이라는 그림책을 내기 전 『아이생활』에 수록한 광고 성격을 띤 글이다. 임홍은은 자신이 내고자 하는 그림책의 제목 또는 성격을 『아이생활』 유년 꼭지와 동일하게 '애기그림책'으로 규정하고 있다. 그러나 글의 내용을 보면 애기가 곧 유년인지는 확실하지 않다. 애기나 유년이라는 표현 대신 어린이와 아이가 쓰이고 있기 때문이다. 그가 대상으로 삼고 있는 것은 '조선의 어린이'이다. 유년이라는 연령대에 대한 언급이 없는 것은 다소 의아한 부분이다. 윤석중이 『유년』(1937)을 창간하면서 '유치원에 다니는 애기' 등으로 연령을 구체화하여 유년을 부각시킨

---

26 임홍은의 생애 및 작품 활동 등에 대해서는 최윤정의 「근대 아동만화에 대한 인식과 전개 양상 연구―『아이생활』을 중심으로」와 정진헌의 「화가 임홍은 그림책의 이미지텔링과 활동 양상 연구」를 참조하였다.
27 이 시기의 편집 후기에서는 임홍은과 함께 '최' 또는 먹뫼라는 이름이 확인된다. 이는 주간을 맡았던 최봉칙으로 추측된다.

애기그림책 광고

것과는 비교되는 지점이기도 하다.

임홍은은 유년 대신 그림을 강조한다. 특히 그에게 있어 이야기와 노래, 그림은 동일한 비중을 갖고 있다. 그림이 이야기와 노래를 보완해 주는 역할에 그치는 것이 아니라 이들과 동등한 위치에 있음을 강조한다. "문자에서 시각으로 새로운 감각의 재편이 이루어지고 있었던 시기에 발간된 『아이생활』은 삽화, 그림, 사진, 만화, 그림동요 등의 시각 텍스트들을 적극적으로 활용하고 있었다"[28]는 의견과 같이 시각 요소에 대한 비중이 컸던 『아이생활』과 '그림'을 강조하는 유년 꼭

134

지에서 '애기그림책'이 등장한 것은 필연적 결과처럼 보인다.

'애기그림책'은 1936년 8월부터 1938년 4월호 이전까지 수록된 것으로 판단된다.[29] 앞서 살펴본 '아가페지'가 문예물과 지식정보글이 균형 있게 수록되어 있었다면 '애기그림책'에는 지식정보글이 거의 실리지 않았다. 동화와 동요, 그리고 삽화 중심으로 구성되어 있는 것이다. 김복진, 김삼엽[30], 김태오, 노양근, 도정숙, 목일신, 박영종, 임원호, 윤복진, 정명남, 차명식, 최이권 등과 같은 다양한 필자가 참여하였다.

김태오는 설강이라는 이름으로 '아가페지' 때부터 꾸준히 유년 꼭지에 글을 써 왔다. 노양근과 목일신, 박영종, 정명남, 윤복진, 임원호 등은 아동문학 작가로서 활발한 활동을 하고 있었다. 김복진은 경성보육학교를 졸업하고 동화작가와 동화구연가, 연극배우로 활동한 인물이었다. 도정숙은 《조선일보》에 공덕유치원 보모로 소개되었던 인물과 동일인으로 추측된다.[31] 최이권은 기독교 교육에 앞장섰던 백낙준의 부인으로 애국부인회 회장과 서울YMCA 회장 등을 역임하는 등 한국여성계에서 중요한 역할을 한 것으로 확인된다.[32] 이처럼 다양한 분야의 인물들이 참여했으나 그 중심은 노양근, 윤복진, 임원호 등의 전문작가군에 있었고 그중에서도 특히 임원호의 작품이 많이 실렸다.

문예물에 집중한 만큼 동화와 동요가 주로 수록되었으며[33] 유년동

---

28 최윤정, 「근대 아동만화에 대한 인식과 전개 양상 연구―『아이생활』을 중심으로」, 『아동청소년문학연구』 제18호, 한국아동청소년문학학회, 2016, 104쪽.

29 1938년 4월호부터는 유년꼭지 명칭이 '노래와 이야기'로 바뀐다. 이때 편집 후기를 작성한 이도 임홍은에서 임원호로 바뀐다. 이보다 앞선 호를 확인하지 못한 관계로 1938년 4월호 이전까지 수록된 것으로 전제하였다.

30 1936년 9월호부터 12월호까지 「조선전래동요집」을 수록하였다.

31 《조선일보》 1937년 4월 21일자.

32 《동아일보》 1990년 6월 27일자 참조.

33 동요와 동화가 주로 실린 것이 목차에 반영된 호도 있다. 1937년 6월호와 7·8월호에는 목차에 '애기그림책'이 아니라 '동화'와 '동요'로 나와 있다. 그러나 본문에서는 '애기그림책'이라는 명칭을 썼다.

요, 유년동화, 유년소설, 애기스켓치와 같은 다양한 글의 종류가 제시
될 때도 있었다. '아가페지'와 비교하여 '애기그림책'에서 두드러지는
점은 크게 두 가지이다. 하나는 활자 크기이다. 앞서 큰 활자는 유년
물에 있어 하나의 '규범'으로 작용한다고 의견을 제시한 바 있다. 이
는 형식이 내용에 영향을 미치는 경우라 할 수 있다. 그런데 '애기그
림책'에서는 다른 꼭지의 글들과 크게 차이가 나지 않는 작은 활자를

매미

사용한 작품들이 다수 확인된
다.[34]

그 내용을 살펴보면 행복한
결말보다는 문제가 뜻대로 해
결되지 않거나 '눈물', '쓸쓸함'
등으로 끝맺는 작품들이 많이
보인다. 이는 '아가페지'에 수
록된 글에서 '꿈'을 통해 현실
에서는 실현 불가능한 경험을
하고 깨어나는 다소 도식적이
지만 밝고 유쾌하게 그리는 것
과는 차이가 있다.[35] 이에 해당
하는 예로 1937년 10월호에
실린 김복진의 「매미」를 들 수
있다.

글의 종류는 애기소설로 나
와 있으나 활자 크기는 다른

---

34 '아가페지'에서도 작은 활자는 발견된다. 그러나 이는 처음부터 작은 활자를 사용한 것이
아니라 페이지 분량에 맞추기 위해 조절하는 방식으로 쓰인 경우가 대부분이다.
35 특히 김동길의 작품에서 자주 확인할 수 있다.

꼭지와 크게 차이가 없을 정도로 작은 편이다. 주인공은 네 살 먹은 용순이와 오빠 용수다. 용순이는 오빠가 잡아온 매미를 새장 안에 넣는다. 그러나 매미가 울지 않자 그 이유를 오빠에게 묻는다. 이렇게 좁은 새장 안에 있으면 갑갑해서 잘 안 운다는 이야기를 듣고 새장 문을 열고 매미를 놓아준다. 특히 이 작품 마지막에 나오는 "덕수궁 대문을 나오면서 용순이는 "매암매암"하는 매미를 돌아다보고 돌아다보고 나왔습니다."라는 문장은 밝고 긍정적인 유년 특유의 정서로 보기는 어렵다. 오히려 여운을 남기며 아쉬움을 전한다.[36]

임홍은이 그린 '애기그림책'의 삽화 역시 이러한 정서에 중요한 역할을 한다. 갸름한 얼굴에 기다란 눈매, 가냘픈 체형을 가진 인물이 어딘가에 기대어 옆으로 고개를 기울이며 무언가를 응시하는 듯한 그림은 임홍은의 특징을 잘 보여 준다. 이때 자연을 배경으로 한 경우가 많은데 이를 통해 더욱 근원적 그리움을 느끼게 해 준다.

1937년 7, 8월호 합본호에는 박영종의 「소원 한 가지」라는 동시가 수록되어 있다.

바다가 성을 내지 않는다면 고기를 낚는 어부가 되고 싶다는 내용이지만 배에 기대어 바다를 바라보는 소년으로 삽화가 그려진다. 소년 외에 다른 인물들이 없고 움직임 없이 가만히 배에 기대어 있는 소년은 정적인 느낌을 준다. 홀로 바다를 바라보는 소년은 관조적으로 보인다.

작은 활자와 임홍은의 삽화는 '애기그림책'이 밝고 활기찬 느낌을 갖게 하기 보다는 그리움과 애상적 정서를 느끼게 한다.[37] 이는 애기그림

---

36 밝은 정서를 보이는 작품들도 확인할 수 있다. 같은 달에 나온 최이권의 「의좋은 동무」는 유년소설로 표기되어 있다. 철이와 룡이가 물고기를 잡으러 갔다가 신발을 잃어버려 둘이 한 짝씩 사이좋게 나누어 신고 왔다는 내용이다. 노래를 부르며 걸어가는 두 아이를 그린 삽화 역시 경쾌한 느낌을 준다. 그러나 이 작품은 「매미」와 다르게 큰 활자를 사용하고 있다.

소원 한 가지

책의 상징 마크[38]라고 할 수 있는 인물 그림에서도 확인할 수 있다.

'애기그림책' 마크 1은 1937년 2월호에 실린 것이고, '애기그림책' 마크 2는 1937년 10월호에 수록된 것이다. 둘 모두 공통적으로 작품

---

37 1937년 2월호에 실린 「늘뛰기」에서는 밝고 역동적인 느낌을 주는 삽화가 나온다. 즉 임홍은이 애상적 정서가 드러나는 그림만을 그린 것은 아니라는 의미이다. 그러나 이보다는 홀로 먼 곳의 풍경을 응시하는 정적인 자세의 인물이 임홍은의 대표적 화풍을 보여 준다고 할 수 있을 만큼 더욱 많이 나온다. 또한 「늘뛰기」에 나오는 인물들이 유년이 아니라 소녀에 가깝다는 점, 밝은 정서의 그림을 능숙하게 그려낼 수 있음에도 이러한 그림이 자주 등장하지 않았다는 것은 임홍은이 실제 유년 독자를 주요 대상으로 삼지 않았으며 애상적 정서를 '선택'했음을 추측하게 해 준다.

38 아이 얼굴이 그려져 있는 이 마크는 목차에도 들어가나 본문에 실린 작품에도 넣는다는 점이 인상적이다. 물론 매 작품마다 넣은 것은 아니고 목차에도 빠진 호가 있지만 '아가페지'에서 마크 없이 꼭지명만 목차에 넣은 것과는 차이가 나는 양상이다. '아가페지'와는 달리 '애기그림책'의 활자가 작기 때문에 다른 꼭지와 구분을 위해 본문 작품에도 넣은 것으로 추측되기도 하지만, '그림책'이라는 장르를 더 부각시키고 독자들이 친근하게 느낄 수 있도록 한 장치일 수도 있다.

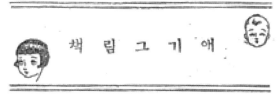

'애기그림책' 마크 1

'애기그림책' 마크 2

에 들어가 있다. 이 둘 중 후자는 단 한 번 사용한 것으로 확인되며 주로 전자가 쓰였다는 면에서 임홍은이 '애기그림책'에서 지향하고자 했던 이미지를 알 수 있다.

그런데 이 역시 유년의 이미지와 밀접한 관계를 갖고 있다는 점이 중요하다. 유년은 성인에게 다시는 돌아갈 수 없는 잃어버린 시기, 원초적 상실감을 불러일으키는 대상이기도 하기 때문이다. 이를 '유년성'으로 표현할 수 있는데 실제 유년 아동과는 구분되는 유년이라는 시기에서 발견되는 미적 특질을 의미한다고 볼 수 있다.

임홍은이 주도적으로 참여한 '애기그림책'은 명칭 그대로 받아들인다면 애기를 위한 그림책으로 이해되기 쉽다. 그러나 임홍은 자신이 그림 또는 그림책에 대한 애정을 공공연히 밝혔던 바와 같이 그는 그림에 더욱 집중했던 것처럼 보인다. 이때 '애기'는 애상적 정서를 불러일으키는 예술 요소로 이해하는 것이 더욱 적절해 보인다.

3. 유년 꼭지 해체의 과정, '아기네차지' 와 '노래와 이야기'

1938년 4, 6월호와 1939년 1월호에는 '아가네차지', 1939년 2, 4월호와 5월호에는 각각 '노래와 이야기', '노래 · 이야기'로 꼭지명이 제시되어 있다

1938년 4월호와 6월호에 실린 '아기네차지'는 공통적으로 아기네차지라는 이름과 그림을 한쪽 면을 전체에 배치하여, 새로운 꼭지가 시작된다는 것을 알려 준다. 이는 '애기그림책'이 명칭을 강조했던 것과 유사하다. 애기그림책과 비교하여 '아기네차지'에서는 그림을 생략하고 '아기'를 강조한다. 4월호 '아기네차지' 시작 면에 여러 장난감들과 장난스럽게 혀를 내밀고 있는 아이와 6월 시작 면에 그려진 기차놀이 하는 아이들 그림[39]에서도 이러한 의도성이 잘 드러난다. 그러나 내용은 이와는 다르다. 4월호 '아기네차지'의 첫 작품은 김복진의 「몽당연필」이다. 가난한 처지의 숙이와 찬이 남매의 이야기로 활자가 작고 삽화 역시 소년소설에 나올 법한 어른스러운 느낌이다. 노래에 속하는 작품들은 대체로 큰 활자를 사용하고 있었다. 삽화 없이 글만 있는 작품들도 있어 애기그림책에서 강조했던 그림의 비중이 약화되었음을 알 수 있다. 4, 6월호 모두 '아기네차지'라는 이름과 그림이 있는 면을 통해 시작을 알리고, 다음 기사로 '이달의 소원'을 싣고 있다는 공통점이 있었다. 즉 '이달의 소원'은 '아기네차지'가 끝났음을 알려 주는 글이다. 그러나 바로 뒤에 위치하여 '아기네차지'의 독자가 '이달의 소원'도 쉽게 접할 수 있도록 배치하였다. 이는 '아가페지'에서 '이달의 소원'을 꼭지에 포함한 것과 유사한 의도로 볼 수 있다.

'아기네차지'에서 그림을 생략했다면 1939년 2, 4, 5월호에서는 '아

---

[39] 이 그림은 1937년 3월호 '애기그림책'에 실린 「기차노리」의 삽화를 그대로 사용한 것이다.

기네차지'에서 '아기'를 소거하고 부제인 노래와 이야기에 집중한다. 이는 이전 꼭지였던 '애기그림책'에서 세 개 호 모두 목차에도 노래와 이야기 두 장르만을 표기하고 있다. 그러나 1, 6월호에서는 다시 '아기네차지'라는 이름을 사용하고 있어 혼란을 준다. 이러한 혼동은 '아기'와 '장르'를 함께 아우르지 못한 데서 기인한 것으로 보인다. '아가페지'에서는 '실제 유년독자'로, '애기그림책'에서는 '그림'으로 유년과 장르를 하나로 묶을 수 있었으나 '아가네차지'와 '노래와 이야기'에서는 이러한 핵심 의도, 즉 유년 꼭지의 정체성을 찾지 못했던 것으로 추측된다. 1940년 이후『아이생활』에서 유년 꼭지가 사라진 것도 이를 뒷받침해 준다.

흥미로운 사실은 이러한 과정이 앞서 살펴본 유년 꼭지의 형성 과정과 반대의 양상을 보인다는 점이다. 독자 지면을 축소하고 '어린이페지'를 신설하는 과정에서 '유년'의 특성을 포착해낸 것과 달리 '아가네차지'와 '노래와 이야기'에서는 '유년'을 상실해 가는 과정을 보여 주고 있기 때문이다.

4.『아이생활』이 보여 주는 '유년 꼭지'의 궤적

이제까지『아이생활』의 유년 꼭지를 명칭의 변화를 중심으로 세 시기로 구분하였다. 이에 따른 작가와 장르별 비중의 변화도 함께 살펴보았다.『아이생활』유년 꼭지의 형성기로 볼 수 있는 '어린이페지'는 독자 참여란의 비중을 줄이고 작가의 지면을 넓힘으로써 더욱 안정된 편집 체제를 이루었음을 보여 주었다. 그리고 큰 활자와 그림이애기와 같은 유년 독자를 대상으로 하고 있었다는 점에서 사실상 유년 꼭지의 출발로 볼 수 있다.

첫 번째 안정기인 '아가페지'에는 대체로 동요와 동화와 같은 문예물과 지식정보글이 균형 있게 실려 있었다. 맨 마지막에 실렸다는 물리적 위치로 인한 유동적이고 비확정적이라는 특징을 갖고 있었다. '이달의 소원'과 '소녀페지'와의 결합이 용이한 것도 이러한 성격 때문이다. '아가페지'는 다양한 장르의 읽을거리를 싣고 있다는 점에서 잡지 속의 작은 잡지로 그 특징을 설명할 수 있다. 특히 이 꼭지를 구성하는 데 있어 김동길을 주목할 필요가 있다. 은방울, 날바람 등의 필명으로도 활약하였으며, 번역, 창작, 그림이야기라는 만화까지 담당하여 '아가페지'가 다채로운 읽을거리를 제공할 수 있도록 주도적 역할을 했다.

'아가페지' 이후 두 번째 안정기를 보여 주는 '애기그림책'이 등장한다. 주로 동요와 동화가 실렸으며 목차와 내용에도 애기그림책이라는 명칭이 자주 등장하여 다른 읽을거리와 구분이 용이하도록 했다. '애기그림책'에서 강조됐던 것은 애기가 아닌 그림이었다.

임홍은은 삽화에서 현실에서 볼 수 있는 유년 아동을 그렸다기보다 그보다는 성숙하며 애상적인 모습으로 표현하고 있다. 이는 유년에게서 찾아낸 미적 특질, 돌아갈 수 없는 낙원에 대한 상실감과 그리움을 표현한 것이다.

마지막으로 '아기네차지'와 '노래와 이야기'는 사실상 유년 꼭지의 해체를 보여 준다. '아기네차지'에서는 시작 면에서 유년 아동의 장난스러움을 보여 주는 그림을 넣었지만 실린 작품들은 대체로 작은 활자를 사용하였고 소년소설을 연상케 하는 작품들도 있었다. 꼭지명과는 달리 '아기'를 포착해내지 못한 것이다. 이는 '노래와 이야기'로 꼭지명이 바뀐 데서도 잘 드러난다. 유년 꼭지에서 공통적으로 지향해온 '아기'를 소거하고 장르를 부각시킨 것이다. '노래와 이야기'에서는 동화와 동요가 특정 연령대를 지향하지 않고 자유롭게 실리고 있다. 특히 장르명이 강조되고 있다는 점에서 유년 꼭지의 지향점 역시 모호해진 것을 알 수 있다.

1930년부터 1939년까지 수록된 『아이생활』 유년 꼭지는 유년을 대상으로 십여 년의 긴 기간 동안 수록되었다. 이는 다른 잡지에서는 볼 수 없는 특별한 현상이었으며, 유년에 대한 각별한 관심에서 기인했음을 추측할 수 있다. 이 각별한 관심을 통해 유년이라는 근대에 새롭게 부상한 대상을 이해하는 두 가지 방식을 알 수 있다. 먼저 '아가페지'에 나타난 실제 유년 아동을 들 수 있다. '아가페지'에 교훈을 담은 이야기가 유난히 많은 이유기도 하다. 다음으로 '애기그림책'을 통해 확인한 타자로서의 유년이다. 『아이생활』 유년 꼭지의 변화 양상은 실제 유년 아동에서 타자로서의 유년을 발견하는 과정과 그 궤를 같이 한다고 할 수 있다. 이러한 오랜 시간의 궤적을 확인할 수 있다는 것이 일제강점기 최장수 아동잡지, 『아이생활』의 가치이자 의의일 것이다.

제5장

유년을 바라보는 시선의 변화

1. 1930년대와 유년

시선은 의미작용의 지배에 속해 있다. 시선은 보는 데서 그치지 않으며, 시선 주체의 대상에 대한 지식과 감각, 정서 등이 얽혀 하나의 의미를 형성한다. 바로 '의미론적 핵(核)'이 존재하기 때문이다.[1] "나는 내가 찾는 것을 응시"[2]하며 "내가 응시하는 것만을 볼 뿐"[3]이라는 말은 시선과 같은 시각적 경험은 "우리의 지식과 믿음에 의해 매개"[4]가 전제됨을 보여 준다. 따라서 시선의 의미론적 핵은 대상에 대한 핵심적인 우리의 지식, 앎[5]에 대응한다.

아동문학에서 이 시선의 대상은 대체로 아동임은 자명하다. 아동에 대한 시선 속에 들어 있는 의미론적 핵(核)은 다양하다. 우리가 갖고

---

1 롤랑 바르트, 『이미지와 글쓰기』, 세계사, 1993, 110~111쪽 참조..
2 위의 책, 117쪽.
3 위의 책, 같은 쪽.
4 주은우, 『시각과 현대성』, 한나래, 2013, 20쪽.
5 사르트르는 지식과 앎을 대상에 대한 방향으로 설명한다. 즉 시선의 의미론적 핵은 아동을 어떤 방향과 관점에서 바라볼지 결정하는 핵심 역할을 한다. 장 폴 사르트르, 『사르트르의 상상계』, 기파랑, 2010, 115~116쪽 참조.

있는 아동에 대한 앎은 경험적일 수도, 선험적일 수도 있으며, 또 그 중간 어디인가에 위치할 수 있기 때문이다. 즉 시선은 여러 방향과 거리에서 대상을 '겨냥'할 수 있다.

아동문학에서 1930년대는 이러한 방향과 거리에 변화를 맞은 시기이다. "문예지의 홍수시대, 문학적 이데올로기를 둘러싸고 가장 치열한 논쟁이 전개"[6]되었던 1920년대와는 다른 양상을 보이는데 여기에는 몇 가지 배경이 바탕이 되었다.

1931년과 1934년 두 차례에 걸친 카프 검거 사건과 해체, 만주사변(1931) 이후 한층 강화된 일제의 언론 검열이라는 시대적 배경[7]이 그 변화의 한 축이었다. 또한 제2차 조선교육령(1922~1938)의 실시 이후 보통학교 입학 연령이 6세 이상으로 정해지면서 아동을 구분하는 연령이 더욱 세분화된다.[8]

아동문학에서도 보통학교에 입학하기 이전 연령대의 아동, 즉 '유년'을 인식하기 시작했다. 홍은성은 5세부터 7세까지를 유년기로 하여, 말로 동요와 동화를 많이 들려줄 필요가 있음을[9], 이광수는 잡지 『어린이』에서 3~4세 아기네에게도 들려줄 이야기를 실었으면 한다는[10] 바람을 피력하기도 했다.[11]

이러한 유년에 대한 인식 가운데 더욱 주목할 것은 유년을 대상으

---

6 이상현, 『아동문학강의』, 일지사, 1987, 255쪽.

7 하정일, 『분단 자본주의 시대의 민족문학사론』, 소명출판, 2002, 14쪽 참조.

8 제1차 조선교육령에서 보통학교 입학 연령은 8세로 제시되어 있다. 곽진오, 「일제와 조선 교육정책: 조선교육령을 중심으로」, 『일본문화학보』 제50집, 한국일본문화학회, 2011, 258쪽 참조.

9 홍은성, 「소년운동의 이론과 실제 2」, 『중외일보』 1928년 1월 16일자 3면.

10 이광수, 「七周年을 맞는 『어린이』雜誌에의 선물」, 『어린이』 1930.3, 4~5쪽.

11 아동문학에서 유년에 대한 인식은 다음 글을 참조할 수 있다. 정진헌, 「1930년대 유년(幼年)의 발견과 '애기그림책'」, 『아동청소년문학연구』 제16호, 한국아동청소년문학학회, 2015; 정진헌, 「1930년대 《동아일보》 유년(幼年)동화 연구」, 『아동청소년문학연구』 제19호, 한국아동청소년문학학회회, 2016.

로 새롭게 등장한 장르 명칭이다. 1930년대 전후로 유년동요, 애기동요, 유년동화, 유년소설, 유치원소설, 애기소설 등 유년을 중심으로 한 장르 용어가 생겨났다.[12] 이러한 장르 용어들은 공통적으로 유년 아동에 대한 적극적인 응시를 보여 준다.

이처럼 본격적으로 모습을 드러내기 시작한 유년생활동화는 1930년대 아동문학의 두드러진 특성인 동시에 우리 아동문학의 발전 과정을 보여 준다. 본 연구는 이태준과 박태원, 현덕의 유년생활동화에 나타난 시선의 의미화, 그 의미론적 핵을 살펴보고자 한다.[13] 본 연구를 통해 1930년대 아동문학의 한 축을 조명할 수 있는 단서를 발견할 수 있으며, 아직 시작 단계에 있는 유년문학 연구[14]가 더욱 활발히 논의될 수 있는 바탕을 제시할 수 있을 것이다.

---

12 조은숙은 일제강점기 아동문학 서사 장르에 사용되었던 용어들을 분석하면서, 1929~1930년 시기에 '유치원 동화'가 새로운 동화 장르 용어로 눈에 띈다고 설명하였다. 주로 나이가 많은 독자층에 관심을 가졌던 이 시기에 유치원생을 독자로 주목한 현상도 동시에 나타난 점을 흥미로운 사실로 평가하였다. 조은숙, 「일제강점기 아동문학 서사 장르의 용어와 개념 고찰: 아동 잡지에 나타난 '동화'와 '소설' 관련 용어를 중심으로」, 『아동청소년문학연구』 제4호, 한국아동청소년문학학회, 2009, 79쪽 참조.

13 이 세 작가는 1930년대 유년동화의 한 흐름을 제시할 수 있는 가능성을 갖고 있다. 그 편수의 차이는 있으나 공상성이나 의인화 중심이 아닌 유년 아동의 생활을 다룬 작품에 집중했다는 점과 유년 생활을 단순히 보고하거나 묘사하는 데서 그치지 않고 각각의 '시선'으로 유년 아동을 의미화했다는 점이 그 가능성이며 세 작가의 작품을 선정한 이유기도 하다.

14 유년동화에 대한 연구로는 아동 발달 단계를 바탕으로 한 「韓國幼年 童話 研究 : 韓國創作 幼年童話를 中心으로」(정선혜)와 「유년동화의 본질 연구」(윤옥자)가 있으며, 작가 중심으로 유년동화를 살펴본 「이태준의 초기 아동문학 작품 연구」(김화선), 「이태준의 아동 서사물 연구」(안미영), 「이태준과 현덕의 유년동화에 나타난 아동의 구현 양상 연구」(박주혜)와, 「현덕 유년동화의 놀이 모티프에 나타난 현실 인식─노마 연작을 중심으로」(방재석 · 김하영), 「현덕의 유년동화에 나타난 현실인식과 놀이정신」(황영숙)이 있다. 「1930년대 유년(幼年)의 발견과 '애기그림책'」(정진헌)은 '유년'에 주목한 연구이나 동요, 동시, 동화와 같은 그림책으로 범위가 다소 넓은 편이다. 「한국 근대 유년 동요·동시 연구: 1920년대~해방기까지 '유년상'을 중심으로」(김윤희) 역시 유년에 주목하며 유년상과 유년 세계를 연구하고 있으나 동요와 동시에 한정되어 있다. 이처럼 유년동화 장르에 대한 연구는 시작 단계에 있음을 알 수 있다.

2. 작품에 나타난 시선의 의미론적 핵

1) 엄마와 아이의 애착관계

이태준이 쓴 유년 대상의 동화는 모두 네 편이다.[15] 이 가운데 「슬퍼하는 나무」는 동화로, 다른 세 편은 '소설'로 이름하고 있어 차이를 보인다. 이는 「슬퍼하는 나무」에 의인화된 나무와 새가 등장하기 때문으로 보인다. 의인화와 같은 공상적 요소가 가미된 글이 동화, 실제 생활을 다룬 글은 소설이라는 인식을 갖고 있었던 것이다. 따라서 이 글에서는 「슬퍼하는 나무」를 제외한 나머지 세 편 「몰라쟁이 엄마」, 「꽃장사」, 「엄마 마중」을 분석 대상으로 삼았다. 이 세 편이 소설적 요소, 유년의 현실을 다루고 있어 유년생활동화라는 분석 기준에 부합하기 때문이다.

이태준의 세 편의 유년생활동화에는 엄마와 유년 아동이 나온다는 공통점이 있다. 특히 '엄마'에 대한 '애착'이 두드러진다. 애착은 차별화된 소수의 사람에게 느끼는 마음으로 선호하는 인물을 찾는 '근접성'과 '안전기저[16] 효과', '분리에 대한 저항'을 특징으로 한다. 이러한 특징들은 애착 이론에서 공간이 중요하다는 것을 보여 준다. 애착을 느끼는 대상과 가까이 있을수록 긍정적인 감정을 느끼며, 멀리 있을수록 부정적인 감정을 느끼는 것으로 설명할 수 있다.[17] 이 글에서 이

---

15 「몰라쟁이 엄마」(1931), 「슬퍼하는 나무」(1932), 「꽃장사」(1933), 「엄마 마중」(1933)은 모두 『어린이』에 수록되었다.
16 애착 대상이 애착을 느끼는 사람에 대하여 만들어낸 환경을 묘사하기 위해서 마리 에인스워스가 사용한 용어다. 안전기저는 본질적으로 호기심과 탐색을 위한 도약판을 제공하는 안전한 안식처의 역할을 한다. 제레미 홈스, 『존 볼비와 애착 이론』, 학지사, 2005, 120쪽 참조.
17 앞의 책, 115~118쪽 참조.

세 요소를 중심으로 작품에 나타난 애착의 시선을 살펴볼 것이다.

「몰라쟁이 엄마」는 "어느 날 아침 참새 소리"를 들은 노마의 호기심에서 이야기가 시작된다. 특별한 것 없는 참새 소리를 듣고 노마는 문득 참새도 엄마가 있는지 궁금해진다. 이 궁금증을 풀어 줄 사람은 바로 엄마다. 엄마는 아직 어린 노마 곁에 가장 가까이[18] 있는 존재다. 신체적·정신적으로도 성장을 다한 성인으로서 충분히 노마를 돌볼 수 있는 능력을 갖추고 있다. 엄마는 노마에게 가장 믿고 의지할 수 있는 사람이다. 계속되는 노마의 '엉뚱한' 질문들은 엄마에 대한 이러한 믿음을 바탕으로 한다. 엄마 역시 이러한 믿음에 응하는 것처럼 노마의 계속되는 엉뚱한 질문에 대답을 해준다.

노마의 '엉뚱한' 질문들은 세상에 대한 호기심에서 비롯된다. 이때 호기심의 대상은 일상에서 쉽게 볼 수 있는 것에서 출발하지만 그 중심에는 '노마 자신'이 있다. 참새도 자신처럼 엄마가 있는지, 자신이 보았던 할아버지처럼 수염 난 할아버지 참새도 있는지, 참새도 사내새끼는 자기처럼 머리를 빡빡 깎는지 궁금한 것이다. 자기로부터 세상으로 그 이해의 폭을 넓혀 가는 유년 아동의 모습이 그려져 있다.

노마의 질문에 대한 엄마의 대답은 세 부분으로 이루어져 있고, 이 역시 세 번 반복된다. 처음에는 자신 있게 '그렇다'는 긍정의 대답을 한다. 이때는 노마 엄마의 생각이다. 그런데 노마가 이상하게 생각하고 반문을 하면 사실에 근거한 대답을 한다. 이 답은 처음 엄마의 대답과 일치하지 않는다. 여기에 다시 의문을 느낀 노마가 질문을 하면 엄마는 "몰-라."라고 답하며 하나의 질문과 관련한 에피소드가 끝나고 다음 질문으로 넘어가는 형식이다.

특히 마지막에 나오는 엄마의 '몰라'라는 대답은 노마가 원하는 답

---

18 이 거리는 심리적·물리적 거리를 모두 포함한다.

을 얻지 못했음을 보여 준다. 노마는 엄마가 모두 모르니까 자신에게 왜떡을 사줘야 한다고 조른다. 질문에 대한 답을 못해 주었다는 것, 즉 노마 자신이 원하는 것을 못해 준 데 대한 '벌칙'으로 왜떡을 사달라는 것이다. 여기에는 엄마에 대한 당연한 기대가 들어 있다. 이 '당연한 기대'는 유아가 엄마에게 갖는 '절대적인' 신뢰를 바탕으로 성립된다.

하지만 이 '당연한 기대'를 충족시켜주지 못해도 신뢰의 관계에는 변함이 없다. 노마는 질문에 대한 답을 얻지 못했지만 '왜떡'이라는 또 다른 요구를 엄마에게 할 수 있기 때문이다. 엄마가 노마의 여러 요구에 응할 수 있다는 것은 유아에게 엄마가 절대적인 존재가 되는 이유다. 노마가 엄마에게 갖는 절대적인 신뢰는 애착관계의 바탕이다. 이처럼 엄마는 노마의 절대적인 신뢰를 받은 이로서, 안전한 안식처인 안전기저의 역할을 하는 것이다.

「꽃장사」에서 엄마와 아이가 있는 공간은 꽃분 앞이다. 마지막 부분에 나오는 '땅'과 '하늘'이라는 표현을 통해 마당과 같은 야외에 서서 이야기를 나누는 엄마와 아이의 모습을 연상할 수 있다. 「몰라쟁이 엄마」와 같은 문답구조로 되어 있는데 이는 엄마와 아이가 매우 가까이 있음을 보여 준다. 문답형식은 하나의 짝을 이루기 때문이다. 특히 「꽃장사」의 이러한 문답은 세 부분의 에피소드로 이루어진 「몰라쟁이 엄마」보다 더욱 근접성이 높다. 이야기 전체가 꼬리에 꼬리를 무는 연쇄형 문답 구조를 갖고 있기 때문이다.

처음에는 아기가 "꽃 장수 용치?"라고 엄마에게 묻는다. 엄마는 아기의 갑작스럽고 짧은 질문을 잘 이해하지 못해 "왜?"라고 되묻는다. 엄마의 "왜?"라는 질문에 이제는 아기가 예쁜 꽃을 만들어 냈으니까 라고 답한다. 그러자 엄마는 아기의 대답에 대한 꽃 장수는 기르기만 했다고 응답한다. 그런 엄마의 생각에 아기는 또다시 질문을 한다. 그러면 예쁜 꽃을 누가 만들었냐는 것이다. 엄마는 또다시 아기의 질문에 답을 하고, 아기는 그 답에서 궁금한 점을 다시 묻는다. 여러 질문과 답의 연쇄로 이루어진 엄마와 아기의 대화는 일반적으로 주고받는 대화보다 더욱 밀접한 관계에 놓여 있으며, 이는 엄마와 아기의 높은 근접성을 통해 강한 애착관계를 보여 준다.

또한 「꽃장사」의 엄마가 아기의 호기심을 높은 차원에서 충족시켜 주는 모습 역시 눈여겨볼 필요가 있다. 아기는 꽃을 만들어낸 꽃 장수가 대단하다고 생각한다. 그러나 꽃 장수는 단지 기르기만 했다는 엄마의 말을 듣고 궁금한 점이 생긴다. 꽃 장수가 아니라면 누가 예쁜 꽃들을 만들었는지 궁금해진 것이다. 엄마는 씨앗이 어떻게 꽃으로 자라는지를 자연의 섭리로 설명해 준다. 장난스러웠던 「몰라쟁이 엄마」의 엄마와는 달리 진지하게 아기의 질문에 답을 한다.

꽃이 피어나기 위해서는 비와 햇빛과 같은 자연의 도움이 필요하다는 엄마의 말은 아이와 엄마의 세계가 훨씬 넓어졌음을 보여 준다. 이는 자신은 꽃 장수가 모두 만들어내는 줄 알았다면서, 풀과 오이, 호박, 나무도 모두 그런 것인지 묻는 아기의 마지막 질문에서도 잘 나타난다. 엄마의 설명을 듣고 "땅을 한 번 보고 얼굴을 들어 끝없는 하늘을 멍하니 쳐다"보며 감탄하는 아기의 모습은 이런 하늘에 대한 경외심을 보여 준다. 여기에서 안전기저로서의 엄마의 역할을 확인할 수 있다. 아기의 호기심을 자연의 섭리라는 높은 차원에서 충족시켜 주며 인식의 확대를 도와주고 있기 때문이다.

마지막으로 살펴볼 「엄마 마중」역시 문답 형식으로 서술되어 있다. 그러나 앞의 두 작품과는 다른 점이 있다면 엄마가 부재하다는 것이다. 이는 "엄마 박탈(maternal deprivation)"[19]로 설명할 수 있다. 엄마와 안전 애착을 이루지 못했거나, 안전하게 애착된 엄마를 잃어버린 상황[20]

---

19 마리오 마론, 『애착이론과 심리치료』, 시그마프레스, 2005, 17쪽.

을 가리키는 말로, 주인공 아가는 애착관계를 이룬 엄마를 잃어버린 경우에 속한다. 하지만 엄마의 부재에도 엄마의 존재는 더욱 강하게 느껴진다. 「엄마 마중」은 엄마를 기다리는 아가의 이야기이기 때문이다.

아이가 궁금해 물어 보는 것도 엄마가 언제 돌아오는가이다. 전차가 올 때마다 차장에게 엄마가 언제 오는지 묻지만, 돌아오는 것은 너희 엄마를 어떻게 아냐는 대답뿐이다. 하지만 아가는 기다리는 것을 포기하지 않는다. 세 번째 전차가 지나갈 때 또 다시 차장에게 묻는다. 이전 차장과는 다른 태도와 말을 보인다. 아가의 물음을 듣고 "엄마를 기다리는 아가"구나라고 말한다. 이 문장이 의미 있는 것은 엄마를 기다리는구나가 더욱 자연스러운 구어 표현인데 엄마를 기다리는 아가구나라고 아가를 문장에 넣은 것 때문이다. 이를 통해 엄마와 아가의 밀접한 관계를 제시하고 있는 것으로 보인다. 즉 마지막에 나오는 차장은 엄마와 아가의 애착관계를 이해하고 있는 것이다.

차장은 아가가 다칠 것을 걱정하며 한 군데 가만히 서 있으라고 당부한다. 이 때의 문장에서 "너이 엄마 오시도록 한 군데만 가만히 섯거라 응?"[21]라는 부분을 유의해 볼 필요가 있다. 서사 전개상 '엄마가 오실 때까지'라는 표현이 더욱 적절하다. 아가는 언제 올지 알 수 없는 엄마를 기다리고 있기 때문이다.

그러나 '엄마 오시도록'이라는 구절은 아가가 한 군데 있지 않기 때문에 엄마가 못 찾아온다는 해석을 하게 한다. 이는 '상황의 아이러니'[22]를 보여 준다. 실제로는 엄마를 기다리는 아가를, 엄마를 기다리

20 잃어버린 상황, 즉 박탈은 지각적 · 사회적 · 생리적 · 정서적 박탈이 일어난 다양한 상황과 유형에 광범위하게 적용된다. 위의 책, 17쪽 참조.

21 李泰俊, 「엄마마중」, 『어린이』, 1933년 12월호, 25쪽.

22 "상황의 아이러니는 근본적으로 외견과 실재, 등장인물의 의도와 실재로 그가 행동하는 것, 또는 그의 기대와 실제로 일어난 일 사이에 존재하는 대조성에 근거한다." 이중재, 「이태준

게 하는 아가로 바꿈으로써 현실과의 대조를 이룬다. 이러한 현실과의 간극은 아가의 애처로운 처지를 더욱 심화시킨다. 아가가 애처롭게 느껴질수록 엄마의 자리 역시 더욱 커진다. "애착을 느끼는 사람이 애착대상의 안전기저로부터 멀어질수록 애착이 당기는 힘은 더 강해"[23]지기 때문이다. 따라서 「엄마 마중」은 엄마의 부재를 통해 더욱 강한 애착관계를 드러내는 작품이라 할 수 있다.

2) 사고와 행동의 자유로운 전환

박태원은 1930년대와 해방기, 월북 초기까지 지속적으로 아동문학을 창작했다. 번역물, 탐정, 역사까지 다양한 영역에 관심을 보였다.[24] 이 글에서 살펴볼 박태원의 유년생활동화는 「소꿉질」, 「소꿉」, 「아빠가 매맞던 이야기」, 「골목대장」이다.[25] 이들 작품에 나오는 유년 아동들은 자유로운 '움직임'을 보여 준다. 이 움직임은 "어린 사람이 제 마음껏 움직일 수 있는 때, 소호(小豪)의 방해가 없이 자유로운 활동할 수 있는 때, 그때에 제일 기뻐하는 것이니, 그것은 움직인다(活動)는 그 것뿐만이 그들의 생명이요 생활의 전부인 까닭이다."[26]라는 견해에서

단편소설에 나타난 아이러니 기법 고찰」, 『동악어문논집』 제30집, 동악어문학회, 1995, 330쪽.

23 제레미 홈즈, 앞의 책, 121쪽.

24 오현숙, 「박태원의 아동문학 연구」, 『아동청소년문학연구』 제8호, 한국아동청소년문학학회, 2011, 7~8쪽 참조.

25 이 작품들은 모두 『조선아동문학집』(1938)에 실려 있다. 이외에도 「매일신보」에 2회분으로 수록된 「줄다리기」와 『방송소설명작선』에 실린 「꼬마班長」과 「어서크자」가 있다. 「줄다리기」는 현재 (하)편이 확인되지 않고, 「꼬마班長」과 「어서크자」는 친일과 전쟁 이데올로기가 내재되어 있는 작품으로 아동에 대한 시선보다 이념적 색채가 더 짙다는 점을 고려하여 제외하였다. 「꼬마班長」과 「어서크자」에 대해서는 김화선, 「식민지 어린이의 꿈, '병사되기'의 비극」, 『창비어린이』 봄호, 창비, 2006 참조.

26 방정환, 「아동문제강연자료」, 『학생』 1930.7, 12쪽.

도 확인할 수 있다. 끊임없는 움직임은 유년 아동의 본성이자, 그들 특유의 생명력의 바탕이기도 하다. 유년 아동의 세계를 조명하는 박태원의 시선에는 '움직임'이 바탕이 된다.

「소꿉질」의 주인공 정순이와 기남이는 가게 놀이를 한다. 사탕 묻힌 과자를 놓고 "정말" 손님과 주인처럼 대화도 주고받는다. "정말" 방석도 내어놓는다. 이처럼 보고 들은 것들을 흉내 내는 것은 유아들이 자주 하는 놀이다. 로제 카이와는 자신을 둘러싼 세계를 재현하는 과정을 '미미크리'[27]로 구분하였다. '재현'은 특별한 도구가 없어도 손쉽게 즐길 수 있는 원초적 놀이다. 가장 중요한 놀이 도구는 세계를 재현할 수 있는 '자신'이 되기 때문이다.

놀이를 즐기는 공간, 놀이를 위해 필요한 물건들은 '그들만의 세계'를 만든다.[28] 그러나 박태원이 주목한 것은 '놀이' 세계가 아니다. 놀이는 유아의 일상으로 존재한다는 점에서 주요 소재가 된다. 그러나 박태원이 유년 세계에서 포착해 낸 것은 한곳에 머물지 않는 '움직임'과 '전환'이다.

정순이와 기남이는 처음에는 서로 대화를 주고받으며 가게 놀이를 한다. 미미크리는 "사람이 자신을 자기가 아닌 다른 존재라고 믿거나, 자기나 타인에게 믿게 하면서 논다"[29]는 설명처럼 손님과 주인이 '되어' 노는 것이다. 그런데 기남이는 어떤 질문에도 '네.'라는 대답만 한다. 이것은 기남이가 지키는 최소한의 놀이 규칙이다. "정말" 손님처럼 이야기할 만큼 어휘를 갖추고 있지 못하기 때문이다. 정순이는 더

---

27 미미크리는 놀이하는 자가 자신의 인격을 일시적으로 잊고 바꾸며 버리고서는 다른 인격을 가장하는 놀이를 가리킨다. 로제 카이와, 『놀이와 인간』, 문예출판사, 1994, 47쪽 참조.
28 카이와는 "그 자신이 가공의 인물이 되어 그것에 어울리게 행동하는 것으로 성립"하는 것으로 미미크리를 설명하고 있다. 로제 카이와, 앞의 책, 47쪽.
29 위의 책, 47쪽.

욱 구체적으로 규칙을 가르쳐준다. "더러 아니오. 하고도 말해야지." 라고 정순이가 알려준 규칙은 주인과 손님 놀이를 더욱 그럴듯하게 만드는 방법이기도 하다. "관객에게 환각을 거부하도록 하는 잘못을 저지르지 않"[30]는 것이 미미크리에서 가장 중요하기 때문이다. 그런데 기남이는 계속 '아니오'라는 대답만을 한다. 기남이 입장에서는 놀이 규칙을 잘 지키고 있는 것이다. 그러나 정순이 입장에서는 기남이의 행동은 손님을 재현하는 데 부족하다.

　정순이는 그런 기남이를 보며 잠깐 생각을 한다. 그리고 손님을 대접하는 것처럼 조갑지에 담긴 과자를 내밀며 묻는다. "이 고사떡 좀 잡수시럽니까."라는 정순의 물음은 이전과는 다르다. 어디 가는 길인지, 박람회 구경을 갔다 왔는지라는 물음은 순수한 미미크리의 영역이다. 어른들의 대화를 흉내 내는 것이다. 그러나 정순이가 내민 과자를 고사떡으로 표현한 것은 재현이지만, 과자는 실제로 먹을 수 있다는 점에서 재현의 영역을 벗어난다. 재현은 '흉내 내는 것'으로 현실과는 '다른' 놀이 세계에 진입한다는 데 의미가 있다. 즉 정순이의 물음은 재현의 영역에서 실제 영역으로의 움직임을 의미한다.

　이러한 움직임은 기남이에게도 나타난다. 정순이가 고사떡을 먹겠냐고 물었을 때, 기남이는 처음에는 계속 그랬던 것처럼 '아니오.'라고 대답한다. 기남이 스스로 축소시킨 '네.' 또는 '아니오.'라고 대답만 하는 놀이 규칙에 익숙해졌기 때문이다. 그러나 금세 '고사떡'을 먹는 흉내에서 그치는 것이 아니라 실제로 먹을 수 있다는 것을 인식한다. 그 순간 얼른 자신의 대답을 '네.'라고 바꾸고 '고사떡'을 집어먹는 데서 움직임은 절정에 이르는 동시에 결말을 맺는다. 가게 놀이와는 상관없이 기남이가 과자를 집어먹는 것으로 결말을 제시하는 것은 갑작

---

30 위의 책, 51~52쪽.

스럽고 예측을 벗어난 '반전'의 느낌을 준다.

유년생활동화에서 종종 볼 수 있는 이러한 반전은 논리성에 근거하지 않는다. 기남이의 경우에서 볼 수 있듯이 과자를 먹고 싶다는 '솔직한 마음', 그대로 말하고 행동하는 것에서 오는 반전이다. 더욱 중요한 것은 이 솔직한 마음은 그때그때 상황에 따라 변화한다는 것이다. 이러한 변화들은 빠른 움직임과 전환으로 나타난다.

이 자유로운 움직임은 감정에도 적용된다. 「소꿉」의 기순이는 감정의 자유로운 움직임, 변화를 보여 준다. 감기에 걸린 기순이는 아이들이 노는 소리를 듣자 밖에 나가고 싶은 마음이 간절하다. 학교에도 못 가고, 놀지도 못하는 자기 처지가 짜증도 나고 서럽기도 하다. 이런 기순이에게 엄마는 약을 먹고 다 나으면 '소꿉'을 사준다며 달랜다. 하지만 당장 밖에 나갈 수도 없는 기순이에게 소꿉은 소용이 없다. 그래서 "그까짓 소꿉?"이라고 무시하는 것이다.

그런데 기순이의 이런 감정에 변화가 생긴다. 독본 읽는 소리를 듣고 학교 생각이 났다. 기순이의 생각은 학교에서 학교 운동장, 교실, 그리고 짝 복순이에게까지 이른다. 그리고 자기가 없는데 복순이가 누구하고 노는지 걱정이 된다. 기순이는 얼른 나아서 복순이하고 놀아야겠다는 생각이 든다. 그러다가 엄마가 다 나으면 사준다고 했던 '소꿉'을 떠올린다. 아까는 '그까짓 소꿉'이었지만 내일 복순이와 놀 생각을 할 때는 꼭 갖고 싶은 물건이 된다. 이처럼 소꿉에 대한 대조적인 생각은 기순이 감정의 움직임을 단적으로 보여 준다. 또한 특별한 사건 없이 짧은 시간 동안 처음에는 밖에 나가지 못해 속상했던 마음에서 소꿉놀이를 할 생각에 "마음이 퍽 좋"아진 것 역시 감정의 움직임을 보여 주는 예이다.

유년 아동에게 이러한 감정의 움직임이 매우 빠르게 일어난다는 것이 특징인데 이는 논리적 절차를 거치지 않고 직관적으로 사고하기 때문이다. 또 상황마다 솔직하게 자신을 드러내기 때문이다. 느끼고 생각한 대로 말하고 행동하는 자유분방한 모습은 논리와 규범의 사회에 편입되기 전 시기, 유년의 대표적 특징이다. 꾸밈없이 솔직하게 대응하는 유년 아동은 규칙이나 체계에 얽매이지 않는다. 유년 아동에 대한 박태원의 시선에는 이처럼 자유로운 움직임이 그 핵으로 존재한다.

「골목대장」의 주인공 기남이는 수돌이와 연싸움을 한다. 서로 연줄을 걸어 끊어지는 쪽이 지는 규칙을 가진 연싸움은 '경쟁'의 속성을 가진 놀이다. 경쟁은 변화의 속성을 갖고 있다. 결과가 나오기 전까지는 승자를 쉽게 예측할 수 없고, 이 승자는 계속 달라질 수 있기 때문이다. 변하지 않는 것은 경쟁을 할 때 정해진 규칙이다. 그런데 이 규칙은 '공정성'을 담보함으로써 오히려 누가 승자가 될지 예측하기 어렵게 만드는 요소다. 여기에 경쟁에서 이기고자 하는 의지의 여부, 또 의지의 정도 역시 변수가 된다. 경쟁은 역동적 움직임을 전제로 하는 놀이인 것이다.

「소꿉질」에서 놀이와 실제 영역 사이에서 움직임이, 「소꿉」에서는 감정의 움직임이 있었다면 「골목대장」에서는 행동의 움직임을 볼 수 있다. 기남이는 수돌이의 밥풀 개미를 먹인 연줄을 이기지 못한다. 기남이는 집에 가 사금파리 개미를 먹인 얼레를 들고 나온다. 이때 "그대로 집으로 뛰어 들어가", "얼레째 들고서 밖으로 뛰어 나가"라는 표현에서 활기찬 느낌과 함께 빨리 수돌이와 겨루고 싶다는 기남이의 마음을 추측할 수 있다. 이 마음에는 이기고자 하는 의지가 들어 있다. 이 의지는 수돌이와 겨루어 이기고 싶다는 솔직한 마음에서 비롯된 것이다. 사금파리 개미를 먹인 연줄로 기남이는 수돌이를 이기고 제목처럼 '골목대장'이 되는 것으로 추측할 수 있다.

이러한 서사는 매우 속도감 있게 전개되는데 기남이가 생각난 것을 바로 행동으로 옮기기 때문이다. 수돌이의 "뽐내는 꼴이 보기 싫"어

"그대로 집으로 뛰어 들어가"고 언니에게 사금파리 개미를 먹인 얼레를 빌리고, 얼레째 들고 "밖으로 뛰어 나가" 바로 수돌이에게 겨루자고 한다. 어떤 계산도, 논리도 끼어들 틈이 없는 '움직임'의 연속, 재빠른 행동의 전환으로 이루어져 있다.

「아빠가 매맞던 이야기」에서는 감정의 움직임을 볼 수 있다. 이 작품은 아빠가 자신의 추억담을 아이에게 들려주는 대화 형식으로 되어 있다. 아이는 아빠의 이야기를 호기심을 갖고 듣는다. 회초리로 맞으면 아픈지, 또 왜 아빠는 한 대가 아니라 다섯 대를 때려달라고 했는지 궁금한 것이다. 아빠는 선생님이 "아주 가만히, 딱, 딱, 딱, 딱, 딱, 이렇게 때렸거든. 그러니까 쪼금두 아프지 않거든."이라고 그 이유를 설명해 준다. 아이는 아빠처럼 매 맞는 소리를 "딱, 딱, 딱, 딱, 딱…"하고 흉내내 보다가 웃음을 터뜨린다. 같은 말을 반복하는 것이 재미있었던 것이다. 호기심에서 즐거움으로의 갑작스러운 감정의 움직임, 그리고 그 움직임이 예측 밖이라는 데서 갑작스러운 전환의 시선을 확인할 수 있다.

3) 놀이, 자기중심적 사고와 친사회적 행동

"현덕의 아동문학은 크게 동화와 소년소설로 나뉘는데, 각각 다른 연령대의 독자를 대상으로 하여 서민 아동의 생활세계를 사실적으로 그려냈다"[31]는 평에서도 알 수 있듯이 현덕은 '관찰자'로서 정밀하게 아동의 생활을 포착해 내는 데 능숙한 작가였다. 그의 유년생활동화는 총 39편으로 이는 소재에 따라 '놀이'와 '자기중심적 사고', '친사회적 행동'[32]으로 구분할 수 있다.[33]

---

[31] 원종찬, 『한국 근대문학의 재조명』, 소명출판, 2005, 145쪽.

유년 아동에 대한 다양한 시선은 현덕이 관념 속 아동이 아닌 현실의 아동을 충실히 '관찰'한 데서 비롯된 것으로 보인다. 현덕은 유년 아동을 다양한 방향에서 바라봄으로써 한층 입체적인 시선을 보여 주고 있다. 본 절에서는 놀이의 특성을 담은 작품으로 「싸전 가개」[34] 자기중심적 사고를 표현한 작품으로는 「맨발 벗고 갑니다」[35]와 「내가 제일이다」[36]를, 이어서 친사회적 행동을 소재로 한 「조고만 어머니」[37]를 살펴볼 것이다.

「싸전 가개」에서는 현실 세계를 재현한 놀이가 나온다. 노마는 싸전 가게 뚱뚱보 영감을, 영이는 꼬부랑 꼬부랑 할머니를 흉내낸다. 노마는 흙을 쌀인 것처럼 팔고 영이는 모래 돈으로 그 '쌀'을 산다. 이 둘의 흉내내기는 매우 사실적이다. 두 팔을 걷어 올리고 손님을 기다

---

32 친사회적 행동(prosocial behavior)은 사회적으로 긍정적인 결과를 가져오게 하는 행동으로 외적인 보상을 기대하지 않고 타인의 이익을 위해 자발적으로 수행하는 행동을 가리킨다. 친사회적 행동은 이타적 성향의 건설적인 행동 유형들을 포함하며, 돕기(helping), 나누기(sharing), 협동(cooperating), 동정(sympathizing), 관용(generosity), 격려(encouraging), 기부(giving) 등으로 범주화된다. 조선희, 「유아의 자아개념과 친사회적 행동과의 관계」, 숭실대학교 석사논문, 2012, 16~17쪽 참조.

33 「땜가게 할아범」은 '조그만 것'들을 좋아하는 할아버지의 이야기이다. '조그만 것'은 유년 아동의 대표적 특성이다. 즉 이 작품은 유년 아동에 대한 작가의 애정을 표현하고 있으나, 세 범주에는 해당되지 않아 기타로 분류하였다.

놀이	새끼 전차, 싸전 가게, 토끼와 자동차, 너구 안노라, 삼형제 토끼, 고양이, 고양이와 쥐	7
자기중심적 사고	물딱총, 고무신, 맨발 벗고 갑니다, 내가 제일이다, 아버지 구두, 과자, 싸움, 포도와 구슬, 대장 얼굴, 둘이서만 알고, 암만 감아두, 바람하고, 기차와 돼지, 뽐내는 걸음으로, 잃어버린 구슬, 의심, 강아지, 조고만 발명가, 실망, 큰소리, 옥수수 과자, 바람은 알건만, 귀뜨라미, 고무신	24
친사회적 행동	여자 고무신, 조그만 어머니, 용기, 실수, 어머니의 힘, 동정, 우정	7
기타	땜가게 할아범	1

34 현덕, 「싸전 가개」, 《소년조선일보》, 1938.7.10.
35 현덕, 「맨발 벗고 갑니다」, 《소년조선일보》, 1938.7.17.
36 현덕, 「내가 제일이다」, 《소년조선일보》, 1938.7.31.
37 현덕, 「조고만 어머니」, 《동아일보》, 1939.1.16.

리고, 큰 소리로 돈을 세는 뚱뚱보 영감과 허리가 굽은 할머니가 치마에 쌀을 싸 가지고 가는 모습이 그대로 그려진다. "놀이를 하다 보면 몰두하고 헌신하여 열광에 빠지게 되며 그 결과 "체하기"의 느낌마저도 사라져 버린다."[38]

쌀을 사고파는 싸전 가게 놀이는 한 번으로 끝나지 않는다. 영이는 웅달에 광을 짓고 거기에 사온 쌀을 모아둔다. 그리고 또다시 노마에게 쌀을 사러간다. "반복의 기능은 놀이의 본질적 특징 중 하나이다. 그것은 놀이 전반에 적용될 뿐 아니라 놀이의 내부적 구조에도 그대로 적용"[39]되는데 이렇게 반복을 거듭하는 싸전 가게 놀이는 노마네 가게에 돈이 늘어나고 영이네 광에 쌀이 늘어가는 것으로 표현된다. 이러한 설명은 쌀을 사고파는 행위의 횟수가 늘어날수록 간결해진다. 나중에는 "늘어갑니다."와 "줄어갑니다."라는 한 구절만으로 나타내는데 이는 점진적인 속도감을 부여하여 횟수가 거듭될수록 놀이에 익숙해진 모습을 보여주는 동시에 놀이의 흥겨움을 부각시킨다.

놀이가 계속되면서 노마는 흙 쌀을 다 팔고 영이는 모래 돈을 다 쓴다. 이제 놀이가 끝날 때가 온 것이다. 그러나 이제 노마에게는 '돈'이, 영이에게는 '쌀'이 많다. 둘은 역할을 바꾸어 다시 놀이를 시작한다. "놀이는 언제라도 연기되거나 정지될 수 있다."[40] 중요한 것은 놀이에 대한 '자발적 의사'이다. 노마와 영이의 싸전 가게 놀이는 놀고자 하는 의사가 있는 한 끝없이 반복될 것임을 알 수 있다.

「싸전 가게」에서는 현실 모사의 놀이 원칙을 매우 정교하게 포착해내고 있다. 그러나 이는 단순한 모사가 아니다. 놀이에 있어 반복의 묘미, 자발적 의사에 따른 시작과 종결이라는 원칙들은 현덕의 시선

---

38 요한 하위징아, 『호모 루덴스』, 연암서가, 2010, 43쪽.
39 위의 책, 45쪽.
40 위의 책, 42쪽.

으로 의미화된 것이기 때문이다. 또한 놀이는 현실 세계가 짊어지고 있는 무게를 가지고 있지 않은 현실이탈 방식으로 즐거움을 준다.[41] 놀이의 세계를 지지하는 자발적 의사는 놀이하는 사람의 즐거움에서 나오는 것으로, 놀이 역시 유년 아동의 자기중심적 사고와 밀접한 관련이 있음을 알 수 있다.

「맨발 벗고 갑니다」는 자기중심적 사고를 바탕으로 한 작품이다. 주인공 영이는 맨발 벗고 어디로인가 가고 있다. 다른 사람들이 어디로 가느냐고 묻지만 영이는 아무 대답도 하지 않는다. 자신도 어디로 가는지 모르기 때문이다. "그저 가고 싶"은 것이지 다른 목적도, 이유도 있지 않다. 목적지를 정하지 않아도 걸어가는 그 자체가 영이에게는 즐거운 일이다. 정해지지 않은 장소, 그곳에서 펼쳐질 일들은 특정되지 않아 기대감과 설렘을 갖게 한다. 그것은 논리적으로 설명하기도 어렵고, 역설적으로 논리로 설명할 수 없는 영이 자신만 알 수 있는, 또는 안다고 여겨지는 '은밀한' 그래서 더욱 큰 즐거움이다.

그러나 다른 사람들은 영이에게 어디를 가는지 계속해서 묻는다. 이는 곧 영이만의 즐거움을 빼앗으려는 행동이 된다. 이러한 요구의 절정은 영이 앞을 가로막는 기동이에게서 나타난다.

　　마침내 기동이는 영이 압흘 가루 막습니다. 두팔을 버리고 기동이는,
　　『어듸 가는지 아르켜주지 안흐면 못가. 못 가』[42]

기동이는 영이에게 '좋은 곳'이 어디인지 가르쳐 달라고 한다. 하지

---

41 민주식, 「놀이 개념의 정립을 위한 시론: 예술과 놀이의 비교를 중심으로」, 『인문연구』 54호, 영남대학교 인문과학연구소, 2008, 2쪽 참조.

42 현덕, 「맨발 벗고 갑니다」, 《소년조선일보》, 1938.7.17.

만 그 '좋은 곳'은 영이 혼자만 알기 때문에 더욱 좋은 곳이 되는 공간
이다. 그래서 영이는 '울음'으로 '좋은 곳'이 어디인지 알려 주는 것을
거부한다. '좋은 곳'은 영이만 알 수 있는, 영이만 알아야 하는 자기중
심적 공간이기 때문이다. 「맨발 벗고 갑니다」에서는 '좋은 곳'이라는
추상적 공간을 독점하고자 하는 영이의 행동을 통해 유년 아동의 자
기중심적 사고라는 특징을 구현하고 있다.

「내가 제일이다」는 '제일'이 되고 싶어 하는 유년 아동이 나오는 작
품이다. 이 작품은 특히 '자아 개념'의 발달을 보여 준다. 자아 개념은
자신의 특성, 능력, 태도, 흥미, 가치관 등에 대한 총체적 자각으로[43]현
덕 유년생활동화에 나오는 인물들의 연령에 대응하는 6~8세에는 내
적 특성을 중심으로 자신을 표현하거나, 자신을 과대평가하는 특징을
보인다.[44] '내가 제일이다'라는 제목에서 알 수 있는 것처럼 자신이 '최
고'라고 과시하는 유아들이 나온다. 자신들이 제일이라고 과시하는
방법은 높은 곳에 올라가는 것이다.

> 노마가 돌축대 우에 올라섰습니다. 노마는 무척 키가 커졌습니다. 축대 아
> 래 기동이가 조그마케 눈아래로 보입니다. 똘똘이도 그러케 눈 아래로 보입
> 니다. 노마는 팔을 처들고 소리칩니다.
> ─내가 제일이다. 어림업구나.[45]

높은 곳에 올라서서 다른 친구들을 내려다보는 것은 자신을 특별한
사람이라는 느낌을 갖게 한다. '자아'를 타인과의 차별화를 통해 인지
하는 것이다. 그런데 노마를 따라서 기동이와 똘똘이도 돌 축대 위에

---

43 조형숙 외, 『유아 발달』, 학지사, 2013, 230쪽.
44 위의 책, 231쪽 참조.
45 현덕, 「내가 제일이다」, 《소년조선일보》, 1938.7.31.

올라가자, 노마도, 기동이도, 똘똘이도 '제일'이 된다. 서로 다르지 않다는 것은 '자아'를 드러내기 어렵다는 의미다.

그래서 이제 노마는 다시 제일이 될 방법을 찾는다. 이제는 돌 축대에서 뛰어내리는 것이다. 노마가 뛰어내리면서 외치는 "내가 제일이다. 어림없구나."라는 소리는 친구들에게 자신의 능력을 과시하는 동시에 '제일'이라는 특성을 통해 자아를 인식하는 방법이다. 이때 비현실적으로 자신을 과대평가하는 유아의 발달 단계적 특징도 볼 수 있다. 노마가 돌 축대에서 뛰어내려 제일이 되자, 기동이와 똘똘이도 제일이 되기 위해 뛰어내린다. 이제는 노마, 기동이, 똘똘이 모두가 '제일'이 되어 다 같이 팔을 쳐들고 "내가 제일이다. 어림없구나."를 외친다. 이러한 결말은 모두 '사이좋게' 제일이 되었다는 것보다, 그만큼 자신을 과시하고자 하는 유아의 모습을 강조한 것으로 보인다. 이처럼 「내가 제일이다」는 '과시'를 통해 자아를 드러내려는 유년 아동의 심리가 제시되어 있다.

「조고만 어머니」는 이제까지 살펴본 작품과는 다르게 '아이다움'보다 '어른스러움'이 강조된 작품이다. 주인공 영이는 아기 동생과 함께 어머니가 돌아오기를 기다린다. 영이는 아기와는 다르게 쓸쓸한 얼굴을 하지 않는데 어머니가 늦게 돌아오는 이유를 알기 때문이다. 영이는 어머니가 과일을 팔러 다니느라 늦을 것이라고 생각한다. 하지만 아기는 그 이유를 몰라서 쓸쓸한 얼굴을 한다고 생각한다. 자신이 아닌 타인, 엄마와 동생을 생각한다는 점에서 이를 친사회적 행동이라 할 수 있다.

영이의 친사회적 행동은 특히 '마음 이론'에 비추어 설명할 수 있다. 마음 이론은 자신과 다른 사람이 생각하는 것을 추론할 수 있는 능력으로 의사소통을 가능하게 하며 관계를 유지하는 데 필수적인 능력[46]이다.

영이는 집집으로 다니며 과일을 파는 어머니를 떠올린다. 그리고 고개를 떨어뜨리고 쓸쓸한 얼굴을 하는 동생을 본다. 그리고 누나인 자신이 대신 어머니 노릇을 해야 한다고 생각한다. 영이는 어머니와 동생의 상황과 감정에 이입한다. 그리고 '조고만 어머니'가 된다. 동생을 다독이며, 함께 어머니를 기다린다. 현덕은 대체로 성인과는 다른 특성을 가진 놀이하는 삶을 살며 자기중심적이고 직관적인 아동 고유의 특성에 주목했지만, 「조고만 어머니」의 영이처럼 친사회적 특징을 보이는 유년 아동의 모습도 그려 내고 있다. 이때 어른스러움은 타인의 마음을 이해하는 정서적 성숙이 바탕이 된다. 이러한 복합적 양상은 인지적, 정서적으로 발달하는 유년 아동의 현실적 모습이기도 하다. 현덕이 관념적인 아동이 아니라 현실의 아동에 그 시선을 두고 있음을 알 수 있다. 또한 그의 유년생활동화의 인물들이 한층 입체적인 모습을 띠는 이유기도 하다.

현덕의 유년생활동화에는 다양한 시선이 존재하는 것처럼 보인다. 그의 시선은 견고한 아동의 놀이 세계에, 자신을 과시하며 자기중심적으로 행동하는 유아의 특징을 보이면서도 타인의 마음을 헤아리는 친사회적 행동을 찾아낸다. 이와 같은 자기중심적 행동과 타인을 배려하는 마음은 보다 복합적 특성을 갖고 있는 현실의 '살아 있는' 아동에서 비롯된 것임을 알 수 있다.

---

46 오진희 · 김은정 · 유윤영, 「마음이론(theory of mind)의 본질과 발달에 대한 이론적 고찰」, 『유아교육학논집』 제14권 제3호, 한국영유아교원교육학회, 2010, 294쪽 참조.

3. 유년에 대한 정면의 응시

이 장에서는 이태준과 박태원, 현덕의 작품을 중심으로 1930년대 유년생활동화에 나타난 시선의 의미론적 핵을 살펴보았다. 이태준의 시선에는 '애착'이라는 의미론적 핵이 담겨 있다. 애착은 차별화된 소수의 사람에게 일어나는 감정이다. 이태준의 유년생활동화에서는 이 애착이 엄마와 유년 아동 사이에서 형성된다. 이때 애착관계의 특징 중 '안전기저'로서 엄마의 역할이 강조되고 있다.

박태원의 작품에서는 '활기'의 시선이 두드러진다. 이 활기는 빠른 속도의 '전환'에서 기인한다. 그의 유년생활동화에서는 사건과 행동, 감정에서의 빠른 전환으로 인한 활기를 볼 수 있다. 전환에서 볼 수 있는 어느 하나에 매몰되지 않는 유동성과 자유로움은 아동의 특성이기도 하다.

현덕은 유년기의 복합적인 특성에 주목했다. 유년 아동은 비일상적 특징을 갖고 있는 놀이의 삶을 산다. 또한 자신을 과시하고, 과대평가하는 자기중심적 사고를 바탕으로 행동한다. 그러나 타인의 마음과 감정을 헤아리는 정서적 측면에서 성숙한 모습을 보이는 친사회적 행동을 한다. 현덕은 복합적 특징을 가진 존재로서 유년 아동을 응시하고 있는 것이다.

세 작가의 시선에 나타난 의미론적 핵은 1920년대 민족과 무산계급의 은유였던 아동에서 1930년대 아동의 일상생활과 심리적·발달적 특성으로 시선의 이동이 이루어졌음을 보여 준다. 즉 '정면'으로 아동을 응시하기 시작한 것이다. 이는 1930년대 아동문학의 중요한 의의이기도 하다. 아동문학에 있어 '아동'이 외적인 조건뿐 아니라 그 내용도 충족시킬 수 있는 가능성을 이 '정면의 응시'에서 찾아냈기 때문이다.

제6장

유년동화의 두 전범(典範), 이태준과 현덕의 작품

1. 내 안의 아이를 찾아서

1) 고아의 세계

상허 이태준은 "근대적인 단편소설의 완성자"[1]로 이야기된다. 그의 작품을 감상성이 짙다는 측면에서 통속 작가로 평하는 견해도 있지만 정지용과 더불어 1930년대의 문학을 주도했던 그가 한국 근대문학에 큰 획을 그은 작가임에는 이견의 여지가 없다.

이태준은 작품 활동 초기에 집중적으로 아동문학을 창작했던 특이한 이력을 갖고 있다. 일본에서 돌아와 개벽사에 취직을 한 이태준은 『학생』의 편집을 담당하면서 『어린이』에 많은 작품들을 발표한 것이다. 특히 이태준이 작가로서 본격적인 활동을 열어 가던 그 시기에 아동문학 창작에 집중했던 일[2]은 그의 작가 활동에 있어, 의문으로 남아

---

1 이재선, 『한국현대소설사』, 홍성사, 1979, 364쪽.
2 이태준의 아동문학 창작 동기를 방정환과의 각별한 교우 관계에서 찾기도 한다. 그러나 이를 주된 창작 동기로 보기는 어려운 점들이 있다. 이 내용에 관해서는 후술하기로 한다.

있는 부분이다.[3]

이태준의 아동문학 작품에 대해서는 크게 두 가지 견해로 논해진다. 하나는 이태준의 문학 세계를 이해하는 데 필요한 삶의 자료로 바라보는 경향이다. 특히 이태준은 '고아 의식'으로 대변되는 작가다. 자신의 '고아 체험'이 곧 아동문학 작품이 된 경우다. 따라서 작가 이태준과 그의 작품에 접근하기 위한 근원적 실마리를 그의 고아 체험을 그대로 반영하고 있는 아동문학이 보여 줄 것이라는 견해인 것이다.

다른 하나는 이태준에게 아동문학사적 의미를 부여하는 입장이 있다. 무엇보다 1920년대 후반에서 1930년대 초반까지 계급주의 문학의 영향력 속에 놓여 있음에도 불구하고 자신의 어린 시절 이야기를 풀어냄으로써 자연스럽게 민족과 계급의 관점에서가 아닌 개별적 아동을 그리는 데 주효했다는 것이다. 이는 계몽적 성격이나 '희망'을 상징하는 이념적 아동에서 탈피하여 '개인'으로서, 실제 아동의 이야기를 담아내 이제까지와는 다른 아동문학의 흐름을 만들어낸 것을 의미한다.

또한 작가가 '내면의 아동', 즉 자신의 어린 시절을 소재로 삼는 것은 아동문학 창작 동기의 전형적 유형이기도 하다. 즉 이태준은 자신의 어린 시절을 통해 아동-되기를 이루고 있으며, 이 어린 시절은 이태준 '개인의 것'이며 고아 체험에서 비롯되었다는 점에서 고아 의식의 아동-되기라는 범주로 분류할 수 있다.[4]

이태준의 아동문학은 그의 작품 활동 초기에 집중되어 있는데 이는

---

3 박헌호, 『이태준과 한국 근대소설의 성격』, 소명출판, 1999, 118쪽 참조.
4 '-되기'는 되고자 하는 대상이 존재하며 그 대상을 '지향'한다. 이 '-되기'를 들뢰즈와 가타리는 실재적인 것으로 생성 그 자체, 생성의 블록(block) 등으로 설명한다. 상이한 두 대상이 자신만의 고유한 선을 따라서, 그리고 주어진 항들 사이에서, 할당 가능한 관계를 맺는 과정에서 하나의 블록을 형성한다는 것이다. 질 들뢰즈·펠릭스 가타리, 『천 개의 고원』, 서울: 새물결출판사, 2001, 452쪽 재구성.

그에게 '상처'로서 어린 시절이 존재했고, 이를 극복하기 위한 한 방법으로 창작 활동에 몰두했음을 추측할 수 있다. 이는 그의 아동문학 작품 세계가 고아의 고난에서 극복 의지, 그리고 엄마와 아이의 합일의 세계로의 방향성을 갖고 있다는 점에서 확인된다.

이러한 면에서 이태준의 어린 시절은 상처 받은 '내면아이'로 존재한다. 내면아이란 성인들의 내면에 존재하는 어린 시절의 아픔이 치유되지 않은 채 어린아이 상태로 남아 있는 자아를 뜻한다. 즉 이태준의 아동-되기는 '결핍과 충족의 내면아이'라는 아동상을 만들어낸다. 이를 가능하게 하는 '-되기의 블록'은 고아였던 경험이 재현되고, 이러한 경험에서 비롯된 세계관이 존재하는 '고아의 세계'다.[5]

이태준 작품에서 나타나는 고아 의식은 "버려진 자로서의 자기인식"[6]이다. 고아 의식의 세계라는 블록이 잘 나타나 있는 작품으로 「어린 守門將」과 「불상한 三 兄弟」가 있다. 이 두 작품은 고아의 세계가 어떻게 이루어졌는지 그 시작점을 보여 주기 때문이다.[7] 이 작품들과 고아 세계의 정서를 잘 전달해 주는 「외로운 아이」도 함께 살펴볼 것이다.

「어린 守門將」과 「불상한 三 兄弟」는 부모, 정확히는 엄마와의 이별을 다루고 있다. 두 작품 모두 타인에 의해 뜻하지 않게 이별을 한다

---

5 이 고아의 세계를 보다 정확히 표현하면 고아 의식이 중심이 되는 세계다. 고아의 세계에서 중요한 것은 고아인가, 또는 고아가 아닌가가 되며 이는 세계를 바라보는 바탕이 된다. 고아인 자는 불행하고 고아가 아닌 자는 행복하다는 인식이 그것이다. 이러한 인식은 곧 결핍과 충족의 내면아이라는 아동상으로 나타난다.

6 상허학회, 『1920년대 문학의 재인식』, 깊은샘, 2001, 312쪽.

7 이태준의 아동문학은 크게 전기와 후기로 나눌 수 있다. 전기는 초등학생 정도의 독자를 대상으로 하고 있지만 후기는 취학 전 연령, 유아를 독자로 하고 있다는 점에서 차이가 난다. 「어린 守門將」과 「불쌍한 三 兄弟」는 전기에 속하는 작품이다. 두 작품 모두 '고아'의 '비극적 운명'을 강조하고 있다. 새끼 개와 까치가 어미와 헤어진 것은 그 누구의 탓도 아니다. 부모와 떨어져 '버려진' 자식은 불행할 수밖에 없다는 비관적 세계관을 새끼 개와 까치의 죽음으로 보여 주고 있는 것이다.

는 공통점을 갖고 있다. 「어린 守門將」의 화자는 소년 또는 청년쯤의 나이로 보이는 '나'이다. '나'의 어머니와 누이동생은 개를 기르고 싶어 한다. '나' 역시 어머니와 누이동생만 집에 있는 것보다 낫겠다는 생각에 새끼 개를 데려오기로 한다. 이 새끼 개가 바로 '나'의 집을 지키는 '수문장'으로 낙점된 것이다. '나'와 누이동생은 새끼 개가 태어난 지 삼칠일이 지났을 때 데리러 간다. 그때 '나'는 어미 개를 본다.

> 홀죽해진뱃가죽을 축—느럿트리고 뒷다리들은짝바리고 앙그라지게 안저서 젓째는색기들을 번가라내려다보는 그의어미개의 알는거리는 눈알은 비록즘생일망정개에게도 손만잇스면 이색기저색기 쓰다듬어 줄듯이 남의 어머니로서의 짯뜻한애정을가지고잇는것가티 보엿슴니다.[8]

'나'는 새끼들을 다정하게 쓰다듬어 주는 어미 개의 모습에서 따뜻한 사랑, 모성애를 느낀다. 이태준은 여섯 살에 아버지를, 아홉 살에 어머니를 잃어 고아가 된다. 그 누구도 대신할 수 없는 부모의 따뜻한 사랑을 어미 개를 통해서 이야기한다. 이태준이 스스로 원해서 고아가 된 것이 아니듯이 작품에서도 어미 개와 새끼 개는 타인에 의해서 헤어진다. 새끼 개를 데려가면서 '나'와 누이동생은 어미 개와 새끼 개의 입장이었다면 잔인하게 보였을 행동들을 한다. 공기에 밥을 주어 어미 개를 새끼 개와 떨어뜨리고 집에 갈 때, 누이동생은 새끼 개의 눈을 가려야 길을 못 찾아온다는 말을 한다.

이러한 행동들은 사람의 이기심, 또는 인간중심주의를 비판하는 것처럼 보이기도 한다. 그러나 「어린 守門將」은 인간 대 동물의 구도로 해석하기는 무리가 있다. 사건의 발단, 그리고 새끼 개가 죽는 비극적

---

8 李泰俊, 「어린 守門將」, 『어린이』 1929.1, 27쪽.

결말까지 그 중심에는 어미 개와 새끼 개, 즉 엄마와 자식의 이별이 있기 때문이다.

'나'와 누이동생 역시 특별히 악인으로 나오지는 않는다. 하지만 이들은 어미 개와 새끼 개를 헤어지게 하는 계기를 제공한다는 점에서 부정적 인물이 된다. 이는 "대낮에 남의색기를쌔아스러간 우리는 궁긔에밥을주어 어미를불으게하고 그틈을타 …"[9]라는 문장에서도 알 수 있다.

'나'는 새끼 개를 데려오는 데 조금도 죄책감을 갖지 않는다. 새끼 개를 데려와 집을 지키게 하겠다는 목적만 중요할 뿐이지 어미 개와 새끼 개를 떨어뜨린다는 생각조차 못하고 있다. 그런데 문장에 나온 "대낮에 남의 새끼를 빼앗으러 간"이라는 부분은 부정적인 느낌을 준다. 당당하게 남의 자식을 훔쳐 가려는 나쁜 일을 한다는 의미를 담고 있는 것으로 보이기 때문이다. 여기에는 화자인 '나'가 아닌 이태준의 목소리가 들어 있다. 어미 개와 새끼 개를 헤어지게 만든 '나'와 누이동생에 대한 이태준의 부정적 시각이 담겨 있다. 부모와의 이별로 고아가 된 이태준의 개인적 체험이 강하게 녹아 있는 것이다.

새끼 개를 '수문장'으로 지칭하는 것에도 부정적 시각을 발견할 수 있다. '수문장'에 새로 '취임'했다는 격식을 갖춘 표현은 새끼 개에게 중대한 임무를 맡긴 것 같은 인상을 준다. 그런데 이 '수문장'에 '취임'한 이가 어미젖도 채 떼지 못한 새끼 개이며, '수문장' 일을 하기 위해 어미 개와 헤어져야 한다는 사실은 더욱 측은한 느낌을 준다.

새끼 개는 '나'의 집을 보고 꼬리를 흔들며 좋아했고, 가족들도 새끼 개의 밥그릇도 챙겨 주고 목걸이도 만들어 주며 함께 지낼 준비를 한다. 그런데 저녁이 되자 새끼 개는 밥도 먹지 않고 끙끙대며 괴로운

---

9 李泰俊, 위의 글, 27쪽.

소리를 냈다. '나'는 아궁이에 따뜻한 쪽으로 새끼 개를 옮겨다 눕히고 나서야 겨우 안심을 한다.

다음 날 아궁이에 있어야 할 새끼 개가 보이지 않았다. 저녁쯤 돼서야 새끼 개가 징검다리를 건너다가 물에 빠져 죽었다는 소식을 듣는다. 젖도 채 떼지 못한 새끼 개가 어미가 보고 싶어 한밤중에 그 작은 몸으로 징검다리를 건너다가 빠져 죽었다는 이야기는 어미와 떨어진 자식의 그리움을 더욱 심화시킨다.

'나' 역시 새끼 개가 죽었다는 소식을 들은 날 밤새도록 꿈자리에서까지 죄책감을 느낀다. 여기에서 자식은 어미를 떠나서는 살 수 없다는 이태준의 고아 의식을 엿볼 수 있다. 새끼 개가 죽은 후, '나'는 어미 개를 만나게 되는데 '나'에게 공격적인 모습을 보인다.

> 그는 자긔자식하나를 그처럼비참한운명으로쓸어내인나임을아는듯이 불 쩡어리가튼눈알을알른거리며 앙상한닛쌜을벌니고 한거름 나섯다 한거름물너섯다하면서 원수를갑흐려는듯한 기세를 돗구고잇섯습니다.[10]

주인 할머니는 '나'가 양복을 입고 와서 짖는다고 말하지만 앞서 새끼들에게 따뜻한 애정을 보였던 어미 개를 생각한다면 자기 새끼를 빼앗아 간 '나'에게 적대감을 나타내고 있다고 볼 수 있다. '나' 역시 새끼 개의 죽음에 대한 책임과 죄책감을 느끼는데, 이를 어미 개가 알고 있다고 생각한다. 「어린 守門將」에서는 어미와 자식의 이별, 이 둘을 헤어지게 만드는 이들에 대한 원망, 헤어져서도 결코 잊지 못하는 엄마와 자식 사이의 그리움, 그리고 엄마를 떠나서는 비극적 운명을 맞이할 수밖에 없는 세계를 이야기한다. 이는 이태준의 아동문학 작

---

10 李泰俊, 「어린 守門將」, 29쪽.

품을 끌어가는 주요 모티프이자 이태준의 아동-되기의 블록인 고아 의식의 세계다.

「불상한 三 兄弟」는 여러 면에서 「어린 守門將」과 유사하다.[11] 특히 엄마와 자식 간의 관계를 동물을 통해 그리고 있고 어미와 떨어진 새 끼가 죽음을 맞이한다는 점에서 주제와 그 표현 방식이 흡사함을 알 수 있다. 영선이와 친구들은 까치 새끼를 꺼내러 가기로 약속했다. 그 러나 까치 새끼를 꺼내러 나무 위로 올라갔을 때 마침 어미 까치는 먹 이를 구하러 나가 없었고 세 마리의 까치 새끼들만 있었다. 영선이와 친구들은 까치 새끼를 한 마리씩 나누어 가졌다. 이야기는 어미 까치 와 떨어지게 된 이 세 마리의 까치 새끼들이 어떻게 되었는지를 영선 이에게 초점을 맞추어 전개된다. 영선이는 데려온 까치 새끼가 먹이 를 먹지 않자 걱정이 된다.

> 그러나 눈만쌈바거리고안젓든 까치색기는 처음에는한마리바더먹엇스나 다음부터는 永善이손가락만 무러쯔드려고 하엿습니다.[12]

까치 새끼 역시 「어린 守門將」의 새끼 개와 매우 비슷하다. 다른 이 에 의해서 강제로 어미와 헤어진 것과 어미와 떨어져 아무것도 먹지 않고 어미를 그리워하는 모습이 그렇다. 그러나 영선이의 손가락을 물어뜯는 공격적이고 적대적인 태도를 보인다는 점에서 새끼 개와 차 이가 있다. 어미를 그리워하는 마음을 더 강하게 나타내고 있는 것이 다. 이러한 강한 그리움은 어미 새에게서도 나타난다. 영선이가 꿈속

---

11 「불상한 三 兄弟」는 뒤에 나오는 이태준의 후기 작품인 「슬퍼하는 나무」와 비교해서 살펴 볼 필요가 있다. 어미와 새끼를 헤어지게 하려는 사건의 발단은 흡사하나, 그 전개는 상이 하기 때문이다. 이는 이태준의 고아 의식의 변화를 뜻하며 뒤에서 자세히 살펴보기로 한다.
12 李泰俊, 「불상한 三 兄弟」, 『어린이』 1929.7 · 8, 58쪽.

에서 만난 어미 까치는 독수리처럼 크고 사나운 모습이었다. 어미 까치가 영선이를 잡아먹으려고 덤벼들기까지 한다. 꿈에서 깨어난 영선이는 까치 새끼가 무서워진다.

일반적으로 꿈은 무의식을 표출해 내는 역할을 한다. 영선이의 꿈은 까치 새끼가 먹이를 잘 먹지 않자 어미에게서 떨어뜨려 데려온 데 대한 죄책감을 나타낸 것이다. 또 꿈에서 에미 까치가 독수리처럼 크고 사납게 보인 것은 새끼를 잃은 어미 까치의 모성애를 강하게 드러내고 있다. 이는 이태준의 동경의 대상이 강한 모성애로 대변되는 엄마라는 것도 볼 수 있다.

어미 까치는 꿈속이지만 영선이에게 덤벼들어 자식을 보호하는 강한 모성애를 보여 준다. 이태준은 자식을 빼앗기지 않기 위해 상대를 사납게 공격하는 강한 모성애의 어머니 상(像)을 그리고 있었다. 그만큼 모성에 대한 결핍이 컸음을 짐작케 한다.

이처럼 「불상한 三 兄弟」에서 꿈이 죄책감을 느끼게 하는 장치로 나오는 것은 「어린 守門將」에서도 '나'는 새끼 개가 물에 빠져 죽었다는 이야기를 들은 날 밤 내내 꿈자리가 사나웠다는 부분과 비슷하다. 이러한 죄책감은 '나'나 영선이의 잘못, 어미와 새끼를 떨어뜨려 놓은 것을 뉘우치게 하는 계기가 아니다. 어미와 새끼가 다른 이들에 의해 헤어지게 된 상황은 곧 어려서 뜻하지 않게 부모를 여읜 이태준의 처지다. 어미와 자식을 헤어지게 만든 이들이 느끼는 죄책감은 고아가 된 자신의 운명에 대한 원망이 투영된 것이다.

엄마와 자식을 떨어뜨린 이들에 대한 부정적 관점에는 이태준의 아버지가 해외에서 병사하고 뒤이어 어머니도 병으로 세상을 떠났다는 그의 어린 시절에서 기인한다. 부모를 잃은 이태준은 그 원망이 부모가 아닌 외부로 향하게 되었고 작품에서는 부모와 자식을 이별하게 하는 계기를 제공하는 인물로 그려진다. 또한 '나'나 영선이는 각각 새끼 개나 까치 새끼의 운명을 결정짓는다는 점에서 절대자의 역할을 한다. 그렇기 때문에 이들에 대한 원망은 곧 절대자나 운명을 향한 원망이라 할 수 있다.

꿈을 꾸고 무서워진 영선이는 까치 새끼를 문 밖으로 날려 보낸다. 그런데 까치 새끼는 보이지 않고 까치 털만 여기저기 보였다. 고양이에게 잡아먹힌 것이다. 다른 두 까치 새끼도 결국 죽음을 맞이하게 된다. 한 마리는 밤중에 굶어 죽고, 다른 한 마리는 달아나다가 모깃불 놓은 화로에 빠져 타 죽은 것이다. '불상한 三 兄弟'라는 제목 그대로 어미와 헤어지게 된 까치 새끼들은 비참한 죽음을 맞게 된다. 여기에는 부모와 이별한 자식, 즉 고아는 행복해질 수 없다는 운명 결정론적 인식이 내포되어 있다. 이러한 인식은 이태준의 고아 경험에서 기인한 것이며 고아 세계의 중심축을 이룬다. 부모 특히 엄마와의 이별은 곧 불행한 운명을 뜻한다.

「외로운 아이」에는 모성이 중심이었던 「어린 守門將」과 「불상한 三 兄弟」와는 달리 아버지가 나온다. 인근이가 담배 깜부기를 줍는 모습을 본 순길이는 이를 선생님에게 말한다. 선생님은 인근이가 담배를 핀다고 생각해 뺨을 때리며 혼을 낸다.

> 선생님은 역정이나서서 움켜내인 담배 깜부기를 책상우에 노시드니 그 손으로 인근의뺨을 철석째리서습니다. 인근은 그래도 아모말도 업시 서서 보선도 못신은 맨발등우에 눈물만 쑤벅쑤벅 썰큇습니다.[13]

선생님에게 아무 말도 하지 않고 눈물만 흘리는 인근이에게는 말 못할 사연이 숨어 있다는 짐작을 하게 한다. 또한 "버선도 못 신은 맨

---
13 李泰俊, 「외로운 아이」, 『어린이』 1930.11, 5쪽.

발등"이라는 표현을 통해 인근이의 처지가 곤궁하다는 것을 알 수 있다. 선생님은 인근이를 운동장 복판에서 두 팔을 들고 서 있게 했다. 그 다음 날부터 인근이는 학교에 오지 않았다. 담배를 피고 들킨 것이 부끄러워 오지 않은 것이라고 생각했지만 실상은 인근이 아버지가 돌아가셨기 때문이다. 어려운 형편이기 때문에 인근이는 아버지가 돌아가시자 더 이상 학교를 다닐 수 없었던 것이다. 그리고 담배 깜부기를 주웠던 것도 병든 아버지에게 가져다주려고 했던 것이라는 설명이 나온다.

> 그리고 지금 안대도 소용은 업습니다마는 인근이가 담배먹었다는 것도 말입니다. 정말은 인근이가 제가 먹으려고 담배를 가진것이아니라 알으시는 아버지가 도라가시기 멧칠전짜지도 각금 담배를 차즈섯습니다.[14]

위의 내용처럼 「외로운 아이」는 인근이가 왜 담배를 주웠는지 그 사연에 대해 설명해 주는 것으로 결말을 맺고 있다. 병든 아버지를 위한 것이었다는 이유만 독자들에게 설명될 뿐 담배를 피운다는 인근이에 대한 오해는 "지금 안대도 소용은 업습니다마는"이라는 말처럼 풀어지지 않는 것이다.

「어린 守門將」과 「불상한 三 兄弟」에서 엄마와 자식 간의 이별과 그리움을 표현했다면 「외로운 아이」에서는 아버지[15]를 잃은 인근이의 고독감을 그리고 있다. 제목에서 '외로운'은 두 가지 의미를 지니고 있다. 인근이는 담배를 피우지 않았다는 것을 믿어 주지 않기 때문에

---

14 위의 글, 같은 쪽.
15 작품에서 아버지의 비중은 크지 않다. 병들고 피울 담배도 넉넉하지 않은 안쓰러운 처지로 나온다. 인근이가 그러한 아버지를 위해 담배꽁초를 줍는 모습은 다른 작품에서 주로 강한 모성애로 보호받기를 원하는 것과는 대조적이다.

외롭다. 또 아버지가 세상을 떠나 갖게 된 상실감 역시 인근이를 외롭게 한다. 이 중첩되는 외로움은 아버지 잃은 인근이를 더욱 고독하게 한다. 「외로운 아이」는 아버지 잃은 인근이의 외로움은 곧 어린 시절 아버지를 잃은 이태준의 외로움이기도 하다.

이처럼 그의 고아 의식의 세계는 이별과 상실감, 외로움이라는 정서에 바탕을 두고 있다. 특히 「어린 守門將」과 「불쌍한 三 兄弟」에서는 고아였던 이태준이 겪었던 외로움과 상실감, 그가 동경했던 강한 모성애를 보여 준다. 그의 고아 세계의 특징을 밝혀 주고 있는 것이다.

2) 충족의 내면아이를 그리다

'내면아이(innerchild)', '내재과거아(inner child of the past)'는 어른이 되어서도 삶 안에 그대로 남아서 지속되고 있는, 과거에 거처 온 어린이의 모습을 뜻한다.[16] 이태준에게 있어서도 고아였던 어린 시절은 성인이 되어서도 그의 내면에 자리하고 있었다. 따라서 이태준이 아이를 통해 어린 시절 느꼈던 상실감과 결핍을 투영한 결과인 내면아이를 작품 속에서 구현하고 있는 것이다.

그런데 이태준의 내면아이는 결핍뿐 아니라 충족을 통해 이루어지기도 한다. 즉 결핍에서 충족으로의 방향성을 띠고 있는 것이다. 이는 어린 시절 고아의 상처가 치유되어 가는 과정을 보여 주는 것이기도 하다.

여기에서는 먼저 '결핍의 내면아이'를, 이후에 '충족의 내면아이'를 살펴볼 것이다. 이는 결핍에서 충족이라는 인식의 변화를 기준으로 한 것이지만, 창작 순서와도 대체로 일치한다.

---

16 W. 휴 미실다인, 『몸에 밴 어린시절』, 가톨릭출판사, 2006, 18쪽 참조.

1929년 『어린이』 2월호에 발표된 「불상한 少年美術家」는 다른 작품들과 달리 부모와의 헤어짐과 고아로서 겪는 고난이 직접적으로 드러나지 않고 있다는 점에서 차별화되는 색채를 띠고 있다. 그러나 이 작품 역시 고아 의식의 아동-되기가 잘 나타나 있다. 특히 주인공 '소년 미술가'가 고아라는 점에서 잘 알 수 있다. 특히 이 소년 미술가는 이태준의 자화상과 같은 인물로, 결핍의 내면아이라는 아동상을 구체적으로 보여 준다는 데 의미가 있다.

여름날 오후 '나'는 거리에서 그림을 그리고 있는 소년 미술가를 우연히 만난다. 사람들에게 둘러싸여 그림을 그리고 있는 소년 미술가는 "아주 어리디어린 거렁뱅이" 모습이었다. '나'는 소년 미술가의 그림 솜씨에 감탄하며 그를 계속 지켜보는데 '나'가 바라본 소년 미술가의 모습이 구체적으로 묘사되어 있다.

> 나희는 열한살이나 고작먹어야열두살밧게안되어보히는 사내아휜데 몬지와햇볏에타고걸어서 색짜매진 알몸둥이에 걸친것이라고는 다쭈러진 『사루마다』하나밧게는업섯고 연필을잡은손까락들이 앙징스럽게보히도록 그의몸은파리하엿습니다.[17]

옷도 제대로 입지 못한 소년 미술가는 한눈에 보아도 매우 초라한 모습이다. 이런 곤궁한 주인공의 모습은 오히려 그의 재능을 더욱 빛나 보이게 한다. '나'는 소년 미술가가 그린 그림들 중에서 "눈을 허옇게 부릅뜨고 칼을 잡고 섰는 것이 보기에도 소름이 끼치도록 무서운"[18] 군인의 그림을 달라고 청한다. 약하디약한 아이가 용맹한 기개를 담은 그림을 그린 것이 장했던 것이다. 이는 작품에 나오는 상반된

---

17 李泰俊,「불상한 少年美術家」,『어린이』, 1929.2, 44쪽.
18 위의 글, 45쪽.

이미지 중 하나다. 초라한 차림의 소년 미술가가 가진 훌륭한 재능과 약하디약한 소년 미술가가 그린 용맹한 군인의 그림은 선명한 대조를 이룬다. 작품에서 이러한 대조적 이미지는 주인공의 불쌍한 처지를 더욱 강조하는 역할을 한다.

그림을 달라는 '나'의 부탁에 소년은 연필을 깎기 위해 칼을 빌려 달라고 한다. '나'는 그림 대신에 칼을 가지라고 했지만 칼 넣을 주머니가 없다며 거절한다. 소년 미술가가 비록 어려운 처지지만 강한 자존심을 갖고 있다는 것을 알 수 있다. 여기에서 이태준의 어린 시절의 모습이 겹쳐진다.

이태준은 고아가 되고 나서 "주위의 동정에 부끄러움을 느껴 매우 반항적인 기질을 보였다고 한다."[19] 이태준이 고아이기 때문에 받는 동정에 부끄러움을 느끼고 반항적인 기질을 보였다는 것에서 그만큼 자존심이 강했다는 것을 추측할 수 있다. '나'가 주는 칼을 소년이 받지 않는 것은 비록 어려운 처지지만 다른 사람의 도움을 받지 않겠다는, 또한 그림에 대한 물질적 대가를 받지 않겠다는 자존심의 표현으로 보인다. 그렇기 때문에 '나'는 칼을 받지 않는 소년 미술가를 "마음 곱고 불쌍한 미술가"라며 감탄을 하는 것이다. 추운 겨울이 되자 '나'는 어디선가 추위에 떨며 거리를 헤맬 소년을 생각한다.

> 그때 그 째뭇은 몸둥아리와 어룽진얼골에도 그의눈방울만은 한울에 샛별처럼 고와드랫습니다. 깨끗하고 빗이나서 반짝반짝하엿습니다. 그것은 엄마 그리운눈물이 저녁마다 씨처주엇기째문이겟지요.[20]

---

19 김화선, 「이태준의 초기 아동문학 작품 연구」, 『한국언어문학』 제50권, 한국언어문학회, 2003, 5쪽.
20 李泰俊, 「불상한 少年美術家」, 45쪽.

샛별처럼 곱고 깨끗하고 빛이 나서 반짝반짝했던 소년의 눈망울 역시 그의 외모와 대조되는 이미지다. 소년 미술가의 눈빛이 곱고 반짝반짝하는 이유는 엄마가 그리워 저녁마다 울었기 때문이라는 설명에서 고아 의식과 함께 이태준 아동문학의 전반적 정서라 할 수 있는 '엄마에 대한 그리움'을 볼 수 있다. 또 힘든 처지에서 밤마다 울며 엄마를 그리워했을 이태준의 자전적 경험이기도 할 것이다.

소년 미술가는 초라한 모습이지만 빛나는 재능을 가졌던, 힘든 처지에서도 동정을 거부했던 자존심 강한 이태준의 어린 시절이 오롯이 투영되어 있다. 다른 작품들에서는 엄마와의 이별과 엄마에 대한 그리움, 고아가 되어 겪었던 어려움들과 같은 관계적 측면이 드러나 있다면 「불상한 少年美術家」에서는 '고아 이태준'을 볼 수 있는 단서를 준다.

「슬픈 명일 秋夕」은 이태준이 겪었던 고아 체험을 겪은 그대로 재현한 작품 중 하나다. 작품은 추석을 기다리며 즐거워하는 아이들의 이야기가 나오며 밝은 정서를 보여 준다. 그리고 이어서 명절이 오는 것을 무서워하고 겁을 내는 이상한 아이 남매가 있다며 자연스럽게 명절과 관련된 밝은 정서를 어둡고 무거운 정서로 전환시킨다. 다른 아이들은 둥그런 달을 기다리지만 명절을 무서워하는 남매 을손이와 정손이는 둥그러지는 달을 눈물 고인 눈으로 근심스럽게 바라본다.

을손이와 정손이가 명일이 무서운 이유는 다른 아이들은 비단옷을 입는데 자신들은 누더기 옷을 입은 것이 창피하여 남들 눈에 띄지 않는 곳에서 쓸쓸하게 눈물로 보내야 하기 때문이다. 남매에게는 옷감을 끊어 줄 아버지도, 맛있는 음식을 차려 줄 어머니도 없다. 이들은 작은아버지 집에서 살지만 작은어머니의 심한 구박을 받고 있다.

을손이와 정손이가 그토록 무서워하는 추석날, 정손이는 작은어머니의 다림질을 도와주다가 옷감을 놓치는 실수를 한다. 화가 난 작은 어머니는 정손이의 손등에 뜨거운 다리미를 들이밀어 정손이는 손등을 데인다. 정손이는 더 맞을까 봐 두려워 한길로 뛰어나오고 을손이도 정손이를 따라간다. 모두가 즐거운 추석 명절이 이들 남매에게는 비참함을 더욱 안겨 줄 뿐이다. 갈 곳 없는 을손이와 정손이는 어머니 산소를 찾아간다.

그곳에는 이렇케불상한乙孫이와貞孫이를두고간 그들의어머님산수가 잇섯습니다. 자근어머니에게 매를 마젓슬째나 洞里 아희들에게 놀님을밧엇슬째나 늘 乙孫이와 貞孫이는 어머님산수에와서울엇고 乙孫이가貞孫이를차즐째나 貞孫이가 乙孫이를차즐째나 그들은 언제든지 이 어머님 산수에서 맛낫습니다.[21]

"불쌍한 을손이와 정손이를 두고 간 그들의 어머님 산소"라는 표현에서 어머니에 대한, 고아가 된 그들의 힘겨운 처지에 대한 원망을 느낄 수 있다. 또 작은어머니에게 매를 맞을 때나 아이들에게 놀림을 받았을 때 어머니 산소를 찾아와 울었다는 것은 어머니에 대한 깊은 그리움과 죽은 어머니에게밖에 의지할 수 없는 막막한 처지를 추측하게 한다. 울다 힘이 없어서 그치고, 배가 고파 또 울기를 반복하는 을손이와 정손이는 고아의 서글픔을 과장되지 않으면서도 생생하게 보여준다. 문장 하나하나에 이태준의 경험이 녹아들어 있기 때문이다.

이태준의 작품을 수필적 경향의 글이라고 평하는 것도 같은 맥락이다. 이 '수필적 경향'은 그 장단점이 명확하다. 작가의 경험을 벗어나지 못하고, 작가의 경험이 작품 소재나 주제로 유사하게 반복되는 경향을 띨 수 있다는 한계가 있다. 그러나 장황한 설명 없이도 작가의

---

21 李泰俊, 「슬픈 명일 秋夕」, 『어린이』, 1929.5, 28쪽.

경험이 곧 작품이 됐을 때 주는 진정성을 느낄 수 있다는 긍정적 측면
이 있다. 후술하겠으나 특히 아동문학에서 이태준의 '수필적 경향'에
는 개인의 결핍이 뚜렷하게 나타난다.

고아 의식으로 인한 결핍은 이태준이 아동문학을 창작하게 되는 원
동력이었다. 이태준이 『학생』의 편집자이면서 『어린이』에 지속적으
로 투고를 했던 것도 자신의 결핍을 글로 충족시키고자 했던 의도일
것이다. 그렇기 때문에 그의 고아 의식의 아동-되기는 문학성을 따지
기 이전에 매우 자연스러운 귀결이다.

이러한 개인성은 우리 아동문학사의 아동상에 있어서 하나의 분기
점이 된다. 민족 해방을 실현하고자 하는 염원을 투영했던 아동-되기
에서 개인의 내면으로서 아동-되기로 흐름을 달리하기 때문이다.

「슬픈 명일 秋夕」은 이태준이 자신의 고아 체험이라는 내면을 고스
란히 재현해 놓은 대표적 작품이다. 그런데 이태준은 재현에서 그치
지 않고 그 결핍에 대한 비관적 인식을 드러낸다. 결말에서 을손이가
음식을 구하러 간 사이 정손이가 늑대에게 잡아먹히고, 을손이도 정
손이를 찾아 산골짜기로 들어간다. 그리고 엄마 산소 앞에 을손이와
정손이가 먹으려던 떡바가지만 무심하게 놓여 있었다는 마지막 문장
은 을손이와 정손이의 죽음을 의미한다.

앞서 살펴본 「어린 守門將」과 「불상한 三兄弟」에서 어미와 떨어진
새끼가 죽음에 이르게 됐듯이 고아인 을손이와 정손이 역시 죽음을
맞이한다. 부모와 헤어져 홀로 남은 자식, 고아는 불행할 수밖에 없다
는 이태준의 비관론적 인식을 보여 준다.

그러나 후기로 갈수록 이러한 비관론적 인식은 조금씩 변화를 보인
다. 그 변화를 보여 주는 작품이 「쓸쓸한 밤길」과 「눈물의 入學」이다.
「쓸쓸한 밤길」의 서두에 나타난 시간적 배경은 '단옷날 아침'이다. 「슬
픈 명일 秋夕」에서 다른 사람에게는 '추석'이라는 즐거운 명절이 을

손이 남매에게는 무서운 날이었던 것처럼 「쓸쓸한 밤길」의 단옷날도 주인공 영남이의 '고아'라는 비참한 처지를 더욱 심화시킨다.

단옷날 어머니가 살구나무 밑에서 영남이가 단오에 입을 옷을 다렸던 추억은 영남이를 더욱 서럽게 한다. 어머니가 살아계셨던 때와는 달리 단옷날에도 영남이는 "쇠집어 뜯는 듯한 아즈머니 목소리에"[22]에 놀라 깬다. 단옷날이라 흰밥 한 그릇을 겨우 얻어먹었을 뿐 "단오날은 비를 들면 손목이 쩌러지니."[23]라는 아주머니의 구박을 받는다.

"집집마다 잇는아버지 아희마다잇는어머니가 永男이에게는 어느한 분도 계시지안엇습니다."[24]라는 한 문장만으로도 고아로서 겪는 근원적이고[25] 커다란 상실감을 단적으로 표현한다. 영남이 어머니가 돌아가시자 대근이네는 받을 돈이 있고 영남이를 키워주겠다는 핑계로 영남이네 집을 차지한다. 영남이는 그렇게 어머니도, 집도 모두 잃어버렸다. 이제 열세 살밖에 되지 않은 영남이는 대근이네 일꾼처럼 힘든 허드렛일을 모두 도맡아 한다. 그러면서도 대근이네 가족에게 욕을 먹고 매를 맞기 일쑤다.

그래서 영남이는 단옷날 어머니와의 추억이 생각나고 그리움이 더욱 절실해진다. 영남이는 어머니와의 추억을 간직한 살구나무를 찾는다. 젖은 옷을 벗어 두고 발가벗은 채로 살구나무에 올라간다. 개울가에서 세수를 하고 있는데 대근이가 떠밀어 물에 빠져서 옷이 젖었기 때문이다. '젖은 옷'은 고아로서 겪은 고난들을 뜻하며, 이를 벗고 어머니를 상징하는 살구나무 위로 올라간다는 것은 세상에서 겪는 고난

---

22 李泰俊, 「쓸쓸한 밤길」, 『어린이』, 1929.6, 26쪽.
23 李泰俊, 위의 글, 28쪽.
24 李泰俊, 위의 글, 26쪽.
25 고아로서 겪는 상실감에는 부모의 부재보다, 다른 아이들에게는 모두 있는 부모가 없다는, 상대적 박탈감이 큰 영향을 줌을 보여 주고 있다. 이러한 깊이 있는 포착은 고아였던 이태준의 체험에서 비롯된 것이다.

에서 벗어나 엄마에게, 또 엄마와 함께 지냈던 시절로 돌아가고 싶은 영남이의 마음을 의미한다. 그만큼 영남이의 고통이 크고 어머니에 대한 그리움이 절실함을 보여 주는 것이기도 하다.

새 옷을 입고 뛰어노는 아이들의 이마에서는 땀이 나지만 살구나무 그늘 속에 있는 영남이는 소름이 끼치도록 떨린다. 영남이가 다른 처지에 있음을 표현한 것이다. 티 없이 밝게 뛰어노는 아이들과 어머니를 그리워하며 나무 그늘 속에서 떨고 있는 영남이를 통해 볼 수 있는 대조는 고아와 고아가 아닌 아이들의 차이기도 한 것이다.

이러한 대조는 「불상한 少年 美術家」에서도 나온다. 그러나 소년 미술가가 고아이지만 뛰어난 재능과 강한 자존심을 갖고 있는 인물임을 강조하는 것과는 달리 이 작품에서는 영남이의 비극적 처지를 더욱 심화시키고 있다는 점에서 각기 다른 역할을 한다.

하지만 영남이의 불행한 처지는 이전 작품들과는 달리 비관적 인식을 드러내는 데 그치지 않는다. 살구나무 위에서 여러 상념에 잠겨 있는 영남이에게서 고아 세계에 대한 인식이 바뀌고 있음을 확인할 수 있다.

『아-나는영영 어머님이업시 이럿케 살어야겟구나!』하고 눈물을 씨섯슴니다. 『내가 아모리 이 집에서 개나소와가티 잇는힘과잇는 정성으로 진일마른 일 가리지안코 해준다하더래도 나의입에는언제든지 누른밥이다. 나의몸엔 언제든지 이슬과흙에저즌누데기다. 나는 언제든지 이모양으로만 이런사람으로만 사라야할가?』[26]

영남이는 어머니를 그리워하다가 문득 자신의 처지를 깨닫는다. 대근이네를 위해 아무리 열심히 일해도 힘들게 살 수밖에 없다는 데 생

---

26 李泰俊, 「쓸쓸한 밤길」, 29쪽.

각이 미친다. 어머니를 그리워하는 마음보다 자기 처지에 대한 서글 픔이 더욱 커진 것이다.

이제까지 살펴본 이태준의 작품들은 '어머니에 대한 그리움'이라는 단계에 머물렀지만「쓸쓸한 밤길」의 영남이는 고아 의식이라는 감상에서 벗어나 현실로 눈을 돌리는 인물로 나온다. 세상을 떠난 어머니에 대한 그리움은 결코 충족될 수 없는 것이지만 현실에서 일어나는 어려움들은 의지에 따라 극복할 수 있는 것들이기도 하다. 영남이가 집을 나가겠다고 결심하는 것도 어려운 현실을 이겨내겠다는 의지를 보이는 것이다.

벌거벗은 채로 나무 위에 올라가 있는 영남이를 본 대근이는 돌을 던지며 괴롭힌다. 영남이는 더 이상 참을 수 없어 대근이에게 맞선다. "내가 네 집에서 나가면 그만이다."라는 영남이의 말은 이제까지 안주했던 현실에서 벗어나겠다는 의미이다.

> 永男이는 결심하였습니다. 비엿든베개를 집어팽겨치고 발목이압흔것도 쌔다를새업시 불썽어리갓흔몸을 일으켯습니다.『나가자 나가자 이놈의 집을 나가면 고만이다』永男이는 빗틀거리며 문을열엇습니다. 문밧게는 바둑이가 일어섯습니다.『가자 바둑아 우리 집이지만 쩌나자』[27]

영남이는 대근이와 싸우다가 쫓아온 대근의 어머니에게까지 정강이를 얻어맞는다. 기다시피 하여 영남이는 집에 겨우 돌아왔지만 다음날 밤이 될 때까지 아무도 영남이를 찾지 않는다. 영남이의 비참한 마음은 이루 말할 수 없었을 것이고 집을 나가기로 마음먹기에 이른다.

밤 깊은 때 절름거리며 집을 떠나 영남이가 가는 길은 작품 제목 그

---

27 李泰俊,「쓸쓸한 밤길」, 30쪽.

대로 '쓸쓸한 밤길'이다. 그러나 그 길이 쓸쓸하지만은 않은 것은 영남이 곁을 지켜 주었던 바둑이와 함께이기 때문이다.

'바둑이'는 어머니가 세상을 떠나기 전부터 함께 지내던 개의 이름이다. 영남이가 고아가 된 후로, 둘도 없는 친구가 되어 주었다. 대근이가 영남이를 개울에 빠뜨리고, 영남이가 부셔 놓은 놋요강을 일부러 띄워 놓고 달아났을 때, 바둑이가 깊은 데까지 헤엄쳐 물고 나온다. 살구나무 위에 올라가 영남이가 눈물을 흘릴 때 "바둑이는 永男이와 가티 눈물이나 흘니는 드시 두눈을 샘벅"[28]거리는 모습을 보인다. 대근이 어머니에게 맞아서 발목을 안고 뒹굴며 울었을 때도 바둑이만은 영남이 옆을 지켰다. 바둑이는 외로운 영남이의 힘이 되어 주고 영남이의 아픔을 공감하는 유일한 존재다.

고향을 떠나야 하고 어머니 생각에 슬퍼도, 걸을 때마다 발목이 아파도 함께하는 바둑이가 있기 때문에 영남이가 가는 길은 쓸쓸하지만은 않은 것이다. "밤은 머지않아 밝을 것"이라는 결말의 표현은 이전 작품들에서는 볼 수 없는 희망적 정서를 전한다.

이러한 정서의 전환은 영남이가 어머니에 대한 그리움이라는 감상에서 벗어나 자신이 처한 현실을 인식했기 때문이고 그 현실, 즉 고아로서 겪는 고난을 극복하겠다는 이태준의 의지가 피력된 것으로 보인다. 「쓸쓸한 밤길」은 이태준의 아동-되기가 고아 체험의 재현에서 극복으로 '-되기'의 통과 지점이 달라지고 있음을 보여 주는 작품이라는 데 의미가 있다. 이러한 극복의 의지는 「눈물의 入學」에서 한층 적극적인 양상으로 나타난다.

「쓸쓸한 밤길」은 1929년에 『어린이』 6월호에 수록되었고 「눈물의 入學」은 1930년 1월호에 수록되었다. 동명의 잡지에 두 작품의 중간

---

28 李泰俊, 위의 글, 28쪽.

시기인, 1929년 7·8월 합본호에 「불상한 三 兄弟」가, 「눈물의 入學」 발표 이후인 1930년 11월호에 「외로운 아이」가 수록되었다. 작품의 발표 순서는 「쓸쓸한 밤길」, 「불상한 三 兄弟」, 「눈물의 入學」, 「외로운 아이」가 된다. 따라서 이태준의 고아 의식이 고아 체험의 재현에서 극복으로의 전환이 한 번에 이루어진 것은 아님을 알 수 있다.

그러나 현실 극복의 의지가 「쓸쓸한 밤길」에 비하여 「눈물의 入學」에서 매우 적극적으로 나타나고 있다는 점, 그리고 '아이와 엄마'라는 '완전한 세계'를 구축하는 것으로 이루어 내는 후기 작품 「엄마 마중」, 「몰라쟁이 엄마」, 「슬퍼하는 나무」, 「꽃장사」가 창작되었다는 점에서 비극적 세계관에서 긍정적 세계관으로의 변화를 이루었다고 볼 수 있다. 이러한 면에서 「쓸쓸한 밤길」과 「눈물의 入學」은 고아 의식의 비극적 세계관에서 긍정적 세계관으로 가는 그 길목에 위치해 있다.[29]

「눈물의 入學」은 "이제 열네살밧게안된 자긔알몸뎅이하나밧게는 아모것도없는"[30] 고아 귀남이의 성공담[31]을 다루고 있다. 귀남이는 객주집에서 손님을 데리고 오는 일을 한다. 소학교를 졸업하고 고학이라도 해보기 위해 원산에 있는 객주집으로 왔지만 공부를 할 수 있는 길은 없었다.[32] 서울까지 가는 차비만 생기면 원산을 떠나려 했지만 그조차도 여의치 않았다. 객주집 주인 내외와 아들 을룡이에게 받는 구박도 귀남이를 괴롭게 했다. 그러던 어느 날 귀남이는 손님으로 데

---

29 고아 의식의 극복 과정은 소년소설에서 유년동화라는 장르적 변화와도 밀접한 연관을 보인다. 소년소설에서는 사실적 표현이, 유년동화에서는 유년 특유의 밝고 긍정적인 정서가 고아 의식의 극복 과정에 대응되고 있다.

30 李泰俊, 「눈물의 入學」, 『어린이』, 1930.1, 52쪽.

31 이 작품이 立志小說로 제시되어 있다는 데서도 고난 극복이라는 의미를 찾을 수 있다.

32 원산 객주집에서의 체험은 그의 수필 「나의 고아 시대」라는 글에도 나와 있다. 그런데 그 글에서 객주집 주인을 어진 주인으로 자신을 귀애했다는 내용이 나온다. 공부를 하고 싶었던 이태준은 자신을 놓아주지 않는 주인 몰래 서울로 왔다고 한다. 자신의 경험에 고아 의식의 비애를 더해 문학적으로 형상화했음을 알 수 있다. 이태준, 「나의 고아 시대」, 『이태준: 청소년이 읽는 우리 수필 4』, 돌베개, 2003, 118~119쪽 참조.

리고 온 두 명의 어린 학생을 보면서 공부를 하고 싶은 마음이 더욱 간절해졌다.

> 두사람의짐이라 무겁기도하엿지만 貴男이의가슴속에는 짐이무거운 생각
> 보다도 이제가서 새벽밥을지을생각보다도 그두학생의서울가는 길에 그고릿
> 짝을그대로지고 쫏차가고십도록 부러운생각뿐이엿슴니다.[33]

「쓸쓸한 밤길」에서 영남이가 어머니를 그리워하는 모습이 비중 있게 다루어진 것과는 달리 「눈물의 入學」에서는 귀남이 어머니에 대한 이야기는 나오지 않는다. 다만 귀남이가 삼촌 집에 있다가 고학을 하기 위해 원산에 왔다는 설명만이 간략하게 제시된다. 이와 함께 "자기 알몸뚱이 하나밖에는 아무것도 없는"이라는 문장을 통해 귀남이가 고아이며 공부를 하기 어려운 가난한 처지임을 추측할 수 있을 뿐이다.

작품에 나오는 "지나간 날에 어머님을 생각하는 것보다도 자기의 장래를 생각하고 더욱 슬펐습니다."라는 문장처럼 이태준은 어머니에 대한 그리움이라는 과거보다 지금 자신이 처한 현실, 장차 어떻게 살아 가야 할지라는 미래에 대한 걱정에 더 초점을 맞추었던 것으로 보인다. 이는 고아 의식을 극복하는 과정이라 할 수 있는데 무엇보다 그의 아동-되기 성격이 감상적인 것에서 현실적인 것으로 변모를 이루었음에 주목할 필요가 있다. 고아 의식의 극복은 감상적인 데 머물러서는 이루어지기 어려웠기 때문이다.

그의 초기작들이 고아 시절의 경험을 그대로 재현하는 데 그치거나 어미와 헤어진 자식들의 죽음이라는 비극적 결말을 맺는 것은 어린 시절의 상처에서 자유롭지 못함을 보여 주는 것이다. 그렇기 때문에

---

33 李泰俊, 「눈물의 入學」, 53쪽.

등장인물이 어머니에 대한 그리움이라는 과거가 아니라 현실을 인식하고 더 나아가 미래를 주목하기 시작했다는 것은 고아 의식을 극복해 내는 데 있어 중요한 기점이 된다.

귀남이에게서 볼 수 있는 현실 인식의 중심은 '공부'다. 삼촌 집을 떠나 원산으로 온 것은 공부할 길이 막혀 고학이라도 하기 위해서였고, 학생 손님을 보면서 고된 일보다 공부를 하지 못하는 것에 더 마음 아파한다. 그리고 자신을 괴롭히던 을룡이가 서울로 간다는 이야기를 듣고 자신도 서울에 가고 싶다는 생각이 커진다.

귀남이가 공부를 하고 싶은 이유는 자신의 불행한 처지를 벗어나고 싶은 데서 기인한다. 귀남이는 을룡이가 서울로 공부하러 간다는 것이 '자기 같은 사람', 즉 고아처럼 힘없고 약한 사람을 더욱 괴롭힐 것처럼 생각된다. 공부는 귀남이에게 있어 자신을 괴롭히는 '을룡이와 같은 사람'에게 자기를 보호할 수 있는, 지금의 불우한 처지에서 헤어나게 해 주는 '희망'이었다.

주인은 서울 가는 차표라도 사 달라고 애원하는 귀남이의 청을 냉정하게 거절한다. 마침내 을룡이가 서울로 가겠다는 귀남이를 무시하며 때리고 괴롭히자, 귀남이는 참지 못하고 달려든다.[34]

을룡이는 귀남이를 가장 심하게 괴롭히는 인물이다. 귀남이와 또래기 때문에 그 처지가 직접적으로 비교되는 인물이며, 이러한 비교는 귀남이에게 상실감을 안겨 준다. "을룡이가 뒷간에 앉아서 뒤지 가져오너라 하면 뒤지를 들고 갔고, 입에 물고 섰거라 하면 개처럼 입에 물고서 오던"[35] 귀남이가 을룡이에게 덤벼든 것은 고난으로 점철된 자

---

34 「쓸쓸한 밤길」에서 영남이가 대근이에게 덤벼든 것과 겹쳐지는 장면이기도 하다. 다른 작품들에서도 엄마와 자식의 이별, 고아로서 겪는 고난 등이 비슷한 인물과 구성이 반복되고 있다. 이를 통해 이태준이 자전적 고아 체험을 재현하고 있음을 알 수 있다.

35 李泰俊, 「눈물의 人學」, 54쪽.

신의 삶에 대한 대항이기도 하다. 그렇기 때문에 귀남이는 을룽이네에서 쫓겨났어도 더욱 강한 의지를 다진다.

편안하게 서울에 가려고 했던 자신을 책망하며, 걸어서 서울까지 가기로 결심한 것이다. 「눈물의 入學」이 「쓸쓸한 밤길」보다 현실 인식이 두드러짐을 알 수 있는 것도 이 부분이다. 「쓸쓸한 밤길」의 영남이는 무작정 길을 떠난다. 어디로 갈지, 무엇을 할지도 뚜렷하지 않다. "별들은 영남이의 앞길을 인도하는 듯이 빛"나지만 또 "멀리 바다에서 들려오는 파도 소리는 영남이의 고생 많을 앞길을 걱정하는 것" 같다는 표현도 영남이의 미래를 막연하게 제시하고 있다. 이는 일면 현실적이라기보다 낭만적 느낌을 주기도 한다.

그러나 귀남이는 '공부'를 하기 위해 '서울'로 간다는 목표가 명확하다. 걸어서 서울에 도착한 귀남이는 동소문을 바라보며 "서울이다! 나의싸흠터 서울이다! 자! 서울이다!"라고 고함을 지른다. 이는 고아라는 운명과 겨루어 보겠다는 적극적인 의지의 표현이다.

그가 서울에서 겪은 고난들이 설명되지는 않았지만 결과적으로 입학시험에 합격함으로써 귀남이는 그 싸움에서 승자가 된다. 일등으로 붙은 자신의 이름을 확인한 귀남이는 감격의 눈물을 흘리지만, 곧 신문 배달을 하기 위해 자리에서 일어난다.

귀남이의 합격 장면이 아니라 신문 배달을 가기 위해 교문을 나가는 모습으로 결말을 맺은 것은 더욱 현실적이고 희망찬 귀남이의 미래를 암시한다. 「눈물의 入學」은 이태준이 과거의 고아 의식에서 벗어나기 위해 현실에 무게를 싣고 있음을 알려 준다.

그러나 그의 고아 의식의 진정한 극복은 현실에 대한 천착이 아닌 다시 고아 의식과 정면으로 조우함으로써 이루어진다. 이때 고아 의식의 아동-되기는 결핍에서 충족이라는 방향성을 띠고 있다. '충족'이라는 측면에서 이태준 아동문학의 완성[36]이라 할 수 있는 후기 작품은 「몰라쟁이 엄마」, 「슬퍼하는 나무」, 「꽃장사」, 「엄마 마중」이다. 1933년 3월에 발표된 「겨울꽃」역시 시기상 후기 작품에 해당한다. 그러나 분량과 내용 측면에서 전기의 소년소설과 후기 유년동화[37]의 중간 성격을 띠고 있다. 이 작품은 '꽃'과 '돌봄'의 모티프가 유사한 「꽃장사」와 함께 살펴볼 것이다.

「몰라쟁이 엄마」는 후기 작품 특유의 밝고 명랑한 색채가 잘 드러나 있다. 대개의 유년 아동이 그러하듯이 호기심 많은 노마는 엄마에게 이것저것 묻기 바쁘다. 참새도 엄마가 있는지, 그런데 참새는 모두 똑같은데 어떻게 자기 엄마인지, 또 어떻게 자기 새끼인지 아는지 묻는다. 노마 엄마는 참새도 엄마가 있느냐는 단순한 질문에는 그렇다고 자신 있게 답을 한다. 그러나 어떻게 엄마 새인지, 새끼 새인지 구별하느냐고 이유를 물었을 때는 제대로 설명하지 못하고, "몰—라."라는 장난스러운 대답으로 일관한다.

『엄마?』

『왜!』

『참새두 엄마가 잇슬짜』『잇구말구』

『엄마 새는 색기보다 더 왕샐짜?』

『그럼 더 크단다. 왕새란다』

---

36 '완성'이라는 표현을 사용한 것은 고아 의식으로 느끼는 결핍에서 충족시켰다는 이유와 함께 이 후기 작품들 이후로 이태준이 적극적으로 아동문학 창작을 하지 않았다는 점을 고려한 것이다. 또한 이 네 편의 작품이 그의 대표작으로 이야기될 만큼 문학적 완성도의 정점을 보이고 있다는 뜻도 포함된다. 그의 고아 의식은 아동문학 창작의 원동력으로 보인다. 그렇기 때문에 그 결핍이 충족된 것은 그 원동력을 상실했다는 의미와 같다고 보았다. 즉 이 후기 작품들을 이태준 아동문학의 완성이라고 표현한 것은 시기와 문학성이라는 두 가지 측면을 포함한다.

37 소년소설은 공상 세계를 떠나 현실 세계로 들어선 아동들의 문학을, 유년동화는 어린 독자, 유치원에서 초등학교 3학년 정도의 아동을 대상으로 하는 초자연성, 공상성이 효과적으로 발휘되는 장르로 설명된다. 이원수, 『아동문학입문』, 한길사, 2001, 92~103쪽 참조.

『그래두 참새들은 죄다 쪽갓든데 엇터게 저이엄만지 남의엄만지 아나?』

『몰―라』[38]

노마는 참새도 엄마가 있는지를 물어본 후에 참새도 할아버지가 있는지, 또 참새도 사내와 계집애가 있는지를 물어보고 엄마는 처음에는 대답하다가 나중에는 설명을 하지 못하고 "몰―라."라고 대답하는 동일한 구조를 보인다. 같은 구조가 세 번 반복되는 셈이다. 이처럼 반복과 반복을 통한 운율감은 아직 글에 익숙하지 않은 독자를 고려한 유년동화의 특성이기도 하다.

엉뚱한 질문에도 귀를 기울이며 "몰―라."라고 답하는 엄마와 계속해서 엄마에게 궁금한 것을 묻는 노마의 대화는 '반복의 놀이'가 된다. 노마에게 엄마의 대답보다 중요한 것은 엄마와 대화를 주고받는 놀이다. 그 놀이를 통해 노마는 즐거움을 느끼고 자신에 대한 엄마의 따뜻한 애정을 확인할 수 있기 때문이다. 마지막 장면에서 엄마에게 어리광을 부리는 노마는 유년 시절의 행복한 한때를, 엄마와 아이 단둘만으로도 충분한 유년의 세계를 보여 준다.

『이런! 엄마는 몰―라쟁이인가, 죄다 몰느게… 그럼 엄마, 나 왯쩍 사 줘야 해…. 그것두 몰느면서….』

×

노마는 쎄를 부리기 시작했습니다.[39]

이러한 노마와 엄마의 행복한 모습은 유년기의 공통된 욕구 중 하

---

38 李泰俊, 「몰라쟁이엄마」, 『어린이』, 1931.2, 36쪽.
39 李泰俊, 「몰라쟁이 엄마」, 37쪽.

나인 '애정에 대한 욕구'[40]와 관계된다. 애정에 대한 욕구는 사랑받고 사랑하고자 하는 것이며, 가정과 우정을 중심으로 싹트는 것으로 설명된다. 이태준의 아동상, 내면아이의 상처와 결핍은 주로 모성과 관계된 것이었다. 어미와 헤어지고 결국 비참한 죽음을 맞이한 「어린 守門將」의 새끼 개와 「불상한 三 兄弟」의 새끼 새들, 힘든 일이 있을 때마다 어머니 산소를 찾아 울던 「슬픈 명일 秋夕」의 을손이와 정손이 등이 이러한 결핍을 나타내고 있다. 이태준은 모성에 대한 결핍을 유년 아동을 그려 냄으로써 충족시키고 있다.

유년기는 엄마와의 밀착도가 강한 시기이다. 또한 엄마에 대한 의존성이 크게 나타나기도 한다. 유년 아동이 엄마에게 갖는 의존성은 엄마의 애정으로 채워진다. 노마가 무엇이라도 물어볼 수 있고, 마음껏 떼를 쓸 수 있는 사람은 바로 '엄마'다. 그리고 엄마는 언제라도 대답을 해주고 어리광을 받아줄 수 있다. 엄마는 항상 유년 아동인 노마 곁에 있고, 그를 보살피고 있기 때문이다.

이태준이 소년소설에서 유년동화로 장르의 변화를 시도한 것은 유년기의 특징, 유아와 엄마의 애정을 바탕으로 한 관계에 주목했기 때문이다. 이는 소년소설에서 그려졌던 비극적 현실 인식에서 벗어나 유년동화의 밝고 긍정적인 세계로 나아가고 있음을 보여 주는 것이다.

「슬퍼하는 나무」[41]는 「불상한 三 兄弟」와 유사한 사건을 그리고 있다. 아이가 어미 새의 새끼를 가져가려고 하는 것이 그 중심 사건이다. 「불상한 三 兄弟」에서는 아이들에게 새끼를 빼앗겼지만 「슬퍼하는 나무」에서 어미 새는 지혜로 새끼들을 지킨다. 어미 새는 둥지에 있는 알을 가져가려는 아이에게 알에서 새끼들이 나오면 가져가라고

---

40 이상금, 「아동도서 출판의 현재와 장래」, 『아동문학평론』, 제2권 제3호, 아동문학평론사, 1977, 37쪽.
41 李泰俊, 「슬퍼하는 나무」, 『어린이』, 1932.7.

한다. 새끼들이 알에서 나오자 이번에는 고운 털이 나오면 데려가라고 한다. 며칠 후 아이가 왔을 때 둥지에는 새 한 마리도 보이지 않았다. 어미 새가 새끼들을 데리고 도망간 것이다. 어미 새는 처음부터 새끼들을 아이에게 줄 생각은 전혀 없었던 것이다. 다만 새끼들이 날 수 있을 때까지 시간이 필요했을 뿐이다.

「불상한 三兄弟」의 어미 새는 먹을 것을 찾으러 가 새끼들을 지키지 못했다. 하지만 「슬퍼하는 나무」에서 어미 새는 아이를 조금도 무서워하지 않고 꾀를 내어 자신의 새끼들을 보호한다. 「불상한 三兄弟」에서 어미와 떨어진 새끼들은 죽음이라는 비극적 결말을 맞지만 「슬퍼하는 나무」의 새끼들은 자신들을 위협하는 소년에게서 벗어나 어미 새를 따라 안전한 곳으로 떠난다.

이처럼 고아 의식의 아동-되기는 전기와 후기에서 선명한 대조를 이룬다. 전기에서는 결핍의 내면아이로, 후기에서는 엄마와 아이의 합일의 관계를 바탕으로 한 충족의 내면아이가 나타나는 것이다. 충족된 내면아이에게 있어 엄마와 아이는 떨어질 수 없는 관계이며 그 둘만의 세계를 형성한다. 그것은 바로 유년기에 경험하는 엄마와 아이가 중심이 되는 상상계이기도 하다.

둥지가 달려 있던 나무는 아이 때문에 좋은 동무를 잃어버렸다며 탄식하는데, 이것이 작품의 제목이 '슬퍼하는 나무'인 까닭이다. 「슬퍼하는 나무」는 물활론적 사고와 단순한 구조 등 유년동화의 특성을 잘 살리고 있지만 구성에 있어서는 '둥지가 달려 있던 나무'를 내세워 변화를 주었다. 나무는 동무였던 새들이 떠났기 때문에 슬픈 일이지만 새들 입장에서 보면 아이의 위협에서 벗어나게 된 다행스러운 일이다.

그러나 이태준은 단순히 새와 아이라는 대립 구도를 제시하지 않는다. '나무'를 통해 제3자의 입장에서 결말을 맺고 있다. 그렇기 때문에 어미와 새끼, 엄마와 자식이라는 소재 또는 주제의 반복을 피해가며 색다른 읽는 재미를 주게 된다.

특히 이 작품에서는 '아이러니' 기법이 돋보인다. "문학에서 아이러니의 근본 속성은 '상호대립적인 요소의 공존'이다."[42] 슬퍼하는 나무와 무사히 새끼 새와 떠난 어미 새가 극명하게 대조되고 있다. 「슬퍼하는 나무」는 이태준의 고아 의식이 극복된 결과로서 긍정적 세계관과 그의 아동문학의 중심축인 엄마와 아이의 관계를 더욱 문학적으로 형상화해가고 있음을 확인시켜주는 작품이다.

「꽃장사」는 1933년 6월『어린이』에 발표된 작품이다. 이 작품은 같은 해 3월에 실린 「겨울꽃」과 '꽃'과 '돌봄'의 모티프가 유사하다. 그러나 「꽃장사」는 유년동화에, 「겨울꽃」은 소년소설과 유년동화의 중간적 성격을 띠고 있다는 점에서 차이가 있다. 따라서 이 두 작품을 함께 살펴봄으로써, 이태준 유년동화의 특징을 더욱 명확하게 확인할 수 있을 것이다. 이는 이태준 아동문학의 아동상과도 밀접한 관련을 갖는다. 충족의 내면아이는 유년동화의 특성을 바탕으로 구현된 것이기 때문이다.

「겨울꽃」의 주인공 순이는 아버지에게 풀꽃 한 분을 선물 받는다. 추운 겨울에 핀 꽃이 신기하기도 하고, 조그만 꽃송이들을 귀엽게 느낀다. 순이는 꽃분을 머리맡에 놓고 종일 바라볼 만큼 소중하게 여긴다.

순이는 그 꽃분을 머리맡에 놓고 종일 바라보고 밤에도 그것을 바라보고 그 꽃과 같치 아름답고 조용하게 잠이들군 했습니다.

『순이야 너 꽃을 햇볓도 봬야 한다』

하로는 어머니께서 이러케 주의를 식히셧습니다.[43]

42 차희정, 「이태준 동화의 비극성에 나타난 아이러니」, 『한중인문학연구』 제16집, 한중인문학회, 2005, 256쪽.
43 李泰俊, 「슬퍼하는 나무」, 20쪽.

어머니의 말을 듣고 순이는 햇빛을 쬐어 주기 위해 밖에 내어놓는다. 그런데 깜박 잊고 해가 질 때까지 계속 꽃을 밖에 둔 것이다. 순이는 깜짝 놀라 꽃분을 들고 방으로 들어왔지만 꽃은 추운 겨울 날씨로 인해 얼어 버린 뒤였다. 전등불로 따뜻하게 해주려고 했으나 꽃은 시들어 버리고 순이는 울음을 터뜨린다.

이태준의 다른 유년동화와는 대조적인 비극적 결말은 전기의 소년소설을 떠올리게 한다. 순이가 초등학교 저학년 정도의 연령으로 보이는 것도 차이가 난다. 「몰라쟁이 엄마」에서 노마가 쓰는 말에는 유아어의 특성 중 주로 일반화 현상이 많이 나타난다. '몸집이 큰 새'와 '암컷', '수컷' 대신 '왕새'와 '기집애색기', '사내색기'로 말하는 것이 일반화의 예다. 「꽃장사」의 아기에게서는 '축약 현상'을 볼 수 있다. '용하지?'를 '용치?'로 '저절로'를 '절로'라고 발음하는 것이다.[44]

이와는 달리 「겨울꽃」의 순이는 아빠에게 풀꽃 화분을 선물 받고 "엇저면 이러케 추운 겨울에 꽃이잇슬가!"라고 정확한 단어들을 선택해 말하고 있다. 이를 통해 다른 유년동화의 인물보다는 높은 연령임을 알 수 있다. 하지만 전기에 창작된 소년소설의 인물보다 어리다는 것은 종결어미가 경어체인 데서 드러난다. 또한 분량 역시 소년소설보다는 확연히 짧고 유년동화에 비해서는 긴 분량을 보이는 것 역시 이 작품이 소년소설과 유년동화의 중간 성격을 띠고 있음을 확인할 수 있다.

---

44 유아어의 특성에는 반복, 축약, 일반화 현상 등이 있는데 이 중 일반화 현상의 예는 '아빠 멍멍이', '엄마 멍멍이'를 들 수 있다. '아빠'와 '엄마'라는 어휘가 어린아가와 아빠, 어린아가와 엄마의 관계임을 이해한 유아는 이 어휘들을 일반화하여 사용하는 것이다. 발음의 축약 현상은 불충분한 발음기관의 기능으로 발생하는 현상으로 단음절은 어려운 발음을, 다음절은 한두 음만 발음하고 나머지는 생략해 버리는 것이다. 「엄마 마중」에서도 유아어의 특징이 나타난다. 아가는 엄마를 기다리며 차장에게 "우리 엄마 안 오?"라고 묻는다. 이때 조사 '는'이 생략된 것은 조사의 생략이라는 유아어 특성에 해당된다. 유아어에 대해서는 다음 글을 참조하였다. 김환순, 「유아어의 특성과 발달에 관한 고찰」, 전남대학교 석사논문, 1989, 26~29쪽.

그러나 꽃이 시들어 버리는 비극적 결말은 소년소설의 불행한 고아 의식의 세계, 결핍의 내면아이를 떠올리게 한다. 이를 통해 이태준에게 있어서 소년소설과 결핍의 내면아이, 그리고 유년동화와 충족의 내면아이 간의 밀접성을 추측할 수 있다. 무엇보다 유년동화는 이태준이 지향했던 충족의 내면아이에 적합한 장르였다. 또한 전기 소년소설에서 후기 유년동화로의 장르 변화는 고아 의식의 극복 양상을 보여 주며, 이것이 고스란히 아동상으로 구현된 것이다.

「겨울꽃」의 비극적 결말은 이태준의 유년동화의 결말과는 대조되는 것이다. 즉 이태준에게 유년동화와 고아 의식의 극복, 충족의 내면아이-되기 사이에는 친연성이 있음을 확인할 수 있다. 이와 더불어 소년소설과 유년동화라는 각기 다른 장르임에도 이태준에게 있어서는 그의 고아 의식을 투영하는 매개체였다는 점, 결핍에서 충족이라는 방향성을 가지고 있다는 점에서, '동질'의 것임을 설명해 준다.[45]

작품의 소재 '꽃' 역시 고아 의식과 관계된 의미가 부여되어 있다. 꽃은 일반적으로 약하고 보호가 필요한 표상으로 인식된다. 그렇기 때문에 관심과 보살핌이 필요하다. 전기 작품에서 '엄마와 아이의 이별'이 주요 모티프였다면 후기 유년동화에서는 또 다른 모티프로 '꽃'과 '돌봄'이 나타난다. 「겨울꽃」에서 그 단초를 보인 이 두 요소는 「꽃장사」에서도 반복된다.

「몰라쟁이 엄마」의 노마처럼 「꽃장사」에도 호기심 많은 '아기'[46]가

---

45 「겨울꽃」에서 순이와 풀꽃 화분은 엄마와 아이의 관계에 대응한다. 돌봄의 주체가 순이며, 그 대상이 풀꽃 화분이라는 것에서 알 수 있다. 즉 이 작품에서 고아 의식의 아동-되기가 투영된 것은 순이가 아닌 풀꽃 화분이 된다. 자기 힘으로는 아무것도 할 수 없고 보살핌을 받지 못해 결국 시들고 마는 풀꽃 화분은 결핍의 내면아이로 볼 수 있다.

46 「꽃장사」와 「엄마 마중」의 주인공은 이름이 없이 아가와 아기로 나온다. 아가와 아기는 어린 젖먹이 아이를 뜻하는 말로, 매우 어린 연령의 아이를 가리킨다. 「몰라쟁이 엄마」에서는 노마라는 이름을 가진 인물이 나오지만, 노마의 호기심 어린 질문과 엄마와의 대화 형식이 「꽃장사」와 유사한 것을 보았을 때 노마 역시 「꽃장사」의 아기와 비슷한 연령대로 추측할

나온다. 아기는 꽃을 길러 낸 꽃 장수가 대단하다고 생각한다. 하지만 아기의 엄마는 꽃 장수는 기르기만 했을 뿐이라고 이야기해 준다.

『꼿장사가 만들지 안어스면 이 입분꼿을 누가 만들엇수?』

『만들긴 누가 만들어……씨를 짱에 심으면 짱 속에서 싹이 나오고 싹이 자라면 절루 꼿이 피는거지』

『절루 펴? 짱에 씨만 뭇으문?』

『아주 절루는 아니지…………』

『그럼?』

『짱 속에 씨를 뭇엇드라도 하늘에서 비가 나려서 흙을 눅눅하게 적셔 주어야 하고 쏘………』[47]

엄마는 아기에게 꽃이 자라기까지 필요한 자연의 도움들을 이야기해 준다. 엄마와 아기의 다정한 한때를 보여 주며, 자연의 섭리를 이야기해 주는 듯하지만 이 작품 속에도 이태준의 고아 의식의 극복이 들어 있다.

이태준은 고아로서 겪는 상실감과 고아는 불행해질 수밖에 없다는 인식, 홀로 힘든 현실을 헤쳐 나가야 했던 고난의 삶의 원인을 부모의 부재에서 찾았다. 그러나 그의 삶이 어느 정도 안정을 찾은 후에 이러한 인식에 변화가 있었던 것으로 보인다. 결혼 후 태어난 자식들의 영향도 컸을 것이다.

꽃이 자라는 데는 꽃 장수뿐 아니라 자연의 여러 도움이 필요한 것

수 있다. 「슬퍼하는 나무」에서도 처음에는 알의 상태였지만 나중에는 알에서 부화한 지 며칠 지난 새끼 새로 제시된다. 이는 이태준 유년동화에서 주인공들의 낮은 연령을 보여 주는 호칭으로써 엄마와의 밀착 관계를 강조하기 위해서로 보인다.

47 李泰俊, 「꽃장사」, 『어린이』, 1933.6, 97쪽.

처럼 사람이 자랄 때에도 세상의 도움이 있어야 한다. 여기서 꽃 장수는 '부모'에 대응하는 대상으로 볼 수 있다. 꽃이 자라도록 햇빛과 비를 내려 주는 자연처럼 아이가 자랄 때에도 부모뿐 아니라 세상의 따뜻한 관심과 도움이 필요하다.

이태준의 고아 의식의 전환과 세상을 따뜻한 곳으로 바라보는 관점의 변화는 특히「꽃장사」에서 잘 드러나고 있다. 전기의 작품들과 비교했을 때 엄마와 아이의 대화에서 느낄 수 있는 소박하지만 애정으로 충만한 세계, 그리고 밝고 긍정적인 정서는 후기 작품의 특징이다.

또한「꽃장사」에서는 두 아동상이 겹쳐지면서 충족의 내면아이를 강화하고 있다. 꽃 장수에 대해 묻는 아기와 대답하는 엄마의 모습은 「몰라쟁이 엄마」에서와 같이 엄마와 함께하는 행복한 아기, 충족의 내면아이를 보여 준다.

또 다른 아동상은 꽃 장수와 꽃에서 나타난다.「겨울꽃」에서 살펴보았듯이 보살핌을 필요로 하는 꽃은 유년 아동의 비유적 표현이다. 꽃 장수뿐만 아니라 자연의 도움을 받아 꽃이 자란다는 엄마의 이야기를 통해 '꽃'이 갖는 애정의 충족감이 더욱 넓은 범위에서 이루어짐을 알 수 있다.「꽃장사」는 아기와 꽃을 통해 중첩되는 충족의 아동상을 보여 줌으로써, 또 부모뿐 아니라 세상의 도움도 아이의 성장에는 필요하다는 인식의 확대를 통해 한층 강화된 충족의 내면아이-되기를 구현하고 있다.

마지막으로 살펴볼 작품「엄마 마중」은 엄마를 '기다리는' 아가의 이야기다. 전기 작품들에서 어머니는 현실이 아닌 추억 속에 존재했다. 그렇기 때문에 결코 닿을 수 없는 그리움의 대상, 상실감과 고난의 근원이기도 했다. 그러나 이 작품에서는 기다릴 수 있는 현실의 엄마가 존재하는 것이다.

"추워서 코가 빨간" 아가가 전차 정류장에서 엄마를 기다린다. 전차

가 올 때마다 아가는 차장에게 "우리 엄마 안 오?"하고 묻는다. 처음
과 두 번째 만난 차장들은 하나 같이 "너희 엄마를 내가 아니?"라는
말만 남기고 다시 전차를 타고 떠난다. 그러나 마지막으로 만난 차장
은 아가에게 다정하게 말을 건넨다.

> 그 다음 전차가 또 왔습니다. 아가는 또 갸웃 하고 차장더러 무럿습니다.
> 『우리 엄마 안 오?』
> 『오! 엄마를 기다리는 아가구나.』
> 하고 이번 차장은 나려와서,
> 『다칠라. 너이 엄마 오시도록 한 군데만 가만히 섯거라 응?』
> 하고 갓습니다.[48]

앞의 두 차장과는 달리 아가가 다칠까 걱정해 주는 모습도 인상적
이다. 또한 "엄마를 기다리는 아가구나."라는 차장의 말은 엄마와 아
가의 관계를 설명하는 것으로 보인다. 이때 '엄마를 기다리는'은 아가
를 꾸며 주는 말이기 때문이다. '아가'의 성격과 정체성을 명확히 해
주고 있는 것이다. 이처럼 아가는 엄마를 기다리고 있고, 엄마를 만날
것을 전제한다.

두 명의 차장은 그냥 지나쳤지만 마지막에 만난 차장이 아가에게
엄마를 잘 만날 수 있도록 한 군데만 가만히 있을 것을 당부하는 모습
에서 따뜻한 마음을 느낄 수 있다. 아가에게 엄마는 세계의 전부라 해
도 과언이 아니다. 아가는 엄마를 만남으로써 엄마와 하나가 되는 완
전한 세계를 이루게 된다. 이태준의 후기 작품은 '유년동화'라는 공통
점을 갖고 있다. 유년기의 두드러진 특징은 엄마와 아이, 둘만으로 이

---

48 李泰俊, 「엄마 마중」, 『어린이』, 1933.12, 25쪽.

루어진 세계다. 라캉의 이자관계, 상상계에 대응하기도 한다.

「엄마 마중」은 엄마와 아이 그 둘만의 세계를 이루기 전, 엄마를 만나기 위해 기다리는 아가를 그리고 있는 것이다. 앞서 살펴본 작품들은 이태준의 자전적 이야기가 담겨 있다. 「눈물의 入學」의 귀남이처럼 불우한 환경을 극복하기 위해 온갖 노력을 기울인 결과, 이태준은 사회적으로 성공을 이룬다. 고아 의식에서 자유로워지기 위해 성공적 삶을 목표로 했지만, 그 목표에 도달했어도 그의 고아 의식은 여전히 넘어설 수 없는 벽으로 존재했음을 추측할 수 있다. 현실의 성공이 부모의 부재를 대신할 수는 없기 때문이다.

이러한 이유로 「엄마 마중」은 그가 고아 의식과 정면으로 조우했음을 보여 주는 작품이다. 그리고 초기 작품처럼 추억 속에서만 엄마를 그리워하는 데서 그치지 않고 한층 적극적인 모습을 보인다. 추운 날에도 아가는 엄마를 기다린다. 전차에서 엄마가 내리지 않아도 실망하지 않고 전차가 올 때마다 엄마를 만날 것이라는 희망을 갖는다.

'추워서 코가 새빨간 아가'가 기약 없이 엄마를 기다리는 모습은 애처로움의 정서를 전한다. 이러한 정서는 열린 결말임에도 아가가 엄마를 만나지 못할 것이라는 추측을 하게도 한다. 그러나 이태준에게 유년동화라는 장르가 충족의 아동상과 맞닿아 있다는 점, 아가가 마지막에 만난 차장의 다정한 말과 행동에서 결국 엄마와 아가는 만나게 될 것이라는 희망적 결말을 예상할 수 있다.

기다림은 만남을, 만남의 대상을 전제로 한다는 것만으로도 희망적일 수 있다. 어린 시절에 부모를 잃은 이태준에게는 더욱 그러했을 것이다.[49] 작품 전반에 나타난 기다림, 아가와 엄마의 만남의 '지연'은 애

---

49 이태준은 「내게는 왜 어머니가 없나?」라는 산문에서 일본의 한 시인은 늙은 어머니를 업고 그 가벼움에 애처로움을 느꼈다는 이야기를 두고, 자신은 차라리 그 시인의 처지가 부럽다며 낙엽처럼 가벼워도 늙은 어머니를 한번 업어드리는 것이 소원이라는 이야기를 한다. 부

틋함과 절실함을 더한다. 이러한 애틋함을 통해 아가와 엄마의 둘만
의 관계는 더욱 공고해진다. 이태준 유년동화의 특성, 엄마와 아이 둘
로서 충족된 세계를 역설적으로 보여 주는 것이 바로 「엄마 마중」인
것이다.

이처럼 이태준은 유년동화의 특성을 바탕으로 충족의 내면아이를
구현하고 있다. 앞서 창작했던 소년소설의 결핍의 내면아이라는 아동
상과는 대조적인 것이다. 또한 결핍에서 충족이라는 아동상의 방향성
을 보여 주기도 한다. 이와 같은 사실들을 통해 다음과 같은 추측이
가능하다.

첫째는 그의 아동문학 창작의 원동력과 이 고아 의식의 아동-되기
가 직접적인 관련이 있다는 점이다. 혹자는 이태준이 아동문학을 창
작하게 된 이유로 방정환과의 교우를 들기도 한다.[50] 물론『어린이』
발간에 주도적 역할을 한 방정환의 영향력을 무시할 수는 없다.

그러나 이태준에게는 고아 의식이라는 아동-되기의 근원이 존재했
고, 방정환과의 만남이 계기가 되어 이를 발현할 수 있게 된 것으로
볼 수 있다.[51] 그는『학생』의 편집자이면서 1929년에서 1930년 초중

모에 대한 이태준의 그리움이 매우 뿌리 깊은 것임을 확인할 수 있다. 이태준, 「내게는 왜
어머니가 없나?」,『책만은 책보다 冊으로 쓰고 싶다』, 서울: 예옥, 2008, 72~74쪽.

50 박헌호는 이태준이 작가로서 활동을 본격화하는 시기에 왜 동화를 많이 발표했는지에 대
한 의문을 제기한다. 그리고 그의 아동문학 창작 동기를 방정환과의 각별한 교우 관계로 설
명한다. 특히 방정환의 추도문을 이태준이 발표했다는 점과 해방 이후 연재했던 장편『불
사조』에서 방정환의 활동이 그려지고 있다는 점, 그리고 방정환이 세상을 떠난 1931년 7월
이후에 이태준의 작품에서 동화류를 발견하기 어렵다는 점을 근거로 들고 있다. 이는 이태
준의 후기 작품 「엄마 마중」 등이 발굴되기 이전의 견해로 이태준과 방정환의 특별한 관계
를 중심으로 설명하고 있다. 방정환이 아동문학 창작에 있어 이태준에게 큰 영향을 주었을
것이라는 추측은 가능하다. 하지만 이태준 자신의 자전적인 이야기들이 그의 작품 주류를
이루었다는 것은 이태준의 아동문학은 매우 개인적인 것임을 의미하는 것이다. 박헌호,『이
태준과 한국 근대소설의 성격』, 118~120쪽 참조.

51 「눈물의 입학」은 이태준의 상경기로, 「몰라쟁이 엄마」는 부모를 잃은 트라우마를 글쓰기로
치유하려는 의지를 보인다는 의견도 있다. 또한 이태준의 고아 의식은 아동문학 작품들을
창작하게 된 원인이며 비극적인 세계 인식을 배태한 근본적인 이유가 되었다는 의견 등 역

반까지 집중적으로 아동문학 작품을 창작하는 의욕적인 모습을 보이는데 이는 이태준 어린 시절의 고아 체험과 그로 인한 상처에서 비롯된 것이다. 많은 작품들에서 일관되게 나타나는 '엄마와 자식의 이별' 모티프가 이를 증명한다.

둘째, 고아 의식을 문학적으로 형상화해 가는 과정을 통해 긍정적으로는 고아 의식을 극복했지만, 역설적으로 아동문학 창작의 원동력은 상실했을 것이라는 점이다. 특히 「꽃장사」에서 부모에 대한 상실감과 고아라는 운명에 대한 원망을 넘어선 극복 양상이 잘 나타나 있다. 그의 고아 의식은 인식의 변화 과정을 거쳐 극복의 단계에 이르게 된다.

이 결핍과 충족의 내면아이는 작가 개인의 어린 시절을 바탕으로 찾아낸 아동에 대한 앎이라는 점에서 민족의식과 계급성의 아동상을 구현했던 방정환, 이주홍과는 또 다른 지점에서 새로운 흐름을 만들어 냈다는 데 의미가 있다.

그러나 이것이 '집단'과 '개인'으로 양분되는 것은 아니다. 민족의식과 계급성의 아동상은 민족 공동체를 실현하는 일원이라는 점에서는 개인적이다. 이태준의 고아 의식은 당시 나라 잃은 민족이 느꼈던 상실감으로의 치환이 가능하다.[52] 이는 개인은 집단에 속할 수밖에 없

시 이태준의 아동문학 창작의 동기를 자전적 요소에서 찾고 있다. 최명표, 『이태준 동화선집』, 서울: 지식을만드는지식, 2013, 123~128쪽 참조; 김화선, 「이태준의 초기 아동문학 작품 연구」, 17쪽 참조.

[52] 김윤식은 국가 의식의 상실감을 부의식 상실감으로 파악하였다. 유교 사회의 전통 군사부일체(君師父一體)에서 비롯된 것이다. 아버지에 대한 그리움이나 민족 해방의 열망, 어머니에 대한 집착이나 민족적 정서 등이 작품이나 공연으로 표현되는 것을 부의식 상실과 고아 의식으로 분석할 수 있다고 한다. 또한 이태준의 행적을 당시 식민지 시대의 소년소녀와 동일시한 것이며, 그의 고아 의식을 개인적이면서도 국토를 강점당한 식민지민으로서의 중첩된 상실감으로 보기도 한다. 김윤식, 『한국근대문학사상비판』, 서울: 일지사, 1978, 9쪽 참조; 최명표, 「상고주의와 고아 의식의 원형」, 『이태준 동화선집』, 서울: 지식을만드는지식, 2013, 123~128쪽 참조.

고, 집단에 속하더라도 개인성을 띨 수밖에 없는 개인의 복잡다단한 측면을 설명해 주는 것이다.

2. 기쁨의 존재

1) 일상과 자연의 세계

현덕 작품에 대한 평가에는 '사실주의'와 '동심' 같은 표현이 공통적으로 들어간다. 즉 이를 어떻게 결합시키고, 이를 어떤 관점에서 바라보느냐에 따라 그에 대한 평가가 엇갈리게 되는 것이다.[53] 그러나 이러한 가치 판단을 배제한다면 이 자체가 현덕에 대한 평가가 된다. '사실주의 시각에서 동심을 그려낸 작가'로 이야기할 수 있는 것이다. 특히 시종 객관적 시선을 유지하는 "얄미웁도록 첨예한 관조자"[54]로서 아동의 말과 행동을 그려내 완성한 아동상은 현덕 작품의 가장 큰 특징이다.[55]

관조자로서 포착해낸 그의 아동상은 이태준과의 관계를 빼놓고 이야기하기 어렵다. 현덕의 등단작 「고무신」은 이태준의 「몰라쟁이 엄마」와 등장인물과 서사의 전개 등이 매우 흡사하다.[56] 또한 「몰라쟁이

---

53 현덕의 '사실주의'에 대해서 이재철은 아동의 인생에 인화되는 차원 높은 희망감이나 미래에의 꿈을 전혀 찾아볼 수 없다고 비판했으나 이재복은 현실 공간 안에 참된 놀이 공간을 만들어낸 사실동화의 본보기로 긍정적인 평가를 내리고 있다. 이재철, 『한국아동문학작가론』, 143~144쪽.; 이재복, 『우리 동화 이야기』, 우리교육, 2004, 201쪽.

54 박산운, 「玄德 著 童話集 『포도와 구슬』」, 『현대일보』, 1946.6.20.

55 원종찬은 현덕은 유년기 아동의 의식과 행동이 공상 또는 놀이와 이어진다는 사실을 정확하게 잡아내고 있었다고 설명한다. 어려운 형편으로 사촌 누나 집을 다니며, 아이들을 돌보았던 경험이 그 바탕이 되었을 것으로 추측하고 있다. 원종찬, 『한국 근대문학의 재조명』, 서울: 소명출판, 2005, 152쪽 참조.

56 「고무신」에서는 아버지의 부재가 직접적으로 설명된다. '아버지의 부재'는 이태준의 후기 작품에서처럼 엄마와 아이 '둘만의 존재'를 통해 완전한 세계를 이루도록 하는 전제가 된다.

엄마」의 주인공 노마는 현덕의 아동문학 대부분에서 주인공으로 나온다. 현덕에게 영향을 준 「몰라쟁이 엄마」에서는 이태준의 내면아이가 원하는 바가 충족되고 있다. 이태준의 충족의 내면아이는 밝고 행복한 아동의 모습으로 나타난다. 현덕 역시, 이러한 아동의 모습에 주목해 객관적이고 섬세하게 관찰한 결과로 아동의 심리와 세계를 성공적으로 그려냈다.

무엇보다 '노마'로 대변되는 현덕의 아동은 낙천성을 띠고 있다. 특히 현덕이 발견한 낙천성은 도스토예프스키의 작품에서 기인한 것으로 보인다. 당시 제일고보를 중퇴했던 현덕은 경제적으로도 심리적으로도 어려운 시기를 맞는다. 염인증으로 거리를 나가기 두려워했던 현덕은 특히 도스토예프스키의 소설에 관심을 갖게 된다.[57]

> 도스토예프스키는 기실 『백치』의 주인공 무이쉬킨의 성격과 같아서 어린 아이처럼 선량하고 천진했다. 그리고 어린아이처럼 어떠한 곤란한 경우에서도 자기의 기쁨을 만들 수 있어 '언제든 살아나갈 준비'를 하는 거기가 또 좋았다.
>
> (…중략…) 현실을 밑바닥으로 밑바닥으로 파가면서도 허무에 이르지 않은 것도 그 낙천주의에 위함이 아니든가. 나는 그 낙천주의가 또 좋았다.[58]

현덕이 생각한 낙천성은 "어떠한 곤란한 경우에서도 자기의 기쁨을 만들 수" 있는 것을 뜻한다. 낙천성이 있어 허무에 이르지 않을 수 있다고 생각한 것이다. 현덕은 그 낙천성을 아동에게서 '발견'했고 있는 그대로 그려냈다. 현덕에게 아동은 낙천성 그 자체였기 때문이다. 현덕은 낙천적 존재인 아동에 대한 동경으로 아동-되기를 구현한다.[59]

---

57 원종찬, 『한국 근대문학의 재조명』, 71~72쪽 참조.
58 원종찬 엮음, 『현덕 전집』, 역락, 2009, 603~604쪽.

이때 -되기의 블록은 일상과 자연의 세계가 된다. 이는 낙천성이 특별한 상황에서 발현되는 것이 아니라는 것, 일상의 기쁨을 강조하는 것이기도 하다.

「바람은 알것만」, 「귀뜨라미」, 「바람하고」에서는 아동의 눈으로 바라본 자연의 세계를 그리고 있다. 현덕은 이를 관찰자 시점에서 바라보면서 시적으로 표현하고 있다. 「바람은 알것만」의 등장인물들에게는 이름이 주어지지 않고 분홍치마, 노랑치마, 파랑치마로 나온다. 각기 다른 색의 치마를 입은 아이들은 똑같이 솜사탕 장수를 기다린다. 아이들에게 어디선가 솜사탕 장수의 북소리가 들린다. 아이들은 그 소리를 바람이 실어 온다고 생각한다.

　　―둥둥둥 둥둥둥.
　　―둥둥둥 둥둥둥.
　　솜사탕 장수 북소리가 납니다. 그 소리를 바람이 집웅너머로 실려 옵니다.[60]

바람이 지붕 너머에 있는 솜사탕 장수의 북소리를 실어 온다는 생각은 아동이 자연을 인식하는 방법을 보여 준다. 멀리서 솜사탕 장수가 치는 북소리가 들리는 것을 아이들은 이해하기도, 논리적으로 설명하기도 어렵다. 그래서 아이들은 자신들이 알고 있는 사물 안에서

---

59 이 절에서 살펴볼 현덕의 작품은 유년동화로 한정할 것이다. 이오덕은 『동화를 어떻게 쓸 것인가』에서 현덕 작품에 대해 '다시 살려야 할 뛰어난 유년동화의 고전'이라 평한 바 있다. 또한 이재복은 '건강한 놀이공간을 만들어내는 사실동화의 본보기'로 그 의의를 제시했다. 이처럼 소년소설보다 유년동화에서 그의 개성과 문학적 성취도가 더욱 잘 드러난다는 점에서 유년동화로 그 범위를 한정한 것이다. 이와 함께 특히 놀이와 낙천성이 중심이 되는 작품들을 선정하였는데 그의 아동-되기는 낙천성에서 비롯되었으며, 이 낙천성은 바로 놀이로 구현된다는 점을 고려한 것이다.

60 현덕, 「바람은 알것만」, 《소년조선일보》, 1938.5.29.

자연을 이해하려고 한다. 바람은 장소나 계절에 상관없이 언제든 느낄 수 있는 자연이다. 이는 아이들에게도 마찬가지다. 이곳저곳을 자유롭게 다니는 바람이라면 멀리에서 나는 소리도 '실어' 올 수도 있다고 생각한 것은 아이들의 인식 안에서 이해를 했기 때문이다.

　이러한 생각들은 상식적이고 논리적인 설명에서 벗어나 있지만, 오히려 그들의 인식 범위 안에서 세워지는 아이들만의 세계를 느끼게 한다. 현덕이 작품에서 표현하고자 했던 것 역시 아이들의 일상과 자연이라는 소박한 세계였다.

　아이들은 '바람에 실려 오는' 솜사탕 장수의 북소리를 듣고 솜사탕 장수가 오기를 기다린다. 기름 장수와 막동 어머니를 만났을 때 솜사탕 장수가 어디 있는지 묻는다.

　　세 아이는 차례차례 묻습니다.

　　분홍 치마솜—사탕 장수 어덧는거 봤수.

　　기름 장수—나 몰라.

　　노랑 치마솜—사탕 장수 어덧는지 봤수.

　　기름 장수—나 몰라.

　　파랑 치마—솜사탕 장수 어덧는지 봤수.

　　기름 장수—난몰른대두.

　　그래두 여전히

　　—둥둥둥 둥둥둥.

　　—둥둥둥 둥둥둥.

　　솜사탕 장수 북소리가 납니다° 바람이 그 소리를 집웅 너머로 실어 옵니다.

기름 장수와 막동 어머니에게 솜사탕 장수를 보았냐고 묻는 건 '어디선가' 온 그들은 분명 솜사탕 장수가 있는 곳일 것이라는 아이들의 '믿음' 때문이다. 아이들이 알고 있는 자신들이 있는 이곳이 아닌 저곳, 눈에 보이지 않는 그 어느 곳에 바로 솜사탕 장수가 있다.

아이들은 기름 장수와 막동 어머니가 어디서 왔는지 모른다. 솜사탕 장수가 있는 곳도 잘 모른다. 아이들이 잘 모르는 미지의 장소라는 공통점을 갖고 있다. 결국 아이들에게는 기름 장수와 막동 어머니가 온 곳과 솜사탕 장수가 있는 곳은 '똑같은' 공간이 된다. 그런데 기름 장수도 막동 어머니도 솜사탕 장수가 있는 곳을 모른다. 이제 솜사탕 장수가 어디 있는지는 북소리를 실어 온 바람만이 알 뿐이다. 그래서 분홍 치마, 노랑 치마, 파랑 치마의 세 아이는 기름 장수와 막동 어머니에게 물었던 것처럼 이제 바람에게 솜사탕 장수가 어디 있는지를 묻는다.

바람은 '둥둥둥' 하는 솜사탕 장수의 북소리만 가져올 뿐이지만 아이들이 바람에 실려 오는 북소리만 들으며 계속 기다리는 모습은 그들이 하나의 놀이를 하고 있음을 알게 해준다. 이는 바람이 전해 오는 소리를 느끼며 자연과 함께하는 놀이고 언젠가는 솜사탕과 함께 나타날 솜사탕 장수를 기다리는 놀이기도 하다.

'바람'을 소재로 한 또 다른 작품으로는 「바람하고」가 있다. 노마와 기동이, 영이, 똘똘이의 바람과의 놀이는 더욱 역동적이다. 아이들이 바람에 떠밀려 뛰어가는 것을 바람과 함께 노는 것으로 표현하고 있다.

> 웅웅 하고 바람이 골목을 울리며 다라납니다. 노마도 웅웅, 바람우는소리를 하며 두루마기 자락을 올려 머리우에 벌려쓰고 골목을 달립니다.[61]

---

61 현덕, 「바람하고」, 《소년조선일보》1929.1.29.

아이들은 바람을 입과 손, 발이 있는 의인화된 존재로 생각한다. 눈에 보이지는 않지만 그들을 미는 힘을 가진 바람은 사람처럼 입과 손, 발을 가진 실체가 있는 존재로 인식하고 있는 것이다. 그래서 이들은 바람이 어떻게 생겼는지를 상상해 본다. 노마는 노마처럼 생겼을 것이라고 생각하고 다른 아이들도 자신을 닮았을 것이라고 생각한다. 아이들인 자신들을 닮았기 때문에 바람이 골목을 달린다고 생각하는 것이다.

아이들과 바람 사이에는 자유롭게 뛰어다니는 유사성이 있고, 이 유사성은 아이들의 인식의 범위 안에서 성립한다. 바람이 반대로 불어 노마와 친구들이 뛰어가는 것을 방해해도 바람의 '장난'이라고 생각한다. 바람이 불어 빠르게 뛰어갈 수 있어도, 바람이 반대로 불어 뛰어가기 어려워도 노마와 친구들에게는 모두 바람과 함께 즐겁게 노는 것이다. 현덕이 말한 "어떠한 곤란한 경우에서도 자기의 기쁨을 만들 수 있"다는 것은 아이들이 이처럼 어떠한 상황에서도 놀이로 즐거움을 만들어내 그 상황을 즐긴다는 것과 의미가 통한다. 또한 그렇기 때문에 낙천성을 가질 수 있게 된다. 현덕의 작품에서 '놀이'는 낙천적 색채를 띤 아이들과 잘 어울리는 짝을 이룬다.

「귀뜨라미」에서도 자연과 하나가 되는 아동을 볼 수 있다. 동시에 아동의 자기중심적 사고를 명료하게 드러내기도 한다. 해가 질 무렵 들리는 귀뚜라미 소리를 들으며 노마와 친구들은 각자의 생각에 빠진다. 노마와 다른 친구들의 생각을 하나씩 보여 주는데, 이는 인물과 그들의 생각을 표현하는 데 있어서는 변화가 있지만 유사한 문장 구조와 동일한 어휘의 사용은 반복의 효과를 준다. 시적 운율감을 느낄 수 있는 것이다.[62]

노마는 귀뚜라미 소리를 들으며 귀뚜라미 마음이 되어 본다. 노마는 귀뚜라미를, 귀뚜라미는 노마를 닮아간다. 그렇게 귀뚜라미와 하나가 된 노마는 귀뚜라미에게 자신의 마음을 그대로 투영시킨다.

응달 축대 밑에서 귀뜨라미는 점점 노마를 닮아갑니다. 응달 축대 앞에서
점점 노마는 귀뜨라미를 닮아갑니다. 그래서 노마는 점점 귀뜨라미 마음이
알아졌습니다. 축대 밑에서 귀뜨라미는 지금 노마처럼 어서 아버지가 돌아
오기를 기다립니다. 그래서 어서 어서 어서하고 어서 돌아오라고 그럽니다.[63]

아버지가 빨리 돌아오기를 바라는 것은 노마의 바람이다. 노마는
귀뚜라미도 노마처럼 아버지가 돌아오기를 기다린다고 생각한다. 노
마의 친구들도 마찬가지다. 영이는 어서 밤나무의 밤이 익기를 기다
리고, 똘똘이는 키가 크기를 바란다. 그리고 귀뚜라미도 같은 마음이
라고 생각한다. 노마와 친구들과 귀뚜라미는 서로를 닮아 있기 때문
이다. 현덕이 보는 아이들은 자연과 하나가 될 수 있는 공감하는 마음
을 지닌 존재였다. 특별한 것 없는 일상과 자연의 세계, 그 소박한 세
계는 현덕 작품에 나타난 아동-되기의 블록이며 동경의 아동-되기,
낙천성의 놀이자가 존재하는 곳이다.

2) 놀이와 낙천성

현덕의 작품은 아동, 특히 유아의 일상을 그리고 있는데 이때 놀이
가 큰 비중을 차지한다. 학교에 들어가기 전의 연령인 유아에게는 그

---

[62] 유년동화의 특징은 다음과 같다. 고학년 동화보다 사건이 중시되어야 하며, 그 구성에 있어
단순하고 명쾌해야 한다. 또한 문장은 짧고 율동적이어야 하고 지성보다 감관에 호소하는
요소를 가지고 있어야 한다. 현덕의 유년동화는 이러한 요소들을 잘 충족시키고 있으며, 특
히 반복 등을 통한 운율을 살린 문장이 운문을 읽는 듯한 느낌을 준다. 유년동화의 특징에
대해서는 다음 글을 참고하였다. 이재철, 『아동문학개론』, 서문당, 2003, 153~156쪽 참조.
[63] 현덕, 『포도와 구슬』, 정음사, 1946, 22쪽.

들의 생활 자체가 곧 놀이기 때문이다. 노마와 친구들이 하는 놀이는 대단하거나 특별한 것이 아니다. 「고양이」에서는 고양이 흉내 놀이를 하는 노마와 친구들이 나온다.

> 노마는 고양이 모양을 하고 고양이 목소리를 하고 그리고 고양이 가던데를 갑니다. 그러니까, 어쩐지 노마는 고양이처럼 되어지는 것 가튼 생각이 들엇습니다. 똘똘이도 그래젓습니다. 영이도 그래젓습니다.[64]

특별한 장소나 놀이 도구가 없어도 노마와 친구들은 놀이를 할 수 있다. 앵두나무 밑으로 지나가던 검은 도둑고양이처럼 행동하는 것이다. 아동은 자신이 속한 세계에 대한 알고 싶어 하는 마음이 크다. 그렇기 때문에 강한 호기심을 갖고 있다. 호기심을 갖고 주변을 관찰하고 새로운 것들을 발견한다. 노마와 똘똘이, 영이는 고양이 모습과 소리를 따라 하다 보니 정말로 고양이가 된 듯한 생각이 든다. 고양이를 흉내내며 지금 나와는 다른 무엇 되기는 일상을 벗어난다는 점에서 하나의 놀이다. 놀이의 가장 큰 특징이 일상성을 벗어나는 것이기 때문이다.

「귀뜨라미」에서 노마와 친구들이 귀뚜라미를 닮아간 것처럼 고양이를 따라 하면서 "아주 고양이가 된"다. 이러한 강한 동일시는 아동들이 상대적으로 공감적 정서가 뛰어남을 보여 주면서 흉내내기 놀이의 몰입도를 높이는 역할을 한다.

고양이를 흉내내는 것이 아니라 아예 고양이가 되었다는 것은 일상과의 강한 분리를 의미한다. 아주 고양이가 된 노마와 친구들은 굴뚝 뒤에서 쥐를 기다리고 장독간 주변에서 닭을 노리기도 한다. 노마는

---

64 현덕, 「고양이」, 《소년조선일보》, 1940.2.18.

자신은 고양이가 되었으니 어머니에게 꾸중들을 일이 없다는 데 생각이 미치자 마음이 기쁘기까지 하다. 혼이 나도 고양이처럼 달아나면 그만이라고 생각한다. 나 아닌 다른 대상이 되어 '노마'라는 자신을 벗어난 자유와 즐거움을 마음껏 누리는 것이다.

노마와 친구들은 저녁 반찬인 북어를 "입으로 북북 뜯어 나눠" 먹다가 어머니에게 혼이 난다. 그러나 노마가 혼이 나면서도 고양이처럼 달아나며 "아옹, 아옹" 하는 울음소리를 내는 마지막 장면은 이들 놀이의 절정을 보여 준다. 엄마에게 혼이 나면서도 놀이의 세계에 머물고자 하는 욕망이 극대화되어 보여지기 때문이다.[65]

「싸전가개」에서는 아동이 사는 세상을 더욱 사실적으로 모사하는 놀이를 한다. 노마와 영이는 싸전 가게를 벌인다. 노마는 싸전 가게 뚱뚱보 영감이 되고 영이는 영이 할머니가 되어 쌀을 팔고 산다. 이때 쌀은 가루 흙이고 돈은 모래다. 진짜 쌀과 돈이 없으니 흙과 모래로 이를 대신하는 것인데, 이는 아이들이 현실 세계를 모사할 때 그들만의 규칙을 정해 놀이를 함을 보여 준다.

노마와 영이가 벌인 싸전 가게라는 놀이 세계에서는 흙은 쌀이, 돈은 모래가 된다. 또 노마는 싸전 가게 주인 뚱뚱보 영감을 흉내 내는데 뚱뚱보 영감이 하듯이 두 팔을 걸어 부치고 "―싸구려. 싸구려. 막 파는구려."라는 말까지 그대로 따라한다. 영이 역시 할머니가 하는 것처럼 "꼬부랑 꼬부랑" 걸어 노마에게 산 '쌀'을 담 밑 응달에 모은다. 이들의 놀이 세계는 이처럼 세상에 대한 뛰어난 관찰력을 바탕으로 한다. 현덕은 자신의 주관을 개입시키지 않고 아동이 펼치는 놀이를

65 방재석 · 김하영은 현덕의 유년동화를 카이와의 분류를 참고하여 아곤(경쟁)과 미미크리(재현)로 나누어 살펴보았다. 이 중 미미크리 놀이는 대상에 자신을 동일시하여 심리를 표현하는 것을 그 특징으로 제시하고 있다. 방재석 · 김하영, 「현덕 유년동화의 놀이 모티프에 나타난 현실 인식─노마 연작을 중심으로」, 『동화와 번역』 제30집, 동화와 번역연구소, 2015, 171~193쪽.

투명한 렌즈로 비춰 내고 있다.

싸전 가게 놀이가 계속되면서 노마의 흙 쌀은 점점 줄어들고 영이의 '광'에 흙 쌀은 점점 늘어난다. 이 대조되는 과정을 현덕은 운율감을 살리며 생생하게 그려내 놀이의 재미를 느끼게 해준다.[66]

> 영이네광엔 야금야금 쌀이 느려갑니다. 노마네 가개엔 야금야금 쌀이주러
> 갑니다. 그리고 몰래 돈이 야금야금 너러갑니다. 그럴수록 영인에광엔 쌀이
> 느러 갑니다. 그럴수록 노마네 가개엔 돈이 느러갑니다. 돈이너러 갈수록 쌀
> 은 주러갑니다. 주러갑니다. 느러갑니다. 너러갑니다. 주러갑니다.[67]

노마와 영이가 쌀을 사고파는 놀이 장면을 반복해서 보여 주는 것이 아니라, 그 결과물인 흙 쌀과 모래 돈이 줄어들고 늘어나는 대조의 관계를 '줄어듭니다'와 '늘어납니다'라는 어휘를 중심으로 나타낸다. 이 두 어휘의 반복으로 느껴지는 운율감은 노마와 영이의 싸전 가게 놀이의 흥겨움을 부각시킨다. 유년동화가 갖추어야 할 요소로 이야기되는 간결함과 운율감을 살려 유년 독자에게 친근하게 다가갈 수 있는 텍스트의 장점을 살리면서 흥겨운 놀이의 세계를 함께 그려내고 있다.

노마의 쌀이 조금씩 줄어들고 영이의 쌀은 조금씩 늘어나기를 반복하면서 노마는 쌀을 다 판다. 하지만 놀이는 끝나지 않는다.[68] 노마에게는 모래 돈이 많고 영이에게는 흙 쌀이 많기 때문이다. 이제는 서로

---

66 "동화 문학에서 반복과 상승은 경이로운 분위기를 조성하여 독자들로 하여금 줄거리에 몰
   두하게 하는 효과가 있다. 특히 어린아이일수록 말이나 단어 또는 행위의 반복이 습관적이
   기 때문에 동화에서 반복 효과는 그만큼 크다 하겠다." 이성훈, 『동화창작』, 건국대학교출
   판부, 2014, 176쪽.
67 현덕, 「싸전가게」, 《소년조선일보》, 1938.7.10.
68 가다머는 '왕복운동'을 통해 놀이의 본질을 이해할 수 있다고 한다. 이 왕복운동은 수행의
   주체가 중요하지 않다. 놀이의 왕복운동은 목적도 의도도 없으며 긴장 없이 일어난다는 것

역할을 바꾸어 영이가 흙 쌀을 팔고 노마가 모래 돈으로 흙 쌀을 산다. 싸전 가게 놀이는 쌀을 모두 팔면 끝나야 한다. 그러나 노마와 영이의 싸전 가게 놀이는 쌀을 모두 팔았을 때 끝나는 것이 아니다. 놀이를 하고 싶은 마음이 있는 한, 싫증이 나지 않는 한 그들의 놀이는 계속된다. 현덕은 '놀이를 지속하고자 하는 자발적 의사'야말로 아동이 펼치는 놀이 세계의 가장 중요한 원칙임을 포착해내고 있다.

「너구 안노라」에서도 놀이의 원칙이 나타나 있다. 놀이를 하기 위해서는 놀이를 함께하겠다는 합의가 선행되어야 한다는 것이다. 「너구 안노라」에서 영이는 혼자서 소꿉놀이를 재미있게 하고 있다. 영이가 "조갑지로 소를 걸고 흙으로 밥을 짓[69]"는 담 밑은 "허구적인 하나의 닫힌 세계[70]"로 일상과 분리된 놀이의 공간이다. 똘똘이는 그 놀이의 세계에 들어가고 싶지만 영이는 이를 거부한다. 둘레에 둥그렇게 금을 긋고 그 안에는 발 하나 들여놓지 못하게 함으로써 놀이의 세계에서 배제한다. 똘똘이는 놀이를 하고 싶은 마음은 있으나 그 세계에 들어가지 못하는 경계선에 서 있다. 그리고 놀이의 세계 안에 들어가기 위해 영이의 마음을 바꾸려고 한다.

마침내 똘똘이는 그런 얼굴로 보고만 섯다가 일을 여럿습니다.

『접대 우리집에 왔을 때 너 떡줫지』

『그까진 수수떡조금』

『그럼 어저껜 기동이하고 울 때 내가 네편 들엇지』

『누가 널보고 내편들냇서』

이다. 배상식, 「H.-G. 가다머의 '놀이'개념: 도덕교육적 함의를 중심으로」, 『철학논총』 제74집, 새한철학회, 2013, 253쪽.
69 현덕, 「너구 안노라」, 《소년조선일보》, 1939.2.14.
70 로제 카이와, 『놀이와 인간』, 문예출판사, 1994, 47쪽.

똘똘이는 영이에게 잘해 주었던 '지난 일'들을 이야기하며 놀이의 세계에 들어가려고 한다. 그러나 영이에게 이미 지나간 일들은 중요하지 않다. 그 일들로 똘똘이와 놀고 싶은 마음이 생기지는 않는 것이다. 오히려 똘똘이가 함께 놀고 싶어 할수록 영이는 뽐내며 할 수 있는 소꿉놀이가 더욱 재미있다. 영이가 혼자서 재미있게 소꿉놀이를 할수록 똘똘이는 놀고 싶은 마음이 더욱 커진다.

똘똘이는 이제 '미래의 일'을 약속하며 함께 놀자고 한다. 자기하고 놀면 생일에 떡을 많이 주겠다고도 하고, 화신상 갈 때 데려간다고도, 또 나중에 과자를 사서 주겠다고도 한다. 하지만 영이의 마음에 안 차기는 마찬가지다. 똘똘이의 약속은 아직 일어나지도 않았고 눈앞에 보이지 않는 미래의 일로 영이에게는 실감 나지 않는다. 그래서 생일날 떡 할 걸 어떻게 기다리며 또 사지도 않은 과자를 어떻게 아냐고 되묻는 것이다.

다시 혼자만 재미있게 소꿉놀이를 하는 영이를 보며 똘똘이는 "할 수 없이" 유리구슬을 건네며 자기하고 놀면 유리구슬을 주겠다고 한다. "할 수 없이"라는 표현을 봤을 때, 똘똘이에게 유리구슬은 무척 아끼는 마지막까지 주고 싶지 않았던 놀잇감이었을 것이다.

이 유리구슬을 주었다는 것은 소꿉놀이를 하고 싶다는 마음이 더욱 커졌음을 의미한다. 과거도, 미래의 것도 아닌 지금 눈앞에 보이는 유리구슬은 영이의 마음을 움직인다. 영이는 '금 안', 즉 놀이의 세계 안으로 똘똘이를 "손님"처럼 귀하게 맞아들인다. 마침내 놀이를 하고 있는 영이와 놀이를 하고 싶어 하는 똘똘이 사이에 합의가 이루어진 것이다.

이때, 영이가 똘똘이를 '손님'처럼 맞아들인 이유는 유리구슬을 받았기 때문이지만, 더욱 정확히는 유리구슬을 받고 똘똘이와 '놀고 싶은 마음'이 생겼기 때문이다. 이는 놀이가 자유롭고 자발적인 행위라는 점을 생각할 때 매우 중요하다. 놀이하고 싶은 마음은 놀이를 시작하게도 하며, 이 마음이 사라지면 언제든지 놀이를 중단할 수도 있다. 또한 영이가 과거나 미래의 일에는 마음이 바뀌지 않다가 지금 눈앞에 보이는 유리구슬을 받고 놀고 싶은 마음이 생겼다는 것은 놀이가 현재적 행위임을 보여 주는 것이기도 하다.

「새끼 전차」에서도 똘똘이처럼 함께 놀이를 하고 싶어 하는 기동이가 나온다. '새끼 전차'는 일렬로 선 아이들을 기다란 새끼줄로 둘러서 타고 내리는 것이다. 새끼줄로 전차의 모양도 흉내냈지만 놀이를 탈 때도 실제 행동을 그대로 따라하고 있다. 노마와 만이가 운전수와 차장 노릇을 한다. 다른 친구들은 손님이 된다. 새끼 전차를 탈 때는 모래 돈 다섯 닢을 내고 종이표를 사야 한다. 이는 현실 세계에 대한 모사이며 이들 놀이에서 꼭 지켜야 하는 규칙이다. 놀이의 규칙은 놀이의 존재 근거이며 놀이를 지속시키는 힘이다. 이처럼 놀이에서 규칙이 중요한 이유는 놀이의 세계가 현실이 아닌 허구의 세계기 때문이다. 이는 허구의 세계를 규칙이라는 기둥이 떠받치고 있는 것으로 비유할 수 있다. 놀이의 규칙이 지켜지지 않는다면 그 놀이의 세계는 파괴된다.

「새끼 전차」에서는 각자가 맡은 역할에 충실함으로써 놀이의 규칙이 지켜진다. 운전수 노마와 차장 만이는 목적지를 알려 주며 손님들을 태운다. 손님이 된 아이들은 모래 돈으로 종이표를 사고, 이 종이표를 내고 목적지를 말하며 새끼 전차를 탄다. 이처럼 놀이의 세계는 놀이참여자들의 일사불란한 움직임으로 이루어진다. 그런데 이 놀이의 세계에서 기동이는 '놀이 파괴자'[71]가 된다.

---

71 하위징아는 규칙을 위반하거나 무시하는 자를 '놀이 파괴자'로 정의하였다. 요한 하위징아, 『호모 루덴스』, 연암서가, 2010, 48쪽.

기동이는 새끼 전차를 타려고 모래 돈을 내지만 노마는 기동이를 태우지 않는다. 기동이가 모래 돈을 많이 낸다고 해도 소용이 없다. 기동이[72]가 옥수수 과자를 혼자만 먹고, 물딱총을 혼자서만 가지고 놀았다는 것이 그 이유다. 전술한 바와 같이 놀이는 자유롭게 자발적인 의사다. 놀고 싶은 자발적 마음이 놀이를 가능케 하는 것이다. 기동이는 놀고 싶지만 노마는 기동이와 놀고 싶지 않다. 이들 사이에는 함께 놀고 싶다는 마음의 일치가 필요한 것이다. 그것은 놀이의 가장 중요한 원칙이며 전제 조건이 된다.

영이가 금을 그어 똘똘이를 들어오지 못하게 한 것처럼 노마는 새끼줄 안에 기동이를 들어오지 못하게 해 그를 놀이의 세계에서 배제한다. 놀이 세계로의 편입에 실패한 기동이는 두 팔을 벌려 새끼 전차 앞을 막아선다.

이번에도 기동이는 안 들일 작정. 그대로 전차는 떠납니다.
그러나 기동이는 저이 집 아피니까 기운이 나는 게지요.
『나 안 태면 못 가. 못 가』
하고 기동이는 두 팔을 버리고 전차아풀가루 막습니다.[73]

기동이는 차장인 노마의 말을 듣지 않고, 모래 돈으로 차표도 사지 않고 막무가내로 자신을 태우지 않으면 못 간다고 억지를 부린다. 기

---

72 현덕의 작품에서 기동이는 유일하게 유복한 집안의 아이로 나온다. 그렇기 때문에 좋은 물건이나 맛있는 음식을 혼자 먹으며 친구들 앞에서 뽐내는 장면도 자주 볼 수 있다. 이러한 기동이를 유산계급을 상징하는 인물로 보는 경우도 있다. 그러나 기동이는 뽐내는 것을 좋아하고 심술을 부리는 그 또래에게서 쉽게 찾아볼 수 있는 현실적 아동이기도 하다. 작품에서 기동이가 부잣집 아이로 나오는 것은 계급적 상징이라기보다 실제 현실의 반영으로 보인다. 그렇기 때문에 기동이 역시 노마와 친구들과 같은 평범한 아동으로 생각할 수 있다.
73 현덕, 「새끼전차」,《소년조선일보》, 1938.6.12.

동이는 새끼 전차 놀이의 규칙을 깨뜨리는 '놀이 파괴자'가 된 것이다. 하위징아는 "놀이 파괴자는 놀이를 잘못하거나 놀이를 속이는 자보다 죄질이 더 무겁다."[74]고 설명한다. 놀이 세계 존재 자체를 위협하기 때문이라는 것이다. 그 결과 놀이 주도자[75] 노마와 놀이 파괴자 기동이 사이에서 충돌이 일어난다. 노마는 기동이를 새끼로 말아 뭉갠다. 결국 기동이는 땅바닥에 주저앉아 울음을 터뜨리고 만다. 즉 '놀이 주도자' 노마가 이김으로써 새끼 전차 놀이는 계속됨을 알 수 있다.

「토끼와 자동차」는 놀이 도구가 없어도 자연과 하나가 되어 놀이하는 아동의 모습이 나온다. 작품의 시간적 배경은 눈이 내리는 겨울이다. 현덕은 여러 작품에서 자연을 의인화하는 표현을 사용하고 있는데 「토끼와 자동차」에서는 내리는 눈을 의인화하고 있다.

> 펄펄 눈은 노마도 하야케 만들고 시픈가 봅니다. 머리에도 어깨에도 잔등에도 하야케 나려 안습니다. 영이도 그러케만들고 시픈가 봅니다. 머리에도 어깨에도 잔등에도 하야케 나려 안습니다.[76]

이러한 의인화는 아동의 물활론적 사고를 반영하며, 눈의 마음을 표현해 서정적인 느낌을 준다. 눈이 노마와 친구들을 '자신처럼' 하얗게 만들고 싶은 것처럼 노마와 친구들도 '눈처럼' 하얗게 되고 싶어

---

74 요한 하위징아, 『호모 루덴스』, 48쪽.
75 '놀이 주도자'는 하위징아의 '놀이 파괴자'에 착안하여 본 연구자가 고안한 용어이다. "규칙을 위반하고 무시하는 자가 놀이 파괴자"라면 이와 대조적으로 놀이 주도자는 놀이의 원칙과 규칙을 전적으로 준수하는 자이며 놀이 존속에 긍정적이며 주도적인 영향력을 미치는 이라 할 수 있다. 놀이 주도자는 놀이를 시작하는 이일 수도 있고 놀이를 주도적으로 이끌어 가는 이일 수도 있다. 이 둘은 따로따로 존재할 수도 있고, 일치할 수도 있다. 새끼 전차 놀이의 주도자를 노마로 본 것은 노마가 놀이의 중심 역할인 운전수를 맡았으며, 기동이를 태울지 여부를 결정한다는 점이 근거가 되었다. 마지막에서 놀이 파괴자인 기동이와 대립하는 인물이 노마라는 것도 고려하였다.
76 현덕, 「토끼와 자동차」, 《소년조선일보》, 1939.1.1.

두 팔을 벌려 눈 내리는 하늘에 입을 벌리고 서 있다. 눈과 노마와 친구들은 하나의 마음인 것이다. 자연과 교감하는 아동의 모습을 그리고 있다. 그러나 노마와 친구들과는 달리 기동이는 눈처럼 하얗게 되지 않으려고 두루마기를 머리 위에 올려 쓴다. 그리고 자동차가 되어 노마와 친구들 사이를 뛰어다닌다. 노마와 친구들은 기동이처럼 자동차 놀이가 하고 싶어진다. 하지만 두루마기가 없기 때문에 자동차가 될 수 없다. 하지만 노마는 좋은 생각을 해 낸다.

그러다가 노마는 두루마기 없어도 자동차보다 더 좋은 걸 생각했습니다. 저고리 소매를 올려 토끼 귀처럼 머리 위에 오그려 붙이고 깡충깡충 토끼처럼 뛰었습니다.[77]

자동차는 될 수 없지만 저고리 소매를 토끼 귀처럼 올려 토끼가 된 것이다. 이는 현덕이 이야기한 "어떠한 곤란한 경우에서도 자기의 기쁨을 만들 수 있"음을 좋아했다는 말을 떠올리게 한다. 곤란한 상황에도 절망하지 않고 기쁨을 만들어 내는 아동의 '낙천적 기질'은 현덕이 발견해 낸 아동의 특성이다. 이러한 낙천성의 아동을 그려 냄과 동시에 유년동화라는 장르적 특성을 살려 현덕 특유의 아동문학 세계를 구축하고 있다.

노마와 친구들은 기동이와 누가 더 재미있게 노는지 경쟁하듯이 신나게 논다. 노마와 친구들은 기동이 앞에서, 기동이는 노마와 친구들 앞에서 자신의 놀이를 뽐내듯이 펼쳐 보인다. 경쟁을 통해 노마와 친구들과 기동이는 더욱 재미있게 놀 수 있게 된다. 이처럼 자신의 기량을 최대치까지 끌어올리도록 도와주는 경쟁은 놀이의 속성으로 이야

---

77 위의 글.

기되어진다.[78]

펄펄 눈은 자꾸만 나립니다. 펄펄 눈을 마즈며 노마 영이 똘똘이는 옥토끼
처럼 하야케되여서 깡충까충 뛰엿습니다. 자동차 기동이 아페서 토끼보다
더 자미잇게 하노라연해 뿡뿡 뿡뿡하고 부리나케 골목을 달립니다. 자동차
기동이는 자동차니까 거주붕뿡뿡뿡 하고 달리기만 하지만 노마 영이 똘똘이
는 토끼니까 그저 깡충 깡충뛰기만 하지 안습니다.

경쟁은 "주어진 분야에서 자신의 우수성을 인정받고 싶어 하는 욕
망"[79]의 발현이다. 욕망의 솔직한 표출은 본능적인 즐거움을 가져온
다. 경쟁은 노마와 친구들과 기동이가 마음껏 뛰어놀 수 있도록 하는
기폭제이자 안정망의 역할을 한다. 또한 노마와 친구들과 기동이의
경쟁은 그 자체로 놀이의 즐거움을 보여 주고 있는 것이다.

실컷 놀고 난 후, 자동차가 된 기동이는 토끼가 된 친구들이 더 부
럽게 느껴진다. 자동차는 달릴 수밖에 없지만 토끼는 구를 수도 씨름
을 할 수도 있기 때문이다. 노마와 친구들과 기동이의 경쟁에서 노마
와 친구들이 이긴 것이다. '어쩔 수 없는 곤란한 경우', 자동차로 만들
어 줄 두루마기가 없어도 저고리 소매로 토끼 귀를 만들어 토끼가 되
어 뛰어노는 낙천적 기질의 노마의 손을 들어준 것이다.

그러나 기동이는 자신이 진 것이, 노마와 친구들이 된 토끼가 부러
운 것이 속상하지 않다. 그리고 자신도 두루마기를 벗어던지고 저고
리 소매로 토끼 귀를 만들어 노마와 친구들 속에서 깡충깡충 뛰어노

---

78 "아곤(경쟁)은 개인 능력의 순순한 형태로 나타나며, 그 능력을 표현하는 데 도움이 된
다."(로제 카이와, 앞의 책, 41쪽)는 설명은 경쟁이 개인 역량에 미치는 긍정적 영향에 주목
한 것이다.
79 로제 카이와, 『놀이와 인간』, 40쪽.

다. 놀이의 묘미는 바로 여기에 있다. 승패보다 중요한 것은 즐거움이며, 그것이 놀이의 속성임을 알려 준다. 이는 어떤 상황에서도 즐거움을 찾는 아동의 낙천성이기도 하다.

「토끼 삼 형제」[80]는 '저고리 소매를 올려붙여 토끼 귀'를 만드는 놀이를 한다는 점에서 「토끼와 자동차」와 그 소재가 유사하다. 그러나 「토끼와 자동차」에서 놀이의 속성으로 경쟁을 다루었다면 「토끼 삼 형제」에서는 놀이의 또 다른 속성 "'일상적인' 혹은 '실제' 생활에서 벗어난 행위"[81]를 강조하고 있다.

노마는 내리는 함박눈을 보며 "오늘 처음으로 노마를 위해서 세상에 눈이라는 것이 내리는" 것 같다는 생각을 한다. 영이도, 똘똘이도 똑같은 생각을 한다. 눈이 내리는 자연 현상을 노마와 친구들이 자신을 위해서 내린다고 생각하는 것은 아동 특유의 자기중심적 사고를 바탕으로 한 것이다. "노마가 보고 아주 좋아하도록 세상은 모두 하얗게 되었"다는 표현도 마찬가지다.

노마는 하얗게 된 세상을 보고 '딴 세상' 같다고 느낀다. 그리고 자신도 '딴 사람'이 되어 '딴 장난'이 치고 싶어진다.[82] 노마의 이런 생각은 현실과 분리된 공간에서 비롯되었다고 볼 수 있다. 즉 새로운 놀이의 영역을 발견한 것이다. 눈이 내려 하얗게 된 다른 세상은 또 다른 놀이를 펼칠 수 있는 세계가 된다. 이 놀이의 세계는 "닫혀지고, 보호받고, 따로 잡아 둔 세계, 즉 순수 공간"[83]으로 설명된다.

---

80 이 작품은 1939년 3월 『소년』에 수록되었다. 본고에서는 1947년 조선아동문학협회에서 발간한 『토끼 삼 형제: 현덕 동화집』을 참고하였다.

81 요한 하위징아, 『호모 루덴스』, 42쪽.

82 노마가 생각하는 '딴 세상' 등은 카니발과 유사한 부분이 있다. "모두가 함께 어울리고 현실의 질서가 바뀌고 먹고 마시며 놀이와 수수께끼를 하고 가면을 쓰고 나를 감추고 새로운 모습으로 나를 드러낼 수 있는 시간"이기 때문이다. 이수경, 「『이상한 나라의 앨리스』: 카니발리즘의 시각으로 바라본 원작과 영화의 판타지공간 비교연구」, 『동화와 번역』 제21집, 동화와 번역연구소, 2011, 291쪽.

83 로제 카이와, 『놀이와 인간』, 30쪽.

노마와 친구들은 어떤 놀이를 할까 궁리하다가 저고리 소매를 머리에 올려붙여 토끼 귀를 만들고 토끼가 되어 깡충깡충 뛰어다닌다. 그러다가 노마는 그림책에 나온 '토끼 삼 형제'가 되어 어머니를 찾아가기로 한다. 그림책 내용을 재현하고 모사하는 과정을 통해 '다른 사람'이 되는 것이다.[84] 이들은 어머니를 찾기 위해 숲 속을 헤맨다. 그러나 어머니는 늑대의 꼬임에 넘어가 토끼 집 내막을 모두 이야기한다.

이를 몰래 엿들은 토끼 삼 형제, 노마와 영이, 똘똘이는 늑대보다 먼저 가 집을 지키려고 한다. 그런데 집에는 '늑대', 두루마기를 뒤집어쓴 기동이가 기다리고 있다. 늑대는 토끼 어머니 흉내를 내며 삼 형제 토끼들을 빨리 재우려고 한다. 이들이 잠 든 틈을 타 음식을 훔쳐갈 속셈이었다. 토끼 삼형제는 힘을 합쳐 늑대를 물리친다.

그림책을 완벽하게 재현한 듯한 이 놀이의 세계는 기동이로 인해 깨지게 된다. 그림책대로라면 늑대는 꽁꽁 묶여야 하는데, 기동이가 후다닥 도망을 간 것이다. 기동이는 도망가다가 비탈에서 미끄러지는데, 노마와 친구들은 장난이라고 생각한다. 그래서 기동이를 따라 미끄러져 내려가며 즐거워한다. 늑대가 아닌 기동이로 돌아와 도망을 치면서 이들의 놀이는 끝이 나는 듯했지만 그들은 금세 또 다른 놀이를 찾아낸다. 이는 놀이는 그들이 놀이를 계속 하겠다는 의사가 있는 한 결코 끝나지 않음을 보여 준다.

「고양이와 쥐」는 "~인 체하기(only pretending)"[85]를 바탕으로 한 작품이다. 이 작품 역시 놀이 세계의 '위태로운' 지속이 나타나 있다. 노마

---

84 노마가 딴 사람이 되고 싶은 것은 '비밀'에 가깝다. 자신도, 다른 사람들도 노마라는 것을 '비밀'로 하고 다른 사람이 되는 것이기 때문이다. 이처럼 놀이를 어떤 '비밀'로 만드는 공모 과정에서 탈일상성과 가상성은 강화된다. 놀이 안에서 우리는 '다른' 사람이고 '달리' 행동한다. 가령 놀이를 통해 우리는 아빠도 되고 장군도 된다. 김겸섭, 「'놀이학'의 선구자, 호이징하와 까이와의 놀이담론 연구」, 『인문연구』 54호, 영남대학교 인문과학연구소, 2008, 157쪽.
85 요한 하위징아, 『호모 루덴스』, 42쪽.

와 영이, 똘똘이, 기동이는 고양이와 쥐 놀이를 한다. 노마와 영이와 다른 아이들은 둥그렇게 앉는데 이것이 '담'이 된다. 고양이는 기동이가, 쥐는 똘똘이가 맡는다. 기동이는 친구들 사이에서 가장 유복한 집안의 아이다. 그러나 똘똘이는 노마와 영이보다 어린 4~5살 정도로 추측된다. 강자와 약자의 구도가 설정되어 있는 것이다.

다른 아이들이 맡은 담 역시 이러한 강자와 약자 구도에 연관되어 있다. "서로 단단히 손을 맞잡고 그 안에 숨은 쥐를 지켜 주기에 열심"이라는 표현을 통해 담은 약자인 쥐의 편에 서 있음을 알 수 있다. 고양이와 쥐 놀이는 고양이가 되어 쥐를 잡는 놀이다. 즉 쥐를 잡는 것이 놀이의 규칙이 되는 것이다.

그러나 '담'은 고양이에게서 쥐를 보호하기 위해 팔을 쳐들어 담을 높이고, 팔을 아래로 내려 담을 낮춘다.[86] 이는 '고양이와 쥐' 놀이 규칙에 어긋나는 것이다. 특히 마지막에서 이 놀이 규칙을 완전히 깨면서 놀이가 끝나는 것을 볼 수 있다.

뒤미처 고양이도 성큼 담 안으로 뛰어들엇습니다. 그리고 이내 쥐를 잡고 말았습니다. 앙앙앙 깔고 뭉기며 막 뜨더 먹습니다. 그러나 그 모양을 입때껏 보호를 해주기에 열심히던 담이 그대로 보고 있을 수가 업습니다. 마침내는 자기들도 쥐가 되어 앙앙앙 하고 고양이를 물러 덤비엇습니다.[87]

고양이가 쥐를 잡아 괴롭히자 담들은 쥐가 되어 고양이에게 덤빈 것이다. 자신들이 맡았던 담이라는 역할을 버리고 갑자기 쥐가 되는

---

86 담이 높아졌다가 낮아지는 모양을 표현할 때 나오는 "담을 높입니다. 담을 낮춥니다."라는 문장은 현덕이 자주 사용하는 대조의 방법이다. 간결한 문장 간의 대조는 운율감을 느끼게 해 주는데 특히 높다와 낮다처럼 의미상의 간극은 이 운율감을 더욱 증폭시킨다.
87 현덕, 「고양이와 쥐」, 《소년조선일보》, 1939.3.12.

것은 놀이 규칙에 대한 위반이다. 다른 작품들에서는 아동의 놀이 세계를 예리하게 포착해낸 현덕이 유독 이 작품에서 다른 양상을 보이는 것은 아동과 작가 간의 '거리 조절'이 적절하지 않았기 때문으로 보인다. 아동의 삶에 렌즈를 들여대듯이 사실적으로 묘사할 수 있었던 데에는 작가 현덕이 아동에게서 거리를 두고 원거리에 서 있었기 때문이다. 그러나 「고양이와 쥐」에서 현덕의 목소리는 매우 직접적으로 드러난다. 그 거리가 매우 가깝다는 의미다.

> 번래 고양이란 쥐가튼 것은 겁낼 짐승이 아닙니다. 허지만 이러케 여러시 덤비는 데는 당하는 수가 업습니다. 정말 겁이 나서 몸을 뿌리치고 다라나지 안흘수 업습니다. 그리고
> ─저 괭이 잡아라!
> ─저 괭이 잡아라!
> 하고 그 뒤를 노마, 영이, 똘똘이, 쥐쥐쥐쥐, 무수한 쥐가 큰 소리로 다라나는 고양이를 쪼차갑니다.[88]

'무수한 쥐'는 일제강점기의 힘없는 민중들을, 그 쥐를 잡는 고양이는 민중을 괴롭히는 강자를 연상하게 한다. '무수한 쥐'에 쫓겨 도망가는 고양이는 민중이 일으키는 혁명에 상응한다. 「고양이와 쥐」는 '놀이'를 그리고 있지만 직접적인 작가의 의도가 개입됨으로써, 즉 놀이의 규칙에 충실하지 못함으로써, '실패한 놀이'가 되는 것처럼 보인다. 그러나 곧 노마와 친구들은 '쥐가 되어 고양이를 쫓아가는 놀이'를 시작한다. 유아의 일상 그 자체가 놀이인 "놀이함 속에 살고"[89] 있

---

88 위의 글.
89 김재철, 「E. 핑크의 놀이존재론(I)- 실존범주로서의 놀이」, 『존재론연구』 제32집, 한국하이데거학회, 2013, 197쪽.

기 때문이다.

　현덕이 '유년 아동'에 주목하게 된 것은 그들의 '낙천성'에서 기인한 것으로 보인다.[90] 어떤 어려운 상황에서도 '기쁨'을 만들어내는 낙천성은 아동 특유의 기질이기도 하다. 「고무신」은 현덕의 첫 아동문학 작품으로 그의 등단작이기도 하다. 무엇보다 이 작품에서는 현덕이 생각하는 낙천성이 무엇인지 잘 나타나 있다. 「고무신」의 주인공은 엄마에게 궁금한 점을 묻지만 엄마는 '난 몰라'라는 대답만을 한다.

　　『엄마』
　　『왜』
　　『해나라에도 엄마가 있지』
　　『…………』
　　『응 엄마』
　　『난 몰라』
　　『그럼 아버지가 잇수』『난 몰라』[91]

　이태준의 「몰라쟁이 엄마」와 매우 흡사한 부분이다. 아이가 묻고 엄마가 답하는, 그리고 엄마가 '몰라'라는 대답을 하는 구조가 그렇다. 「몰라쟁이 엄마」는 이태준의 후기 작품으로, 엄마와 아이와의 단란한 한때를 그리며 밝은 정서를 전해 준다. 엄마에게 마음껏 어리광을 부

---

90 현덕이 아동의 낙천성에 주목한 것은 그 기질이 일제에 탄압에 시달리던 우리 민족에게 필요했던 것이기 때문이기도 하다. 현덕이 이태준의 영향을 받으면서도 강한 색채를 띠고 있지는 않아도 시대정신에 상응하는 이주홍의 작품 세계와도 유사한 맥락을 띠고 있다. 여기에 낙천성이라는 유년 특유의 기질을 더함으로써 그만의 개성을 드러내고 있는 것이다. 현덕의 등단작인 「고무신」에서는 그가 생각하는 '낙천성'이 구체적으로 잘 드러나고 있다.
91 현덕, 「고무신 (上)」, 《동아일보》, 1932.2.10.

리는 아이를 통해 엄마가 곧 세상의 전부인 유아의 특성을 표현하기도 한다. 무엇보다 세상의 모든 것에 호기심을 갖고 엄마에게 묻는 노마는 그 또래에서 쉽게 볼 수 있는 호기심 많고 밝은 면모를 가진 아동이었다. 현실 속 긍정적인 아동은 현덕이 이태준의 '아동상'에서 주목한 부분이며 그가 '노마'라는 주인공 이름을 그의 작품에서 지속적으로 사용하는 것은 이러한 아동상을 이어 가고 있음을 상징적으로 보여 주는 것이다.

이태준의 「몰라쟁이 엄마」에서 노마가 엄마에게 다 모르니까 왜떡을 사달라고 조르는데 「고무신」에서 아기, 영진이는 '엄마가 모른다는 대답을 했기 때문에'라는 조건은 없지만 '고무신'을 사달라고 한다.

작품에서 고무신은 가난을 상징하는 물건으로 나온다. 영진이가 고무신을 사달라는 이유도 거지라고 아이들에게 놀림을 받기 때문이다. "아버지가 게시엿드면 엇재네발에흙이뭇겐늬……"라는 엄마의 말을 통해 영진이가 겪는 가난은 아버지의 부재에서 비롯됐다는 것을 알 수 있다. 영진이는 엄마가 아기 몰래 부엌에서 울고 계실 것이라고 생각하니 마음이 서러워진다.

> 필경 부엌에서 아기몰내 울고게실것입니다.
> 엇전지 아기도마음이 설어와젓소나 커다란 목소리를내여,
> "기츠산 등승이 골작이로
> 봄빗츤 우리를 차저오네
> 아가는 넘트는 조선의솟
> 아가는 엄트는 조선의 꼿."
> (李○相氏作)
> 하고 시언스럽게 노래를불엇습니다.[92]

이전에도 그런 일이 자주 있었던 것처럼 영진이는 엄마가 몰래 눈물을 흘리고 있을 것이라고 생각한다. 엄마가 눈물을 흘리는 이유는 멀리 타지에 있는 남편과 노마에게 고무신 하나도 사주지 못하는 집안 형편에 마음이 아파서일 것이다. 그러나 아기는 그러한 사정을 모른다. 오히려 아버지는 영진이에게 좋은 것을 사다 주기 위해 먼 눈 내리는 나라에 갔다는 엄마의 말을 믿고 아버지가 빨리 오기를 기다린다. 하지만 말로는 설명할 수 없는 서러움을 갑작스레 느낀다.

그러나 영진이는 그 서러움에 침잠하지 않는다. 오히려 서러움을 몰아내려는 듯 시원스럽게 노래를 부른다. 현덕이 중요하게 생각한 '낙천성'은 바로 이런 것이었다. 어려움에 굴하지 않고 그것을 밝은 기질로 이겨 냄으로써 세상과 삶을 즐겁고 좋은 것으로 보는 낙천성이 이루어지는 것이다.

이 작품에서는 또 하나의 낙천적 모습이 나온다. 친구들과 함께 놀고 싶어도 낡은 고무신 때문에 나가지 못하는 문제가 생긴다. 영진이는 친구들과 놀지 못하는 것이 속상해 눈물을 흘린다. 그런데 낙천성은 바로 이 '눈물'에서 시작한다. 낙천성의 진정한 의미는 단지 세상을 아름다운 곳으로 보는 것이 아니라 현재의 괴로움을 긍정적으로 극복하는 데 있기 때문이다. 영진이의 눈물 고인 눈에는 고무신 상점이 환영처럼 보인다. 그리고 영진이는 그곳에 놓여 있는 고무신과 이야기를 나눈다.

—고무신아, 너는 내가 실으냐?
—아니.
—그럼 왜 내게 안 오니

---

92 위의 글.

―못가게 하니까

―누가

―배불뜨기 영감이

―어째서

―가난뱅이 아기니까.

―그래도, 그래도 너만은오렴.[93]

　영진이는 자신의 낡은 고무신이 창피하고, 친구들과 놀지 못하는
것이 속상해서 '눈물'을 흘린다. 하지만 자신의 가난을 탓하지는 않는
다. 다만 지금의 소망, 새 고무신을 간절하게 바랄 뿐이다. 영진이의
간절한 바람은 고무신과 이야기하는 '환상'을 만들어낸다. 영진이의
내면으로 보이는 고무신과의 대화를 통해 새 고무신을 갖고 싶다는
소망을 강하게 드러내고, 이를 상상으로 성취한다. "착하고입븐 고무
신한켜레는 배불뜨기영감의 무서운 논을 살며시빠저나와족제비처럼
살살기여"[94] 영진이 집으로 오는 상상을 하는 것이다.

　그리고 그때 영진이 어머니가 노마의 헌 신을 고쳐 가지고 들어온
다. 이때 영진이의 반응 역시 낙천적이다. 어머니가 고친 신을 신고
"경주할 때 일등은 엿 먹기로 하겟네."라고 말하며 싱글벙글 웃으며
좋아하는 영진이에게서 소박한 낙천성을 볼 수 있다. 이런 영진이에
게서 가난이라는 계급 간의 모순도, 억압 받는 민족의 서러움도 낙천
성으로 극복하는 단면을 발견할 수 있다.

　아동의 낙천성에는 절망보다는 희망에, 어둠보다는 밝음에 주목하
는 선천적 기질이 큰 영향을 주지만, 여기에는 그들이 갖고 있는 소박
한 세계관도 중요한 역할을 한다. 이 세상과 삶이 즐겁고 좋은 것으로

93 현덕, 「고무신 (下)」,《동아일보》, 1932.2.11.
94 위의 글.

여기지는 까닭에는 큰 것을 바라지 않고 작은 것에 만족하는 소박함이 있기 때문이다. 새 신은 아니지만 신고 '가뜬하게 걸을 수 있는 것'만으로도 영진이는 충분히 기쁜 것이다.

「물딱총」과 「강아지」, 「조그만 발명가」에서는 더욱 적극적인 낙천성이 나타나 있다. 「물딱총」에서 노마는 기동이가 가지고 노는 물딱총을 부러워한다. "높다란 버드나무 위까지" 튀어 올라가는 물딱총을 가지고 노는 기동이가 갑자기 "퍽 잘난 사람"으로 보인다. 노마는 물을 떠다 주면 물딱총을 갖고 놀게 해주겠다는 기동이의 말을 듣고 그대로 한다. 하지만 기동이는 물딱총을 가지고 놀게 해주기는커녕 노마에게 물딱총을 쏜다. 물벼락을 맞은 노마는 울음을 터뜨린다. 노마는 어머니에게 물딱총을 사달라고 조르지만 어머니는 어려운 집안 형편 때문에 안 된다고 한다. 물딱총을 가지고 놀지 못하는 설움 때문에 흘리는 그 눈물을 통해 본 물건들은 모두 '물딱총'처럼 보인다.

> 아무리 조른대야 소용업는 노마집 형편입니다. 그러나 노마는새로운 서름으로 우름이 나오고, 그 눈물어린눈으로 보면 부지깽이도 빨래 방맹이도 기둥까지도 모두 물딱총으로 보이고, 노마는 차츰 어떠커면 물딱총을 만들수 잇슬까, 우름을끄치고 곰곰이 생각해봅니다.[95]

「고무신」의 영진이와 「물딱총」의 노마는 둘 다 자신들의 간절한 바람을 갖고 있다. 이러한 바람은 두 작품 모두에서 눈앞에 고무신 상점과 새 고무신이 나타나고, 모든 것이 물딱총으로 보이는 환상으로 나타난다. 그러나 「고무신」에서는 지금 현실에 만족하는 소박한 낙천성을 보였다면 「물딱총」에서는 어떻게 하면 물딱총을 만들 수 있을까라

---

[95] 현덕, 「물딱총」, 《소년조선일보》, 1938.5.22.

는 문제를 해결하려는 낙천적 태도가 나타난다. 울음을 그치고 물딱총을 만들 생각을 했다는 것은 노마가 설움을 한층 긍정적인 의지로 벗어나고 있음을 보여 주는 것이다.

또한 노마는 물건을 잘 만들어내는 손재주 있는 인물로 여러 작품에서 자주 나오고 있는데, 이 '만든다'는 것에는 상징적 의미가 담겨 있다. 노마네는 넉넉하지 못한 형편이다. 노마 어머니가 기동이처럼 물딱총을 사달라고 조르는 노마에게 "그 애는 잇는 집 아이니까 그러치 어떠케 업는 집 자식이 남과 똑가티 하자니"라고 한 말은 노마네의 곤궁한 처지를 단적으로 나타낸다. 노마는 갖고 싶은 물건이 있어도 사지 못하는 것이다.

그럴 때 노마는 직접 물건을 만든다. 물건을 만듦으로써, '기쁨'을 만들어낸다. 노마에게 있어 자신이 만든 '물건'은 '기쁨'과 동의어이며, 만들어내려는 의지는 낙천성을 기반으로 한다. 현덕이 이야기한 어떤 곤란한 상황에서라도 기쁨을 만들어내는 것, 그 낙천성을 물건을 만들어내는 노마를 통해 구현하고 있다.

「강아지」[96]에서 노마는 기동이의 강아지를 부러워한다. 기동이가 손을 달라고 하면 앞발을 내미는 강아지가 신기하고 귀여워 보인다. 그러나 기동이는 강아지를 만져 보지도 못하게 한다. 처음에 노마는 어머니에게 기동이처럼 이쁜 강아지를 사달라고 조른다. 하지만 어머니의 슬픈 얼굴을 보면 떼를 쓸 수도, 울 수도 없다. 그래서 노마는 더이상 어머니를 조르지 않고, 대신 어떻게 하면 '자기 손'으로 강아지와 같은 것을 만들까 고민하는 것이다.

그러다가 노마는 어머니에게 가위하고 상자갑을 얻엇습니다. 그것을 이모

---

96 동아일보에 1939년 3월 5일부터 12일까지 총 5회 연재되었다.

저모로 오려 네귀를 세우고 지붕을덮고 둥그러케 문을내고 그리고 풀칠을해 붙이니까 됏습니다. 헌다 헌 강아지집입니다. 강아지도 상자갑을 오려 만듭니다. 머리를 오리고 귀를오리고, 그리고 몸둥이, 다리, 꼬리 이러케 아주 솜씨 잇게 만들엇습니다.[97]

노마는 상자갑으로 강아지를 만들고 '쫑'이라는 이름도 지어 준다. 노마에게 종이 강아지는 진짜 강아지나 다름없었다. 노마는 자신이 만든 강아지를 데리고 진짜 강아지랑 노는 것처럼 달음박질도 치고, 빙빙 돌기도 하면서 즐겁게 논다. 그런데 어머니가 강아지의 다리가 왜 둘이냐고 묻자 노마는 상자갑 강아지라 그렇다고 대답했지만 서운한 마음이 생긴다. 하지만 곧 마음이 기뻐지는데 어머니가 천으로 강아지를 만들어 주었기 때문이다. 다리도 넷이고 꼬리도 길고 혼자 설 수도 있는 천으로 만든 강아지는 노마를 더욱 기쁘게 한다.

하지만 노마는 기동이가 진짜 강아지를 데리고 노는 소리를 듣자 만든 강아지와 노는 것이 재미가 없어진다. 가짜 강아지가 진짜 강아지를 대신하기 어려웠던 것이다. 이렇게 노마가 '기쁨'을 만들어내고, 금세 실망을 하고 또다시 기쁨을 찾아내는 등의 감정의 반복은 '쉽게' 기뻐하고, '쉽게' 실망하는 대표적인 아동의 심리를 보여 준다. 또 갖고 싶었던 대상에 대한 애착이 쉽게 사라지지 않는 것 역시 아동의 특성이기도 하다.

기동이가 자전거를 새로 사면서 강아지와 놀지 않게 되면서, 노마는 진짜 강아지와 마음껏 놀 수 있게 되었다는 것은 노마의 낙천성만큼 행복한 결말이다. 이 행복한 결말은 앞서 순간순간 보여 주었던 노마의 낙천성으로 인해 그 설득력을 갖는다.

---

[97] 현덕, 「강아지 (3)」, 《동아일보》, 1939.3.9.

노마는 강아지를 살 수 없는 어려운 처지를 원망하지 않는다. 오히려 상자갑 강아지를 만들어 '기쁨'을 만들어낸다. 어머니가 천으로 강아지를 만들어 주었을 때도 기뻐하며 즐겁게 논다. 그리고 결말에서 진짜 강아지와 사냥꾼 놀이를 하면서도 신나 한다. 노마는 순간순간의 기쁨과 즐거움을 느낄 수 있는 아동으로 나타난다. 특히 노마가 대부분의 작품에서 주인공이라는 것에서 그의 아동-되기가 아동 특유의 낙천성을 대표하고 있음을 알 수 있다.

「조고만 발명가」[98]는 종이 기차를 만들어내는 과정을 상세하게 담고 있는 작품이다. 이를 통해 만들어내는 기쁨을 나타낸 것이다. 노마는 설계도를 그리고 상자갑을 오려 종이 기차를 만든다. 모르는 것은 어머니에게 묻기도 하고 그림책을 찾아보기도 한다. 설계도를 그리고, 여기에 맞춰 하나하나 오리고 붙이는 일은 여간 힘들지 않다. 하지만 한 채의 기차를 완성한 기쁨은 무척 크다.

정말기차나 틀릴것 없는 기차를 노마 자기 손으로 맨드러냇다는 기쁨 실로 말할수업시 큽니다. 정말 발명가가 정말 기차를 맨들엇슬때 기쁨이나 조금도 못하지 안습니다.[99]

현덕은 종이 기차를 만드는 과정을 구체적으로 설명하는 것은 이를 완성했을 때 얼마나 큰 기쁨을 얻을 수 있는지를 강조하기 위해서다.

---

98 '조그만'이라는 표현은 현덕이 인식하고 있는 아동에 대한 앎 중 하나로 보인다. 「조그만 어머니」라는 작품에서도 확인된다. 또한 「땜가게 할아범」에서는 "어린 사람 같은" 땜가게 할아범이 '조그만 것'을 좋아한다는 강조하는 내용이 나온다. 부연 설명은 나오지 않지만 땜가게 할아범이 어린아이들을 "퍽 좋아"하는 것은 '조그만 것'을 좋아하기 때문임을 유추할 수 있다. 작다는 것은 아동의 자명한 특성이나, 이전 작가, 방정환, 이주홍, 이태준 작품들에서는 크게 강조되지는 않았던 것으로 보인다. 현덕이 구체적인 아동의 특성에 주목하였음을 보여 주는 부분이다.

99 현덕, 「조고만 발명가」, 《소년조선일보》, 1939.4.23.

비록 종이로 만든 것이지만 "그 기쁨만은 정말 발명가가 정말 기차를 만들었을 때"와 조금도 다르지 않다는 표현에서도 알 수 있다.

주인공격인 노마가 만드는 재주가 있는 인물로 나오는 것은 결핍을 충족시키기 위한 수단이기도 하다. 또한 무엇인가를 만들어내는 창조의 기쁨을 뜻하기도 한다. 작고 소박한 것이지만 자기 손으로 만들어냈을 때 느끼는 성취감은 아동에게 중요한 의미를 갖는다는 것을 염두에 둔 것이다.

곤란한 경우에서도 '기쁨'을 만들어내는 아동을 '그럼에도 불구하고'의 아동이라 설명할 수 있다. 현덕이 주목한 '기쁨'을 만들어내는 아동의 낙천성은 '아동' 그 자체의 특성에서 연유한 것이며, 그의 아동상을 설명하는 핵심 요소가 된다.

제7장

아동문학과 동심

　범박하게 아동문학은 동심의 문학이라고 정의한다. "아동문학이란 작가가 아동이나 동심을 가진 아동다운 성인에게 읽히기 위해 쓴 모든 저작"[1]이나 "성인 작가가 어린이 또는 동심을 그리는 성인을 대상으로 전제하여, 미적 가치 판단과 예술성을 기초로 창작해 낸 모든 문학작품"[2], 또한 "동심을 기조로 하여 꾸민 서정적이고 환상적인 이야기"[3]로 설명되는 데서도 '동심'은 아동문학의 정체성을 규정짓는 핵심 개념임을 알 수 있다. 이처럼 오랜 시간 동안 많은 연구자들이 동심을 통해 아동문학을 정의해온 것은 '아동의 본질로서, 아동문학의 내용과 독자를 분명하게 설명'할 수 있었기 때문이다. 그러나 이러한 중요성에 비하여 동심에 초점을 둔 논의는 활발하지 못하다.

　여기에는 동심천사주의에서 비롯된 동심에 대한 부정적 견해가 큰 이유로 보인다. 아이들을 완롱물로 여기거나 현실을 외면한 고운 꽃노래만 부르는 존재로 그려지는 데 대한 우려가 있는 것이다. 이러한

---

1 이재철, 『아동문학개론』, 서문당, 1998, 9쪽.
2 박민수, 『아동문학의 시학』, 양서원, 1993, 15쪽.
3 이성훈, 『동화의 이해』, 건국대학교출판부, 2003, 15쪽.

우려에는 다음과 같은 문제점이 있다. 첫째, '동심'은 곧 동심천사주의라는 인식이 올바른가 하는 점이다. 동심천사주의는 계급주의 아동문학가들이 방정환의 동심을 비판하면서 나온 말이다. 이는 동심의 계급성을 세우기 위한 비판을 위한 비판인 측면이 있었다. 따라서 동심천사주의를 대변하는 것으로 인식되어 온 방정환의 동심을 먼저 면밀하게 고찰할 필요가 있다.

둘째, 근대에 발견된 '아동'의 존재는 추상적이고 철학적 관념이었던 전통적 동심과 결합하여 더욱 복합적 성격을 띠게 되었다. 철학적 개념에 가까웠던 '동심'에 현실 아동에 대한 지식도 반영이 된 것이다. 이러한 점을 고려하지 않고 동심을 비유적이고 관념적으로만 인식하고 있다. 이러한 문제점은 모두 동심에 대한 깊이 있는 고찰이 부족한 데서 비롯된 것이다.

'동심'에 중점을 둔 선행연구는 크게 두 가지 흐름으로 구분할 수 있다. 하나는 동심의 의의와 가치를 살펴본 연구이며, 다른 하나는 동심을 통사적 관점에서 고찰한 글이다. 조은숙[4]은 동심이 아동문학을 정의하는 데에 핵심적인 요소가 될 뿐 아니라 아동문학의 여러 층위에서 나타날 수 있는 단절과 균열들을 메워주는 매개적인 역할을 했다는 점에 주목하고 있다. 김찬곤[5]은 동심은 관념이므로 어린이의 마음과 실제 어린이의 마음과 삶과는 다름을 강조한다. 이는 동심에 대한 부정적 관점을 대표적으로 보여 준다. 동심과 실제 아동과의 간극이 있음에 주목한 것이다. 박숙자[6]는 동심은 성인의 응축된 욕망의 판타지임을 설명하며 동심을 통해 식민지 조선의 무의식 구조를 살펴보

4 조은숙, 『한국 아동문학의 형성: 아동의 발견, 그 이후의 문학』, 소명출판, 2009.
5 김찬곤, 「동심의 기원―이지의 「동심설」과 이원수의 동심론을 중심으로」, 『아동청소년문학연구』 제16호, 한국아동청소년문학학회, 2015.
6 박숙자, 「1920년대 아동의 재현 양상 연구―문학텍스트와 공적담론을 포괄하여」, 『어문학』 제93집, 한국어문학회, 2006.

고 있다.

신헌재[7]의 논의는 동심에 대한 관점이 어떻게 변화했는지를 보여주는 거의 유일한 연구다. 이 글에서는 방정환부터 2000년대까지 동심 논의의 흐름을 살펴보고 있다는 점에서 주목할 만하다. 방정환과 계급주의 동심을 추상적으로 보고, 1980년대 이후부터는 이러한 추상성을 극복했다는 점을 결론으로 제시하고 있다. 그러나 방정환과 계급주의 동심을 추상적이라고 판단한 근거의 부족과 1980년대 이후 인지발달이론과 아동발달심리학을 활용한 것이 동심의 추상성이라는 한계를 보완하는 데 적절한 방안인지에 대한 심도 있는 고찰은 이루어지지 않았다. 이 연구에서는 동심은 아동에 대한 지식으로 이루어졌음을 밝혀 동심의 특성을 새로운 관점에서 고찰하고자 한다. 먼저 '동심'이라는 표현을 처음 썼다고 알려진 이탁오의 「동심설」을 살필 것이다. 다음으로 방정환의 「새로 개척되는 '동화'에 관하야─특히 소년이외의 일반큰이에게」(1923)를 살펴보고 정홍교의 「'동심'설의 해부」(1930)와 김성용의 「동심의 조직화─동요운동의 출발 도정」(1930), 신고송의 「동심의 계급성─조직화와 제휴함」(1930)을 분석하여 근대 동심의 특징을 알아보고자 한다. 이를 통하여 전통적 동심과 근대에 아동의 발견과 결합한 동심의 차이점과 그 변화 양상을 살펴볼 수 있다는 데서 의미를 찾을 수 있다. 또한 방정환과 계급주의의 동심을 대척점이 아닌 근대의 동심이라는 거시적 관점에서 연구하여 기존 논의와의 차별화를 꾀할 수 있다.

---

7 신헌재, 「한국 아동문학의 동심론 연구」, 『아동청소년문학연구』, 제12호, 한국아동청소년문학회, 2013.

1. 도와 경지로서의 동심

이탁오는 명나라의 사상가이다. 당시 유교 사회 권위에 저항해 자유롭게 자신의 철학을 펼쳤던 인물로 평가된다. 그의 「동심설」은 '동심(童心)'에 대한 초기 논의를 보여 주는 글이다. 이 글은 4쪽 정도의 짧은 분량으로, '동심'을 간직해야 좋은 글을 쓸 수 있다는 것이 중심 내용이다. 그는 육경과 논어·맹자를 동심이 없는 도학자가 내세운 구실이자 거짓된 무리들의 소굴이라고 강하게 비판한다. 동심에서 나온 문장의 중요성을 강조한 것이다.

> 대저 동심이란 진실한 마음이다. 만약 동심으로 돌아갈 수 없다면, 이는 진실한 마음을 가질 수 없다는 말이 된다. 무릇 동심이란 거짓을 끊어버린 순진함으로 사람이 태어나서 가장 처음 갖게 되는 본성을 말한다. 동심을 잃게 되면 진심이 없어지게 되고, 진심이 없어지면 진실한 인간성도 잃어버리게 된다. 사람이라도 진실하지 않으면 최초의 본 마음을 다시는 회복할 수 없을 것이다.
>
> —「동심설」[8] 중에서

이탁오는 '동심'을 "사람이 태어나서 처음 갖는 본성"으로 정의한다. 이탁오가 동심을 사람이 태어나서 처음 갖는 본성, 즉 "마음의 첫 모습"으로 규정하는 것은 "어린아이가 사람의 첫 모습"이라는 유비관계 때문이다. 이처럼 '어린아이'를 회귀나 경지의 대상으로 비유하는 것은 일반적인 관점이기도 하다. 구교현은 '동심'이란 표현은 이탁오의 독창적 표현이라기보다는, 전대의 사상적 영향으로부터 도출하여

---

8 이지, 『분서Ⅰ』, 한길사, 2004, 348~349쪽.

문예이론으로 접목시킨 것이며 '동심'은 일찍부터 중국사상가, 문학인들에게 있어 '순수하고 참됨'을 표현하는 문예 미학이라고 설명한다.[9] 노자의 "천하의 시내가 되어 常德을 떠나지 않고 갓난아기에 복귀한다."와 孟子의 "大人은 갓난아기의 마음을 잃지 않는 것"이라는 표현과 장자가 兒子를 예로 들어 '抱一勿失'의 경지를, 朱熹가 '갓난아이의 마음은 참된 것'으로 강조하는 것 역시 유사한 맥락으로 동심의 전통을 보여 주는 것이다.

「동심설」은 어린아이의 마음을 진실하고 참된 것으로 인식했다는 점에서 관념적 성격을 띠고 있으며, 동심을 글과 연관시켰다는 점에서 예술적 성격이 드러난다.

이탁오는 진심으로서 동심을 강조하며 동심을 바탕으로 한 글을 높이 평가했다. "만약 동심을 항상 지닐 수만 있다면, 도리가 행해지지 않고, 견문은 행세하지 못하며, 언제 지어도 훌륭한 글이 되고, 누가 지어도 훌륭한 글이 되고, 어떤 체제의 글을 지어도 빼어난 글이 아닌 경우가 없게 된다."[10]는 말은 동심을 훌륭한 문장을 짓기 위해 필요한 바탕으로 보고 있음과 궁극적으로 동심설은 곧 문장론임을 알게 해준다. 동심설이 문예이론이나 예술론으로 거론되는 까닭이기도 하다.

또한 그의 동심론은 당시 의고주의에 대항하는 가치로 '동심'을 강조했다는 점에서 시대적인 것이다. 이탁오의 동심론은 주자학이라는 경직된 사고와 복고주의 글쓰기에 대한 비판의 무기였다[11]는 설명은 보수가치에 대한 저항 담론으로서의 성격을 잘 보여 준다.

이탁오의 '동심'은 동심의 시원을 추측할 단서를 준다는 데서 의미

---

9 구교현, 「李卓吾와 李德懋의 文學論 비교 연구」, 『중국어문학논집』, 제14호, 중국어문학연구회, 2000.

10 이지, 『분서 I』, 파주: 한길사, 2004, 350쪽.

11 구교현, 「李卓吾와 李德懋의 文學論 비교 연구」, 『중국어문학논집』, 제14호, 중국어문학연구회, 2000, 443쪽.

가 있다. 전술한 바와 같이 동심을 진심과 동일한 의미로 간주한 데는 아동기가 삶에 있어 첫 시기며 세상사에 물들지 않은 '순수의 시기'라는 인식이 큰 이유가 된다. 특히 이탁오는 자라서 듣고 보는 것(聞見)이 들어와 사람을 주재하게 되면 동심이 사라지는 것으로 보았다. 도리와 견문은 동심을 위협하는 동시에 대립되는 것으로 이탁오가 갖고 있는 동심상을 더욱 명확하게 해주는 역할을 한다.

이탁오의 「동심설」에서는 견문과 도리가 마음이 되면 동심에서 우러나온 말이 아니게 되며 언사가 아름다워도 나에게 의미가 없는 것은 거짓말쟁이가 거짓말을 내뱉으며 거짓 일을 꾸미고 거짓 문장을 지어낸 때문이라고 강조한다. 여기에서 아름다운 언사는 기교에 치우친 문장으로, 의미가 없는 거짓 문장은 동심이 없이 견문과 도리로 이루어진 문장을 뜻한다고 볼 수 있다.

이와는 달리 동심의 문장은 의미가 있는 진실한 것이다. 동심은 인위적이지 않은 참됨을 가리키는 하나의 비유로 읽힌다. 이러한 면에서 "이지에게 동심은 실제 어린이들의 마음도, 심리 상태도 아니다. 그것은 다분히 관념적이고, 비유이고 은유다. 더구나 그것은 어린이와 하등 관계가 없다."[12]는 견해는 일면 타당하다. 그러나 어린이와 관계없다고 보는 것은 동심의 관념성을 실제 이상으로 강조하는 것이다. 동심이 관념적이며 비유적 개념으로 쓰였다 하더라도 그것은 아동에게서 포착되고 파생된 개념임에는 틀림없기 때문이다. 이탁오가 어린아이가 사람의 첫 모습이라는 데 주목하여 사람이 처음 갖는 본성을 순수와 진심으로 보고, 이를 '동심'으로 이름한 것에서도 알 수 있다.

---

12 김찬곤, 「동심의 기원—이지의 「동심설」과 이원수의 동심론을 중심으로」, 『아동청소년문학연구』 제16호, 한국아동청소년문학학회, 2015, 53~54쪽.

이탁오가 제시한 동심은 인생의 첫 시기라는 아동의 특성과 여기에서 비롯된 순수함의 이미지를 갖고 있다는 점에서 동심의 일반적인 이미지를 보여 준다. 그리고 어린이(童)가 아닌 어린이의 마음인 동심이라는 표현을 사용한 이유도 알 수 있다. 이는 '동심'의 존재 이유가 되기도 한다.

> 어린이는 사람의 처음 모습이요, 동심은 마음의 처음 모습이다. 대저 최초의 마음이 어찌하여 없어질 수 있는 것이랴! 그러나 동심은 왜 느닷없이 사라지고 마는 것일까? 원래 그 시초는 듣고 보는 것(聞見)이 귀와 눈으로부터 들어와 안에서 사람을 주재하게 되면 동심이 없어지는 데서 발단한다.
>
> —「동심설」[13] 중에서

이탁오가 생각하는 동심은 본연적인 것이다. 이 동심은 문견이 발단이 되어 사라질 수 있지만 글을 읽은 성인들의 경우처럼 동심을 보호하여 없어지지 않도록 할 수도 있다고 한다. 이처럼 동심은 어린 시절에만 존재하는 것이 아니라 어른이 돼서도 소유할 수 있는, 또 잃지 말아야 할 인간 본연의 마음이다. 잃었다면 다시 돌아가야 할 하나의 경지다. 동심이 이렇게 도달해야 할 경지로 존재할 수 있었던 것은 당시 아동관과도 관련이 있다. 전통 사회에서 진정한 아동은 아직 '발견'되지 않았던, 지금과는 다른 개념이었다. "유교 사회는 아동에 대한 본격적 인식이 아직 싹트기 전이었으며, '예비 어른'과 '초학자'로 바라보는 관점이 두드러졌다. 즉 동심, 아동의 마음에서 '아동'은 작은 어른으로 현실에 존재했다. 아동은 비유적이고 상징적 의미였기 때문에 동심은 인간의 순수하고 원초적인 마음으로 자리할 수 있었

---

13 이지, 『분서 I』, 한길사, 2004, 349쪽.

다. 현실의 구체적인 아동의 모습이 개입될 여지가 적었기 때문이다. 더욱 정확하게 이야기한다면 아동에 대한 지식이 그만큼 적었다는 것이다.

이탁오의 주장에서 전통적 동심의 중요한 특성을 찾을 수 있다. 진심과 순수함과 같은 더할 나위 없는 인간의 긍정적인 본성이며, 성인이 되어 잃어버렸으나 다시 찾아야 하는, 돌아가야 할 지향점이라는 것이다. 여기에서 동심을 인식하는 기본적인 틀이 형성된다. 더불어 불의에 저항하는 가치로운 것이기도 하다.

동심은 '진심'이라는 인간 마음의 원형이며 도달해야 할 경지이다. 그러나 아동은 삶의 첫 시기에 위치한다는 인식이 회귀의 이미지를 만들어낸 것이다. 잃어버렸다면 돌아가야 할 당위의 덕목이 동심인 것이다. 여기서 마지막으로 동심의 특성이 또 하나 드러난다. 성인과 아동을 모두 아우르는 통합성이다.

이처럼 동심설에서 볼 수 있는 인간 태초의 본성과 마음의 고향, 통합성이라는 동심의 특성들은 지금까지도 유효하다. 아동을 지나치게 이상적으로 파악했다고 비판을 받게 된 이유기도 하다. 하지만 이 시기에는 아동에 대한 지식이 많지 않았던 것에 주목해야 한다. 아동에 대한 지식은 작은 어른이며, 삶의 첫 단계로 보는 정도였다. 특히 삶의 첫 시기라는 비유적 측면이 강하게 작용하여 성립된 것이 '동심'이다. 흥미로운 사실은 이 지식들은 병행적이 아니라 연쇄적이라는 것이다.

생애 첫 시기라는 데서 비롯된 동심은 인간 마음의 원형이다. 동심은 보존해야 하고 회귀해야 할 덕목이기 때문에 성인과 아동 모두를 아우를 수 있는 통합성을 띠게 된다. 이러한 아동에 대한 지식뿐 아니라 그 지식 간의 연쇄 작용이 또 다른 지식을 만들어냄을 보여 준다. 이탁오의 '동심'은 아동에 대한 지식이 실제 아동이 아닌 아동에 대한 지식의 연쇄 관계를 통해서도 구성될 수 있음을 알려 준다. 또한 시대나 상황에 따라 아동에 대한 지식이 달라진다면 동심에 대한 인식 역시 변화할 수 있음을 시사한다.

2. 현실의 아동을 마주한 동심

1) 천진난만하고 순수한 동심

방정환의 동심관을 잘 담은 글은 『개벽』에 수록한 「새로 개척되는 '동화'에 관하야―특히 소년이외의 일반큰이에게」이다. 이 글은 이정현에 의해 면밀하게 연구한 결과 밝혀진 것처럼 일본 아동문학가의 영향을 많이 받았다. 특히 동심에 관해서는 오가와 미메이와 아키타 우자크의 주장을 거의 그대로 반영하고 있다. 그러나 이 연구에서는 이들의 연관 관계보다 그의 동심관을 고찰하는 것이 목적이다. 따라서 방정환이 그들의 주장을 인용한 것은 그와 동일한 동심관을 공유한 것으로 전제하고 그 특성을 알아볼 것이다.

「새로 개척되는 '동화'에 관하야」에서 동심에 관한 내용은 동화는 아동뿐 아니라 '아동성'을 잃지 않은 예술가, 즉 성인이 쓰는 것이라고 설명하는 데서부터 본격적으로 나온다. '아동성'은 아키타 우자크가 쓴 말을 인용한 것으로 우자크는 동화를 아동만이 아닌 인간의 마음속에 있는 영원한 아동성에 호소하려는 것을 동화의 본질[14]이라고 생각했다. 방정환도 이 '아동성'이라는 표현을 인용하였다. 이 영원한

---

14 이정현, 「방정환의 동화론 「새로 開拓되는 童話에 關하야」에 대한 고찰: 일본 타이쇼시대 동화이론과의 영향 관계」, 『아동청소년문학연구』 제3호, 한국아동청소년문학학회, 2008, 119쪽.

아동성은 동심의 또 다른 표현이다.

우리는 누구나 가지고 있는 〈영원한 아동성〉을 아동의 세계에서 보지(保持)해 가지 않으면 안 될 것이요, 또 나아가 세련해 가지 아니하면 아니된다. 우리는 자주 그 깨끗하고, 그 곱고 맑은 고향―아동의 마음에 돌아가기에 힘쓰지 않으면 아니된다.

―「새로 개척되는 '동화'에 관하야」[15] 중에서

위의 글에 나타난 방정환의 동심은 이탁오의 동심과 유사함을 알수 있다. 특히 아동의 마음을 '깨끗하고, 곱고 맑은 고향'으로 설명한데서 잘 나타나 있다. 깨끗하고 곱고 맑다는 것은 이탁오가 주목했던인간 마음의 원형에 대응한다.

또한 돌아가야 할 지향점으로서의 동심은 '고향'이라는 구체적인이미지를 갖게 된다. 방정환은 이 고향을 비유한 이유에 대해 자세하게 설명하고 있다. 모두에게 자기가 태어난 고향이 있고, 고향의 경치와 모든 일이 영원히 잊혀지지 않는 것에서 유사점을 찾은 것이다. 그리움의 대상이므로 돌아가야 할 곳이 고향이기도 하다. 이탁오의 동심을 바탕으로 하되 그보다는 철학적이고 추상적인 색채가 한층 줄어들었음을 확인할 수 있다. 대신 이를 더욱 낭만적으로 표현하고 있다는 점이 흥미롭다.

아동의 마음! 참으로 우리가 사는 세상에서 아동 시대의 마음처럼 자유로날개를 펴는 것도 없고, 또 순결한 것도 없다. 그러나, 우리는 연령이 늘어갈

---

15 小波, 「새로 개척되는 '동화'에 관하여: 특히 소년 이외의 일반 큰이에게」, 『개벽』 31호, 1923.1, 21쪽.

수록 그것을 차츰차츰 잃어버리기 시작하고, 그 대신 여러 가지 경험을 갖게 되고, 따라서 여러 가지 복잡한 지식을 갖게 된다.

—「새로 개척되는 '동화'에 관하야」[16] 중에서

이 아동성이 "연령이 늘어갈수록" 잃어버리기 시작하고 대신 여러 경험과 복잡한 지식을 갖게 되는 것을 안타까워한다. 이는 이탁오가 이야기한 동심과 정확하게 일치하는 부분이다. 경험과 지식은 이탁오가 이야기한 도리와 견문으로 바꾸어도 무리가 없다.

이탁오는 자라서 도리가 견문으로부터 들어와 사람의 내면을 주재하게 되면 동심을 잃게 된다고 했다. 동심을 잃게 되면 진심이 없어지고 진실한 인간성도 잃어버리게 된다는 것이다. 따라서 이 둘은 동심을 잃지 말아야 할 인간의 본성이라는 공통된 견해를 갖고 있었다. 이처럼 방정환의 동심관이 이탁오의 동심설과 일치하는 부분은 성인이 되어 동심을 잃게 된다는 것이다.

그러나 이탁오의 동심이 '진심(眞心)'을 뜻했다면 방정환의 동심은 '천진난만함'과 '순결함'을 의미한다. 전술한 바와 같이 인간의 본성을 가리킨다는 점에서는 유사하다. 진심이 거짓 없는 참된 마음을 뜻하는 것과 달리 순결함과 천진난만함은 꾸미지 않은 있는 그대로의 깨끗함을 말한다. 엄밀하게 말하자면 참됨과 깨끗함은 다른 의미이다. 이는 동심의 변형 지점을 말해 준다. 참됨이나 진실함이 아니더라도 다양한 인간 마음의 원형이라면 동심으로 부를 수 있게 된 것이다. 여기에는 실제 아동의 이미지가 개입했음을 추측할 수 있다. 방정환은 오가와 미메이의 글을 인용하여 순결하고 천진난만한 아동의 이미지를 보여 준다.

---

16 위의 책, 같은 쪽.

〈아름다운 꽃을 보고, 아! 곱다 하고, 이유없이 달려드는 어린이(인용자 강조)가 나는 귀여울 뿐 아니라, 거기에는 깊은 의미가 있는 줄로 나에게는 생각됩니다.〉하고 일본의 동화 작가 고가와(小川)씨는 말하였다. 과연이다. 아동 세계는 어떻게 형용할 수 없는 아름다운 시의 낙원이며, 동시에 어떻게 엿볼 수 없는 숭엄한 이 말의 왕국이기도 하다.

—「새로 개척되는 '동화'에 관하야」[17] 중에서

꽃을 보고 '곱다'라고 말하며 그를 향해 뛰어가는 귀여운 아이의 모습이 그려져 있다. 이는 근대에 아동의 '발견'이 이루어짐으로써 가능한 것이다. 성인과 구분되는 아동의 외면과 성품을 대표할 수 있는 특성이기도 하다. 천진난만함은 이탁오가 이야기한 전통적 의미의 동심, 인간 마음의 원형에 속하면서도 실제 아동에서 발견되는 구체적인 속성이다.

여기에는 방정환의 사상적 바탕인 천도교에서 바라보는 아동관이 '지식'으로 작용한다. 천도교에서는 인내천이라는 교리에서 잘 알 수 있듯이 모든 사람들을 한울님과 같은 귀한 존재라고 여긴다. 아동 역시 한울님처럼 존귀하고 고결한 성품을 지니고 있다고 생각한 것이다. 방정환이 이야기하는 동심은 인내천 사상의 발현이다. 이는 인간 마음의 원형이라는 점에서 이탁오의 동심과도 유사하다. 또한 근대에 독자적인 존재로 주목 받은 현실 아동에 대한 지식, 순진무구한 외양과 행동 역시 들어 있다. 방정환의 동심에는 근대 이전의 동심과 천도교의 아동관과 근대에 발견된 현실의 아동이 함께하고 있는 것이다.

무엇보다 방정환의 동심은 이탁오가 이야기한 진심에서, 순수함으로 그 외연을 확장시켰다는 점에서 의미가 있다. 여기에 돌아가야 할

---

17 위의 책.

고향이라는 구체적인 이미지를 세운다. 나이가 든 성인도 '돌아감'으로써 공유할 수 있는 동심은 조은숙이 지적한 것처럼 아동문학에서 성인과 아동의 간극을 채워주는 매개 역할을 하게 된다.

더불어 동심천사주의라는 비판이 방정환이 어린이를 묘사한 표현에만 주목한 결과임을 알 수 있다. 방정환의 동심은 태초의 인간 본성이라는 점에서 이탁오의 동심과 연관성이 크다. 동심천사주의라고 비판되는 근거들은 바로 이 근대 이전의 동심, 인간 마음의 원형에 대응하는 것이다.

이처럼 방정환은 이탁오가 이야기한 동심, 진심을 순진무구함, 천진난만한 아름다움처럼 그 원형의 외연을 넓혔다는 점에서 의미가 있다. 나아가 어른과는 구분되는 현실 아동에 대한 지식이 개입되었다는 것이 이탁오의 동심과의 차이점이다. 역으로 이는 계급주의 동심과의 공통점이기도 하다.

이때의 '현실'은 두 가지 의미를 담고 있다. 하나는 아동이 존재하는 현실 사회다. 따라서 현실의 아동은 관념적 아동이 아니다. 지금, 여기를 살고 있는 아동이라는 의미가 강조된다. 다른 하나는 아동의 존재나 역할이 현실에 영향을 미친다는 뜻이다. 성인과 똑같이 사회를 구성하고 이끌어가는 역할이 주어진다는 것이다. 방정환이 생각했던 동심은 현실과 무관한 것이 아니었다. 인간 태초의 본성과 현실 아동 사이에 그의 동심은 위치해 있었다. 즉, 그 둘의 결합을 통해 동심은 더욱 구체적인 양상을 띠게 된다. 계급주의 아동문학가들이 주장한 동심에서도 이를 발견할 수 있다.

2) 계급의식을 반영한 동심

계급주의 아동문학가들의 동심은 방정환의 동심을 비판하는 데서

부터 출발한다. 방정환이 이야기하는 동심은 현실성과 계급성을 외면하고 있다는 것이 비판의 논지이다. 그러나 주목할 점은 동심의 존재에 대해서는 인정하고 있다는 것이다.

계급주의 아동문학가들은 동심의 현실성과 계급성을 강조하기 위하여 동심에 대한 이론을 체계화시키는 데 노력을 기울인다.

「『童心』說의 解剖」는 비교적 초기에 동심에 대한 깊이 있는 논의를 펼친 글이다. 소년운동가이자 아동문학가였던 정홍교는 이 글에서 '동심'이라는 말이 소년운동의 근본문제가 되었다고 한다. 그는 동심은 글자 그대로 아이들의 마음인데 '천진성'을 중심으로 어른과 아이의 마음이 구별된다고 보았다.

> 없다. 그러면 여기에서 천진성의 정체가 오분폭로되고 만다. 순진이니 천진이니 하는 것은 경제적 상호관계 즉 이해관계가 없는 마음이라는 것을 알게 된다.
>
> —「『童心』說의 解剖」[18] 중에서

정홍교가 동심의 요체라고 보는 것은 바로 '천진성'이다. 그런데 천진성의 '정체'가 일반적으로 인식하는 의미와는 다르다. 천진성의 사전적 의미는 자연 그대로 참되고 꾸밈이 없는 성품이다. 그런데 그가 이야기하는 천진성은 경제적인 관계, 이해관계가 없는 마음이다. 경제적 처지를 강조하는 것이다. 이는 "프롤레타리앗트의 童心을 가리켜서 天眞性이 없는 似而非童心"이라는 비판을 벗어나기 위해서이다. 즉, 그의 말대로 계급주의에서도 동심을 부인하지 않음을 보여주는 것이다.

---

18 정홍교, 「童心』說의 解剖」, 『조선강단』, 조선일보사, 1930.1, 75쪽.

동심에 기대지 않고서 아동이라는 존재를 설명할 특성을 찾기 어렵기 때문이기도 하다.

이처럼 정홍교는 천진성이라는 어휘는 그대로 가져왔지만 그 의미는 계급주의 관점에서 재정의하는 방식을 택하였다. 그리고 자연스럽게 동심의 계급성이라는 주장까지 나아간다. 동심을 경제적 이해관계가 없는 마음, 천진성이라고 설명한다.

그러나 현실에서 아동의 부모는 모두 계급에 속하여 있다. 따라서 그 환경, 부모의 계급에 따라 동심도 계급성을 띠게 되는 것이다. 여기서 주목할 것은 '동심'이 '아동의 마음'이라는 구체적인 개념으로 바뀐다는 것이다.

> 아모리 천진난만한 어린이의 부모라고 해도 반드시 부모는 부모만한 계급인인 것이다. 그러면 일개 계급속에서 생장되야 가는 어린이의 마음이란 것도 그 부모가 가진 계급성을 띄우게 되는 것이다.
>
> —「『童心』設의 해부」[19] 중에서

정홍교는 동심과 어린이의 마음을 동일시한다. 그러나 천진성을 그 특성으로 설명할 때는 대체로 동심이라는 용어를 사용했으나 부모의 계급의 영향을 받는다는 설명에서는 어린이의 마음 또는 어린이라는 표현을 주로 사용한다. 여기에서 동심에 대한 인식이 변화하는 흐름을 볼 수 있다.

이탁오의 동심이 철학적인 경지를 뜻했다면 근대에 들어서는 동심에 현실의 아동이 개입되기 시작했다는 점이다. 방정환의 동심에서 볼 수 있었던 순진무구한 아동도 현실의 아동이었으나, 특히 계급주

---

19 위의 책, 76쪽.

의 동심에서 더욱 부각된다. 현실의 불합리함을 타계하고 계급을 해방시키고자 하는 계급주의의 목표와 맞물리기 때문이다.

정홍교의 동심은 전통적 개념을 아동의 특성으로 수용하되, 경제적인 이해관계가 없는 마음, 천진성을 동심으로 전유하고 있다. 여기에 환경의 영향을 강조하여 동심의 계급성이라는 결론에 도달한다.

정홍교와 비슷한 시기에 나온 김성용의 「동심의 조직화─동요운동의 출발 도정」에서도 동심에 대한 깊이 있는 고민이 나타난다. 부제 '동요운동의 출발 도정'에서 알 수 있듯이 이 글에서는 동요운동의 출발을 위해서는 동심에 대한 정의가 선행되어야 함을 주장한다. 동심의 분석이라는 절을 마련하여 동심이란 것이 과연 무엇인지, 그 동심을 규정하고 정의하는 일이 급한 일인데도 불구하고 과연 '지금 소위 작가와 평가는 이 동심을 여하히 규정하는가? 도대체 동심의 규정이 있었는가?'하고 반문하며 동심에 대한 분석을 시도한다.

김성용은 "우리는 소위 '순진한 동심'관과 첨예 대립하는 자"로 계급주의 아동문학가의 정체성을 규정한 후 동심에 대한 자신의 견해를 피력한다.

> 사회의 경제적 정치적 관계에 의하여 직접 간접으로 결정되는 것이요, 이러므로 소년 '의식'의 결정 작용을 계급관계와 일치치 않을 수 없다.
>
> ─「동심의 조직화─동요운동의 출발 도정」[19] 중에서

정홍교는 천진성을 동심의 특성으로 인정하였으나 김성용은 순진한 동심과는 '첨예'하게 대립한다는 입장을 보이는 데서 차이를 보인다. 즉, 정홍교는 동심을 순수한 인간 마음의 원형으로 파악한다는 점

---

19 김성용, 「동심의 조직화─동요운동의 출발 도정」, 《중외일보》, 1930.2.25.

에서 전통적이다. 그러나 이 순수한 인간 마음의 원형 역시 계급에 의해 구분된다고 본다.

그러나 김성용은 처음부터 동심의 순수함을 부정한다. "'동심에서 귀환' '순연한 동심' 등을 역설하여 소위 '동심의 순수화'를 고조하는 것은 완전히 '몽환'에의 굴복이오, 우리의 '의식'의 거세가 되는 것"으로까지 표현한다. 여기에는 두 가지 근거가 있다. 하나는 동심의 정의가 명료하지 않은 상황에서 특정 이상을 위한 지향점으로서의 동심만 강조하는 것은 '전도'된 방법이기 때문이다. 다른 하나는 동심은 소년을 지배하고 있는 대인과 가정, 사회의 경제적·정치적 관계에 의해 결정된다고 보았기 때문이다.

전자는 동심 자체에 대한 면밀한 고찰이 없는 데 대한 문제를 제기한 방법론적인 것이다. 후자는 동심을 구성하는 '핵심'에 대응하는 것이다. 김성용은 동심의 주체를 '소년'으로 보고 있다. 동심을 소년의 것으로 보는 것은 순진함, 천진함과 같은 '부르주아'의 동심을 배제하기 위해서인 것으로 보인다. 이러한 변화는 동심을 의식으로 표현한 데서도 나타난다.

위의 인용문에 나온 동심은 환경에 의해 직간접적으로 결정되는 것이며, 그러므로 소년 '의식'의 결정 작용을 계급관계와 일치시킬 수밖에 없다는 내용에서는 동심을 '의식'이라는 현재적 개념으로 대체하고 있음을 추측할 수 있다. 정홍교의 동심이 전통적 동심과 현실 아동의 개입을 둘 다 보여준다면 김성용의 동심은 현실의 아동으로 더욱 기울어져 있다. 이러한 점에서 김성용의 관점은 계급주의 동심관을 세우는 본격적인 출발점이 된다.

신고송의 「동심의 계급성―조직화와 제휴함」은 '조직화와 제휴함'이라는 부제에서 알 수 있듯이 김성용이 쓴 동심의 조직화 에 촉발되어 쓴 글이다. 「동심의 계급성」에서는 먼저 현실성을 강조한다. 아동을 천사 등으로 보는 것은 아동의 존재를 우상화, 신비해 놓은 것으로 비판하는데 이는 곧 방정환의 동심에 문제를 제기한 것이기도 하다.

신고송은 아동은 선천적으로 천진난만한 존재가 아니라고 본다. 선천적으로 유전이 기절을 만들기 때문이며, 장성도정에서 현실적 정세에 우격화되며, 사회적 · 정치적 · 경제적 관계에 의하여 계급화되기 때문이라는 것이다. 이는 방정환의 동심에 대한 비판인 동시에 동심의 계급성이라는 이론을 세우는 전제가 된다. 즉 동심은 현실적 사회정세의 반영임을 강조한다.

> 지주에게 부당한 소작료를 빼앗긴 작인의 아들이 지주의 아들에게 호의를 가질 것은 만무한 것이며 실공장 여직공의 아우는 그 공장의 고동소리에 무의식적으로 무슨 용기와 또 ××을 가지게 되는 것이며 아버지나 형님이 청년회나 농민조합에 가는 것을 우리의 아동은 무의식적으로 거기에 대한 기능과 임무를 인식하게 되는 것이며 설날이나 추석에(평소에라도) 뿌르조아의 아들과 같은 고운 옷을 못 입어도 우리의 아동은 막연한 비애도 끓지 않고 거기에 대한 무의식적 변증적 고찰을 하게 되는 것이다. 그리하여 ××의식이 생기고 프로적 도덕관념이 생겨서 특수한 사회의식과 계급의식이 조성되는 것이다.
>
> —「동심의 계급성—조직화와 제휴함」[20] 중에서

위의 글에 나온 것처럼 현실은 지주에게 부당한 소작료를 빼앗기는 등 부당한 곳이다. 이런 현실을 보면서 아동에게는 프로적 도덕관념이 생기고 특수한 사회의식과 계급의식이 만들어진다. 이것이 바로 계급주의에서 이야기하는 동심이 된다. 이탁오와 방정환의 동심이 각

---

20 신고송, 「동심의 계급성—조직화와 제휴함」, 《중외일보》, 1930.3.8.

각 진심과 천진난만함의 속성을 갖고 있는 것처럼 계급주의 동심에는 '정의감'이라는 속성이 내재되어 있다. 뒤의 내용에서 '정확한 사회의식과 시대의식을 가진 아동을 조성하는 데 유의한 동요', '현실의 생활 또는 사회에 대비한 비판의 안목을 열어 줄 동요', '타오르는 정의감을 고취할 동요'라는 항목을 요구하는 데서도 이러한 동심의 성격을 확인할 수 있다. 동심의 계급성이란 부르주아 계급에 대한 프롤레타리아 계급의 비판과 저항이다. 그들에 대항할 수 있는 정의감인 것이다. 이는 사회 중심적 '우성가치와 대립하는 부차가치의 성격'[21]을 띤다. 불의에 저항하는 이러한 부차가치의 성격은 계급주의 동심이 현실과 현실의 아동에 중심을 두고 있음을 보여 준다. 더불어 정홍교에서 김성용, 신고송의 동심에 대한 인식 변화는 계급주의 동심이 어떻게 정교화되었는지 그 과정을 확인하게 해준다.

3. 아동의 유효한 기의, 동심

이탁오의 동심은 사람이라면 간직해야 할 진실한 마음을 의미한다. 도달해야 할 하나의 경지, 도, 덕목에 대응한다. 이는 당시 아동에 대한 지식이 반영된 결과다. 전통 사회에서 아동은 작은 어른, 초심자로 인식되었다. 또 아동은 인간 생애의 첫 시기라는 점에서 인간 마음의 원형으로 비유되기도 했다. 이를 관념적 아동이라 할 수 있다. 이탁오의 동심은 이러한 아동에 대한 이해와 지식이 반영된 결과다.

오랫동안 '방정환은 곧 동심천사주의'라는 공식이 알게 모르게 만연해 있었다. 동심에 대한 부정적 견해를 양산하게 된 원인으로 여겨

---

21 가와하라 카즈에, 양미화 역, 『어린이관의 근대』, 소명출판, 2007, 195쪽.

져 오기도 했다. 그러나 방정환의 동심은 이탁오가 이야기했던 동심, 즉 동심의 전통과 맞닿아 있다. 여기에 근대에 발견된 아동에 대한 지식이 반영된다. 천진난만하고 순수한 아동의 모습이다.

계급주의 동심은 방정환의 동심을 비판하는 데서 출발한다. 방정환의 동심을 천사주의로 비판하면서 동심에 대한 새로운 정의를 내리고 있다. 이 정의는 세 단계를 거쳐 이루어진다. 정홍교는 전통적 동심과 현실 계급을 반영한 아동을 포괄하는 과도기적 성격을 보인다. 동심의 천진성은 인정하나, 여기에는 현실의 계급이 필연적으로 반영될 수 없음을 설명하고 있다. 김성용은 동심의 천진성이나 순진함을 부정한다. 이는 부르주아적 관점이라는 것이다. 대신 동심을 소년의 의식 결정으로 파악하는 데서 현재를 중요시하는 관점을 볼 수 있다. 김성용 역시 동심에 현실의 계급성이 반영된다는 것은 정홍교와 공통적이었다.

신고송의 동심은 계급성이 반영된 동심의 성격을 구체적으로 규명하고 있다. 동심은 정치적·경제적 사회 정세의 반영이기 때문에 무의식적으로 갖게 되는 프롤레타리아적 도덕관념, 즉 정의감으로 요약된다. 이는 부차가치라는 저항 담론의 성격을 띤다. 이 역시 아동에 대한 지식이 바탕이 된 것이다.

이와 같이 동심은 아동에 대한 지식이 반영되면서 내포하는 의미도 변화하고 있다. 이탁오의 생애 첫 시기를 상징하는 아동에서 방정환의 하늘처럼 존귀한 아동, 그리고 계급 모순에 저항하는 아동이라는 지식은 각각 진심, 천진난만함, 정의라는 동심을 형성한다. 이를 동심의 역동성이라 부를 수 있다.

아동에 대한 앎은 끊임없이 달라질 수밖에 없다. 작은 어른, 보호받아야 할 존재, 새 시대의 희망 등이 아동에 대한 다양한 앎이 가능함을 보여 주는 예이다. 동심은 성인에게 타자인 아동에 대한 앎인 동시에 그들을 이해하는 방식을 의미한다. 동심이 지속적으로 연구되어야 하는 이유는 바로 '아동'이라는 기표를 설명할 수 있는, 아직까지는 가장 유효한 '기의'이기 때문이다.

참고문헌

1. 기본자료

김성용, 「동심의 조직화―동요운동의 출발 도정」, 《중외일보》, 1930.2.24
          ～25.

《동아일보》

《소년조선일보》

小 波, 「새로 개척되는 '동화'에 관하여 : 특히 소년 이외의 일반 큰이에게」,
          『개벽』 31호, 1923.1.

신고송, 「동심의 계급성―조직화와 제휴함」, 《중외일보》, 1930.3.7～9.

이 지, 『분서 I』, 한길사, 2004.

정홍교, 「『童心』說의 解剖」, 『조선강단』, 조선일보사, 1930.1.

《조선일보》

《조선일보 특간》

『아이생활』

『어린이』

《중외일보》

방응모 엮음, 『조선아동문학집』, 조선일보출판부, 1938.

현 덕, 『포도와 구슬』, 정음사, 1946.

2. 국내외 논저

가스펠서브, 『교회용어사전』, 생명의말씀사, 2013.

가와하라 카즈에, 양미화 역, 『어린이관의 근대』, 소명출판, 2007.

곽진오, 「일제와 조선 교육정책 : 조선교육령을 중심으로」, 『일본문화학보』 제
          50집, 한국일본문화학회, 2011.

구교현,「李卓吾와 李德懋의 文學論 비교 연구」,『중국어문학논집』제14호, 중국어문학연구회, 2000.

_____,「李卓吾와 조선후기「童心」의 사유양상에 대한 고찰」,『중국어문학논집』제64호, 중국어문학연구회, 2010.

김겸섭,「'놀이학'의 선구자, 호이징하와 까이와의 놀이담론 연구」,『인문연구』54호, 영남대학교 인문과학연구소, 2008.

김시습,「조선미술전람회의 그림에 나타나는 어린이 이미지 연구」, 한술예술종합학교 미술원, 2017.

김영순,「『어린이』지와 일본 아동문예잡지에 표상된 동심 이미지 고찰」,『현대문학의 연구』제62호, 한국문학연구회, 2017.

김윤식,『한국근대문학사상비판』, 일지사, 1978.

김재철,「E. 핑크의 놀이존재론(I)─실존범주로서의 놀이」,『존재론연구』제32집, 한국하이데거학회, 2013.

김찬곤,「동심의 기원─이지의「동심설」과 이원수의 동심론을 중심으로」,『아동청소년문학연구』제16호, 한국아동청소년문학학회, 2015.

김하나·전봉희,「近代的 어린이 槪念의 形成과 居住의 變化」,『대한건축학회 창립60주년기념 학술발표대회논문집』제25권 제1호, 대한건축학회, 2005.

김화선,「이태준의 초기 아동문학 작품 연구」,『한국언어문학』제50권, 한국언어문학회, 2003.

_____,「식민지 어린이의 꿈, '병사 되기'의 비극」,『창비어린이』봄호, 창비, 2006.

김환순,「유아어의 특성과 발달에 관한 고찰」, 전남대학교 석사논문, 1989.

로제 카이와,『놀이와 인간』, 문예출판사, 1994.

롤랑 바르트,『이미지와 글쓰기』, 세계사, 1993.

류덕제 외,『식민지 시기 최장수 아동잡지『아이생활』자료집』, 근대서지학회 2021.

_____,『한국 아동문학비평사를 위하여』, 보고사, 2021.

마리오 마론,『애착이론과 심리치료』, 시그마프레스, 2005.

민주식, 「놀이 개념의 정립을 위한 시론: 예술과 놀이의 비교를 중심으로」, 『인문연구』 54호, 영남대학교 인문과학연구소, 2008.

박산운, 「玄德 著 童話集집 『포도와 구슬』」, 『현대일보』, 1946.6.20.

박금숙, 「일제강점기 『아이생활』의 이중어 기능 양상 연구—1941~1944년 아이생활을 중심으로」, 『동화와번역』 제30집, 동화와번역연구소, 2015.

박민수, 『아동문학의 시학』, 양서원, 1993.

박숙자, 「1920년대 아동의 재현 양상 연구—문학텍스트와 공적담론을 포괄하여」, 『어문학』 제93집, 한국어문학회, 2006.

박영지, 「어린이 잡지 『아이생활』의 창간 주도 세력 연구—『아이생활』 발간에 참여한 미국 기독교 선교사 집단을 중심으로」, 『아동청소년문학연구』 제24호, 한국아동청소년문학학회, 2019.

박인경, 「1930년대 유년문학의 형성과 전개에 관한 연구」, 인하대 박사논문, 2021.

_____, 「보육일안(保育日案)으로 살펴보는 유치원 담화연구」, 『아동청소년문학연구』 제22호, 한국아동청소년문학학회, 2018.

_____, 「일제강점기 유치원 보모와 유년문학의 성장」, 『아동청소년문학연구』 제24호, 한국아동청소년문학학회, 2019.

박주혜, 「이태준과 현덕의 유년동화에 나타난 아동의 구현 양상 연구」, 『동화와번역』 제27집, 동화와번역연구소, 2014.

박헌호, 『이태준과 한국 근대소설의 성격』, 소명출판, 1999.

박화목, 『아동문학개론』, 민문고, 1989.

박 훈, 「근대일본의 "어린이관"의 형성」, 『동아연구』 49호, 서강대학교 동아연구소, 2005.

방재석·김하영, 「현덕 유년동화의 놀이 모티프에 나타난 현실 인식—노마 연작을 중심으로」, 『동화와 번역』 제30집, 동화와번역연구소, 2015.

배상식, 「H.-G. 가다머의 '놀이'개념: 도덕교육적 함의를 중심으로」, 『철학논총』 제74집, 새한철학회, 2013.

보리스 토마세프스키 외, 『신비평과 형식주의』, 고려원, 1991.

상허학회, 『1920년대 문학의 재인식』, 깊은샘, 2001.

서동수, 「아동의 발견과 '식민지 국민'의 기획」, 『한국현대문학회 학술발표회 자료집』, 한국현대문학회, 2008.

석용원, 『아동문학원론』, 학연사, 1982.

송완순, 「아동문학의 천사주의」, 『아동문화』 제1집, 1948.

_____, 「조선아동문학 시론」, 『신세대』 2호, 1946.

신헌재, 「한국 아동문학의 동심론 연구」, 『아동청소년문학연구』 제12호, 한국아동청소년문학학회, 2013.

안경식, 『소파 방정환의 아동교육 운동과 사상』, 학지사, 1994.

안미영, 「이태준의 아동 서사물 연구」, 『개신어문연구』 제29집, 개신어문학회, 2009.

양소영, 「윤동주 동시에 나타난 동심적 상상력 연구」, 『한국현대문학회 학술발표회자료집』 제8호, 한국현대문학회, 2013.

염창권, 「작가는 어떻게 동심에 이르는가?」, 『아동청소년문학연구』 제16호, 한국아동청소년문학학회, 2015.

염희경, 『소파 방정환과 근대 아동문학』, 경진출판, 2014.

오진희·김은정·유윤영, 「마음이론(theory of mind)의 본질과 발달에 대한 이론적 고찰」, 『유아교육학논집』 제14권 제3호, 한국영유아교원교육학회, 2010.

오현숙, 「박태원의 아동문학 연구」, 『아동청소년문학연구』 제8호, 한국아동청소년문학학회, 2011.

요꼬스까 카오루, 박숙경 옮김, 「동심주의와 아동문학 1」, 『창비어린이』 여름호, 창비, 2006.

_____, 박숙경 옮김, 「동심주의와 아동문학 2」, 『창비어린이』 가을호, 창비, 2006.

요한 하위징아, 『호모 루덴스』, 연암서가, 2010.

W. 휴 미실다인, 『몸에 밴 어린시절』, 가톨릭출판사, 2006.

원종찬, 「현덕 동화 연구: 일제시대의 생활동화 '노마' 연작에 관해」, 『아침햇살』 여름호, 아침햇살, 1996.

_____, 「한국 아동문학이 창조한 주인공: 근대아동문학사 연구의 반성」, 『창

작과비평』봄호, 창비, 1999.

_____, 『아동문학과 비평정신』, 창비, 2001.

_____, 『한국 근대문학의 재조명』, 소명출판, 2005.

_____, 「구인회 문인들의 아동문학」, 『동화와번역』제11집, 동화와번역연구소, 2006.

_____ 엮음, 『현덕 전집』, 역락, 2009.

_____, 「원종찬의 한국 아동문학사 탐방(7): 인고와 헌신의 주인공」, 『창비어린이』여름호, 창비, 2015.

_____, 「원종찬의 한국 아동문학사 탐방(9): 순수와 동심, 타락한 천사의 기원」, 『창비어린이』여름호, 창비, 2016.

유효순 외, 『유아발달』, 창지사, 2014.

이광수, 「七周年을 맞는『어린이』雜誌에의 선물」, 『어린이』, 개벽사, 1930.3.

이미정, 「1920~30년대 한국 아동문학에 나타난 아동상 연구 : 아동-되기 서사를 중심으로」, 건국대학교 박사학위 논문, 2016.

_____, 「1930년대 유년생활동화에 나타난 시선의 의미화: 이태준, 박태원, 현덕의 작품을 중심으로」, 『비평문학』제63호, 한국비평문학회, 2017.

_____, 1930년대 유년잡지 유년중앙과 유년특성 연구」, 『아동청소년문학연구』제21호, 한국아동청소년문학학회, 2017.

_____, 「동아일보〈애기네 판〉에 나타난 유년 이미지」, 『비평문학』제72집, 한국비평문학회, 2019.

이상금, 「아동도서 출판의 현재와 장래」, 『아동문학평론』, 제2권 제3호, 아동문학평론사, 1977.

_____, 『해방전 한국의 유치원』, 양서원, 1995.

이상현, 『아동문학강의』, 일지사, 1987.

이성훈, 『동화의 이해』, 건국대학교출판부, 2003.

_____, 동화창작』, 건국대학교출판부, 2014.

이오덕, 『어린이를 지키는 문학』, 백산서당, 1989.

_____, 동화를 어떻게 쓸 것인가』, 삼인, 2011.

이원수, 『아동문학입문』, 웅진출판, 1989.

이재복, 『우리 동화 바로 읽기』, 한길사, 1995.

_____, 『우리 동화 이야기』, 우리교육, 2004.

이재선, 『한국현대소설사』, 홍성사, 1979.

이재철, 『아동문학개론』, 서문당, 1983.

_____, 『한국아동문학작가론』, 개문사, 1988.

이정현, 「방정환의 동화론「새로 開拓되는 童話에 關하야」에 대한 고찰: 일본 타이쇼시대 동화이론과의 영향 관계」, 『아동청소년문학연구』제3호, 한국아동청소년문학학회, 2008.

이중재, 「이태준 단편소설에 나타난 아이러니 기법 고찰」, 『동악어문논집』제30집, 동악어문학회, 1995.

이태준, 『이태준: 청소년이 읽는 우리 수필 4』, 돌베개, 2003.

장 폴 사르트르, 『사르트르의 상상계』, 기파랑, 2010.

전미경, 「1920~30년대 가정탐방기를 통해 본 신가정」, 『가족과 문화』제19집 4호, 한국가족학회, 2007.

정선혜, 「『아이생활』속에 싹튼 한국 아동문학의 불씨」제31권 제2호, 『아동문학평론』, 아동문학평론사, 2006.

_____, 「韓國幼年 童話 硏究 : 韓國創作幼年童話를 中心으로」, 성신여대 박사논문, 1980.

정진헌, 「1930년대《동아일보》유년(幼年)동화 연구」, 『아동청소년문학연구』제19호, 한국아동청소년문학학회회, 2016.

_____, 「1930년대 유년(幼年)의 발견과 '애기그림책'」, 『아동청소년문학연구』제16호, 한국아동청소년문학학회, 2015.

정현기, 「유년기 체험 소설연구」, 『매지논총』제11집, 연세대학교 매지학술연구소, 1994.

제레미 홈스, 『존 볼비와 애착 이론』, 학지사, 2005.

조선일보70년사편찬위원회, 『조선일보 70년사 1』, 조선일보사, 1990.

조선일보90년사사편찬실, 『조선일보90년사 (上)』, 조선일보사, 2010.

조선희, 「유아의 자아개념과 친사회적 행동과의 관계」, 숭실대학교 석사논문, 2012.

조은숙, 「일제강점기 아동문학 서사 장르의 용어와 개념 고찰: 아동 잡지에 나타난 '동화'와 '소설' 관련 용어를 중심으로」, 『아동청소년문학연구』 제4호, 한국아동청소년문학학회, 2009.

_____, 『한국 아동문학의 형성: 아동의 발견, 그 이후의 문학』, 소명출판, 2009.

조형숙 외, 『유아 발달』, 학지사, 2013.

주은우, 『시각과 현대성』, 한나래, 2013.

질 들뢰즈·펠릭스 가타리, 『천 개의 고원』, 서울: 새물결출판사, 2001,

차희정, 「이태준 동화의 비극성에 나타난 아이러니」, 『한중인문학연구』 제16집, 한중인문학회, 2005.

_____, 「『아이생활』 연구」, 『한국아동문학연구』 제24호, 한국아동문학학회, 2013.

최명표, 「『아이생활』 연구」, 『한국아동문학연구』 제24호, 한국아동문학학회, 2013.

_____, 『이태준 동화선집』, 지식을만드는지식, 2013.

최윤정, 「근대 아동만화에 대한 인식과 전개 양상 연구—『아이생활』을 중심으로」, 『아동청소년문학연구』 제18호, 한국아동청소년문학학회, 2016.

하정일, 『분단 자본주의 시대의 민족문학사론』, 소명출판, 2002.

혼다 마스코, 『20세기는 어린이를 어떻게 보았는가』, 한림토이북, 2002.

홈스트·잉그릴드 뎀리히 외, 『문학주제학이란 무엇인가』, 민음사, 1996.

홍은성, 「소년운동의 이론과 실제 2」, 《중외일보》, 1928.1.16.

찾아보기

266